MON MARIAGE

avec

KRAMPUS

Un Alien pour les fêtes
Marina Simcoe

À mon capitaine

Chapitre 1

Daisy

Daisy ! Comment vas-tu, petite sœur ? demanda Lily tandis que l'image de son visage emplissait l'écran de l'appareil de communication du vaisseau dont j'avais obtenu la permission d'utilisation.

— Hum... Je vais très bien, vraiment, répondis-je en repoussant mes épaules vers l'arrière et en allongeant mon cou.

Sur le plan physique, mes muscles étaient encore douloureux et j'avais des crampes après cinq mois de sommeil en stase. Heureusement, mon voyage était presque terminé. Je m'étais réveillée la veille et il ne me restait plus qu'un jour à passer dans ce vaisseau spatial qui m'emmenait sur les terres de Voran, de la planète Neron, le pays natal de mon présumé futur mari.

Émotionnellement, je me sentais encore plus en forme. Pleine d'espoir. Enthousiaste. Heureuse, même. Peut-être était-ce l'effet de tous ces médicaments et vaccins que j'avais reçus dans les heures qui avaient suivi mon réveil, mais je me sentais tellement bien, maintenant que j'étais consciente.

— Je vais bien, Lily, répétai-je en repoussant une mèche de cheveux sur mon épaule en constatant combien ils étaient devenus mous et ternes. Il fallait que je les lave et les mette en forme avant l'atterrissage prévu le lendemain.

Mon cœur battait la chamade à l'idée de rencontrer enfin le Colonel Grevar Velna Kyradus, l'homme avec qui j'allais peut-être passer le reste de ma vie. La chair de poule hérissa mes bras rien qu'à cette idée.

— Es-tu prête pour l'atterrissage ? demanda Lily.

— Plus que prête ! Franchement, je n'en peux plus d'attendre, répondis-je en sautillant un peu sur la chaise. L'attente du lendemain ressemblait beaucoup à la veille de Noël, mon moment préféré de l'année.

Je pris une profonde inspiration, pour me calmer.

— Comment vas-tu, Lily ? Comment va tout le monde ? ajoutai-je.

— Oh, comme d'habitude, répondit-elle en écartant de la main une mèche de cheveux de son visage. D'un blond-roux moyen, ils étaient de la même couleur que les miens. Mais contrairement à mes cheveux longs et encore emmêlés par le sommeil, ceux de Lily étaient soigneusement coupés et coiffés en un impeccable carré. On travaille, Max et moi, ajouta-t-elle. Les enfants sont à l'école. Maman et Papa viennent de partir en vacances... Mais s'il te plaît, dis-m'en plus sur le vol. Tu es la personne la plus loin de la famille, petite sœur.

En fait, j'étais surtout la personne la plus éloignée de la Terre. Le premier contact avec les Voraniens de la planète Neron remontait à une dizaine d'années à peine. Il y avait eu quelques visites de délégations politiques et de missions scientifiques entre nos deux planètes, mais j'étais la toute première personne ordinaire à y voyager ainsi.

— Cinq mois, c'est long pour un voyage, continua Lily.

— Oui, enfin, j'ai dormi pendant la plus grande partie du temps, rigolai-je.

On m'avait proposé la possibilité de rester éveillée pendant le voyage. Les sept membres du Comité de Liaison Terre-Néron, qui voyageaient avec moi, n'avaient pas été en stase, mais ils avaient du travail à faire eux. Moi, je n'aurais fait que déambuler anxieusement dans le vaisseau pendant cinq mois entiers, dans l'attente de l'arrivée. Il me restait maintenant moins d'un jour à patienter, et je me sentais déjà à bout de nerfs et très excitée.

— Nous sommes tous si fiers de toi, Daisy, déclara Lily.

Mes joues rougirent de plaisir en entendant cela. En temps normal, c'est Lily qui était la fierté de la famille et à juste titre. Ma sœur aînée était allée à l'université, avait trouvé un emploi de bureau bien rémunéré à la fin de ses études, s'était mariée avec un homme formidable et avait eu les deux enfants les plus adorables du monde.

Après un quart de siècle dans ce monde, je n'avais rien accompli de tout cela. La boulangerie où j'avais commencé à travailler, juste après le lycée, avait fermé lorsque sa propriétaire, Mme Goodfellow, avait pris sa retraite. J'étais retournée chez mes parents et j'avais eu seulement des petits boulots de baby-sitter depuis.

J'adorais travailler avec les enfants. Ils avaient le don étrange de vous faire oublier tous vos problèmes. Cependant, plus le temps passait, plus j'avais du mal à accepter le fait que je n'avais pas de carrière, pas de compagnon dans la vie ni de foyer rien qu'à moi.

Lorsque la candidature pour le programme de liaison avait été rendue publique, j'avais postulé sur un coup de tête. L'opportunité de voyager sur une autre planète, de vivre avec une race extraterrestre et d'apprendre une nouvelle culture m'avait séduite. Sans petit ami, sans travail, ni même appartement, je n'avais pas grand-chose à abandonner derrière moi. Sur le formulaire de candidature, il était indiqué « Épouse potentielle ». Et franchement, la perspective d'une histoire d'amour extragalactique m'attirait aussi.

Jamais je n'aurais pensé être sélectionnée parmi les milliers de candidates. Je m'attendais à un long processus de sélection en plusieurs étapes, mais la réponse arriva une semaine après la date limite de dépôt des candidatures.

Quand je vis mon nom parmi les candidates sélectionnées, je ressentis la sensation d'avoir enfin réussi quelque chose dans ma vie.

— Est-ce qu'il t'a appelée ? demanda Lily.

Mon sourire s'envola. Le Colonel Kyradus, mon « époux potentiel », ne m'avait pas contactée. Il n'y avait eu aucun message, aucun appel, aucune communication, rien du tout.

Je redressai mon dos et replaçai un sourire sur mon visage.

— Le Colonel me rejoindra à l'atterrissage, et je serai là-bas dans moins de vingt-quatre heures, donc...

— Hum, fit Lily en pinçant les lèvres. C'est plutôt bizarre, tu ne trouves pas, Daisy ? Un homme ne serait-il pas impatient de parler à sa fiancée ? Il ne t'a même pas vue, à part la photo de ton dossier.

— Eh bien, ce n'est pas une situation classique. Je suis loin d'être encore son épouse...

Je ne me voyais pas encore comme une jeune mariée ou une épouse, même si les papiers que j'avais signés étaient intitulés « Contrat de mariage ».

Le taux de natalité des Voraniens avait toujours été d'environ une fille pour dix garçons. Autrefois, leurs familles étaient composées d'une femme avec plusieurs maris. Mais avec les progrès technologiques et les évolutions culturelles, la société voranienne était devenue monogame. Désormais, une femme n'avait plus qu'un seul mari.

Les femmes étaient si rares que la plupart des hommes ne se mariaient pas. Cependant, tout homme en bonne santé pouvait fonder une famille tout seul. Inséminées artificiellement, les femmes mariées portaient les enfants des hommes non mariés.

Les grossesses multiples étaient la règle. Par conséquent, les Voraniens n'avaient pas eu de problèmes de repeuplement. Ayant atteint un taux de natalité satisfaisant dans leur contrée, ils avaient même assuré la légère croissance démographique nécessaire pour soutenir leur économie.

Les femmes humaines ne les intéressaient pas en tant que reproductrices. Et les scientifiques avaient conclu que les humains et les Voraniens n'étaient pas génétiquement compatibles pour se reproduire. Bien que, physiologiquement, les deux espèces pouvaient avoir des relations sexuelles.

Puisque Voran avait finalement été principalement repeuplée par des pères célibataires, le rôle d'une femme humaine devait être celui d'une compagne et d'une éducatrice d'enfants, pensais-je.

Et ça faisait fondre mon cœur.

Le Colonel avait deux jeunes garçons, des jumeaux de cinq ans, et je mourais d'envie de les rencontrer. Je n'avais encore vu aucune photo d'eux.

À mon réveil, j'avais espéré trouver un message du Colonel, après cinq mois de sommeil. Mais il n'y avait rien eu, et je n'avais pas pu m'empêcher d'être déçue. Je l'avais caché à Lily, avec un sourire plus grand que jamais. Il était inutile de perturber ma sœur.

— J'aurai l'occasion de rencontrer toute sa famille bien assez tôt.

Son froncement de sourcils inquiet ne s'atténua pas.

— J'espère que les Voraniens sont plus beaux en vrai, soupira-t-elle.

— Lily ! m'exclamai-je en lançant mes mains en l'air. Tu ne peux pas leur reprocher leur apparence physique. D'après ce qu'on en sait, ce sont des gens charmants.

— Je sais, je sais... Mais ils ont l'air si effrayants.

Nous avions tous vu les images des réunions officielles des Voraniens avec nos politiciens, et les vidéos des expéditions scientifiques à Neron. De plus, j'avais une photo du Colonel Kyradus. C'était un portrait de lui que j'avais reçu avec la lettre de confirmation du Comité de Liaison.

On ne pouvait vraiment pas qualifier le Colonel de beau ou de séduisant, ni même d'agréable à regarder. En plus des longues cornes typiquement voraniennes et de sa fourrure charbonneuse, ses yeux rouge sang étaient, eh bien... « effrayants ». Terrifiants, en fait.

J'avais eu le souffle coupé à la vue de sa photo pour la première fois, et mon cœur avait défailli. J'avais caché la photo dans un tiroir de la cuisine durant un certain temps, ayant peur de la garder dans ma chambre ou de la regarder encore, surtout la nuit.

Au fil des semaines de préparation pour quitter la Terre, je m'étais cependant habituée à cette photo, et je l'avais même choisie comme fond d'écran de mon téléphone portable.

J'avais décidé que l'apparence du Colonel ne comptait pas. Derrière un air terrifiant pouvaient se cacher les personnalités les plus étonnantes. Tout comme beaucoup d'hommes beaux se révélaient être de vrais connards une fois qu'on les connaissait mieux. Je le savais bien, j'avais eu ma dose de petits amis séduisants qui s'étaient avérés être de vrais enfoirés.

Bien que j'eusse aimé recevoir plus de photos ou de vidéos de lui et de sa famille, l'image des yeux rouges flamboyants du Colonel sur la photo ne me terrifiait plus.

J'avais lu et regardé tout ce que je pouvais trouver sur Neron, les Voraniens, et leur culture. Malheureusement, il n'y avait pas grand-chose. On m'avait fourni seulement des informations générales, mais je voulais quelque chose de plus personnel pour me faire une idée de l'homme, de sa famille et de sa maison qui deviendrait peut-être la mienne un jour.

— Lily, franchement, je me fiche de son aspect physique. Je suis sûre que le Colonel est quelqu'un de bien, et que nous nous entendrons à merveille, dis-je, en exprimant mon souhait à voix haute.

— Daisy, il faudrait que ce soit un vrai enfoiré pour ne *pas* s'entendre avec toi, dit Lily sur son ton habituel de grande sœur raisonnable. Tu es un amour ma chérie. Tout le monde t'aime.

Une sensation chaleureuse se répandit dans ma poitrine. C'était le réconfort dont j'avais besoin. Tout irait bien. Les choses pouvaient toujours s'arranger entre les gens, même s'ils venaient de deux planètes différentes.

— Oh, Lily. Merci ! m'exclamai-je en plaçant ma main à côté de son visage sur l'écran, elle me manquait maintenant, et le reste de ma famille aussi. Je t'aime tellement.

— Je t'aime aussi, ma chérie. Et ne t'inquiète pas, ajouta-t-elle précipitamment. Tu vas très bien t'en sortir. C'est très facile de s'entendre avec toi. J'attends tes lettres.

On m'avait dit que je pourrais envoyer des lettres à ma famille chaque semaine et communiquer avec eux par vidéo lors d'occasions spéciales.

— J'écrirai chaque semaine, promis-je.

Lily marqua une pause durant un moment. Son désir de rester positive était clairement en conflit avec le besoin de la grande sœur de prévenir et de protéger.

— Si quelque chose tourne mal ou que ça ne marche pas... commença-t-elle.

— Tout ira bien, la rassurai-je. Dans le pire des cas, je reviendrais sur Terre dans un an. Quoi qu'il arrive, ce sera une belle aventure.

Même si j'avais été très excitée de recevoir la lettre de confirmation, j'avais pris soin de lire attentivement le contrat de mariage avant de le signer. Une clause stipulait que les deux parties avaient le droit de dissoudre le contrat pour n'importe quelle raison, après la première année de leur union.

Pour moi, il s'agissait d'une opportunité d'emploi d'un an sur une autre planète, avec en plus la possibilité de vivre une histoire d'amour, ce qui rendait la chose encore plus excitante.

— Oh, j'ai failli oublier, Daisy, dit soudain Lily avec un air inhabituellement agité. Il y a cette vidéo qui est arrivée sur ta boîte email ici juste après ton départ. J'ai demandé au Comité de te la faire parvenir. C'est de la part du Colonel...

— Une vidéo ? Du Colonel ?! m'exclamai-je alors qu'une nouvelle onde d'excitation me traversa. Il m'avait finalement envoyé quelque chose. Je l'avais juste ratée en montant à bord du vaisseau spatial.

— Oui. Dire que j'ai failli oublier, mais ça fait cinq mois maintenant, et ça m'est sorti de la tête... Je suis vraiment désolée.

— C'est pas grave, répondis-je en chassant ses excuses d'un geste de la main. Je peux la regarder maintenant donc.

— Ouais, bon, dit-elle en se mordant encore la lèvre. Bonne chance Daisy. Sois prudente, d'accord ? Et sors de là dès que tu peux si quelque chose tourne mal...

Après s'être dit au revoir, j'essayai de ne pas trop m'attarder sur l'inquiétude qui se lisait sur le visage de ma sœur. Au lieu de cela, je laissai l'excitation d'avoir enfin une vidéo à regarder prendre le dessus sur tout.

Je me connectai rapidement au système interne du vaisseau et trouvai le dossier portant mon nom. Il contenait toutes les informations que j'avais recueillies sur Voran jusqu'à présent. Le fichier vidéo transféré y était aussi.

La vidéo mit quelques instants à se charger, et je me levai de mon siège dans la salle de communication du vaisseau pour me dégourdir les jambes. En jetant de temps en temps un coup d'œil à la barre de progression, je fis les cent pas dans la petite pièce.

Le vaisseau était énorme, avec une cabine privée à ma disposition. Mon lit était assez confortable, mais j'avais hâte de sentir le sol d'une planète sous mes pieds, bientôt. J'aurais également aimé en savoir plus sur ma destination. En attendant que la vidéo se charge, je me demandai ce qu'elle contenait.

J'espérais que ce serait une vidéo amateur du Colonel. La fête d'anniversaire des jumeaux, peut-être ? Ou un voyage en famille ? Peut-être un dîner avec le Colonel et les garçons. Je voulais voir une fête familiale.

Ma fête préférée avait toujours été celle de Noël. Grand-mère et moi avions l'habitude de cuisiner et de commencer à tout décorer très tôt, quand elle était encore en vie. J'avais même emporté à Neron ses décorations préférées. Comme je devais célébrer Noël loin de chez moi cette année, je voulais avoir quelque chose qui me rappelait ma famille et Grand-mère.

Un signal sonore annonça que le chargement de la vidéo était terminé, et je me précipitai sur l'écran.

Je voulais voir le Colonel dans un cadre plus décontracté. La seule et unique photo que j'avais de lui était celle dans un uniforme de l'armée voranienne. Sur cette photo, il regardait droit dans l'appareil. Peut-être était-ce pour cela que ses yeux semblaient si exceptionnellement rouges ? Personne ne donne bonne impression sur les photos officielles, non ? J'avais eu ma part de photos ratées et j'utilisais souvent de jolis filtres lorsque je publiais des photos de moi sur les réseaux sociaux.

La vidéo s'ouvrit.

Dès les premières secondes, je compris qu'il ne s'agissait pas d'une fête familiale. La première image qui apparut fut celle d'un mur métallique. Puis, un son strident me fit mal aux oreilles. Le mur s'ouvrit et laissa entrer un rayon éclatant de lumière.

Le paysage d'une planète inconnue emplit l'écran : du sable rouge vif et une végétation inhabituelle et luxuriante.

La caméra devait être fixée sur quelqu'un, car l'image était instable et accompagnée de la respiration lourde de la personne qui la portait. Alors qu'il tournait, un avion militaire voranien apparut à l'image. Il semblait avoir été victime d'un accident. Couché sur le côté, sa coque métallique brillante était écrasée et cabossée.

Un amas de ce que j'avais d'abord pris pour des rochers gris sur le sol rouge commença à se déplacer vers la personne avec la caméra. Comme ils se rapprochaient, il devint évident que ces choses étaient vivantes.

En se rapprochant de la caméra, ils ne ralentirent pas, et avançaient de manière menaçante. Plusieurs protubérances fines émergeaient de leurs gros corps bosselés. La masse de chair la plus proche s'élança en avant et heurta la caméra. Elle tomba sur le sol, et l'image se fragmenta en rayures et en points avant de disparaître complètement.

L'instant suivant, la vidéo reprit sous un angle différent - une caméra du vaisseau endommagé avait dû s'allumer. Le groupe de blobs gris attaquait un énorme mâle voranien qui semblait presque petit comparé à eux.

Torse nu, le voranien se battait férocement. Sa fourrure, couverte de sueur et de sang, collait à ses muscles saillants tandis qu'il frappait les masses de chair grises avec ses poings et les déchirait avec ses cornes.

Avec un profond grognement, il enfonça ses doigts, munis de longues griffes noires, dans l'un des blobs qui l'attaquaient. Montrant ses dents dans une grimace terrifiante, il lui déchira la chair, et se plongea dans le sang de son ennemi.

La caméra fit un zoom sur son visage alors qu'il penchait la tête en arrière et poussait un rugissement assourdissant. Le gros plan sur les yeux rouges du Colonel ne laissait aucun doute sur le fait qu'il s'agissait bien de mon « conjoint potentiel », qui mettait en pièces des êtres vivants à mains nues.

Paralysée de stupeur, je fixai l'écran longtemps après la fin de la vidéo.

Était-ce l'homme avec lequel je devais vivre ? Se comportait-il aussi comme ça à la maison ? Un frisson me parcourut tout le corps. Un mariage heureux était-il possible avec quelqu'un comme lui ? Pouvais-je même passer un an à son service ? Ses pauvres enfants...

— Daisy. Est-ce que tu vas bien ?

Une pression sur mon épaule me sortit de mes pensées confuses. Nancy, l'une des ambassadrices de la Terre au Comité de Liaison, me regardait avec inquiétude.

Absorbée par les horreurs de la vidéo, je n'avais pas remarqué qu'elle était entrée dans la pièce.

— Je vais bien... marmonnai-je avec l'image cauchemardesque de l'expression brutale du Colonel figée dans mon esprit. Tout ira bien... N'est-ce pas ?

Chapitre 2

Daisy

Daisy, tu es prête ? demanda Nancy.

Nous étions debout devant la porte extérieure close du vaisseau, entourées par tous les membres de la délégation terrienne.

— Bien sûr, acquiesçai-je en regardant un grand pan de mur du vaisseau s'ouvrir et glisser vers le bas de manière à former une rampe pour que nous puissions sortir.

Les mains moites, je lissai la jupe évasée de ma robe blanche à pois et ajustai le foulard de soie rouge que je portais en guise de bandeau. Je serrai fermement les anses du sac à main à coque dure, rouge comme une pomme d'amour, où étaient précieusement rangées les décorations de Noël de ma grand-mère.

J'avais eu du mal à m'endormir hier soir après avoir regardé la vidéo. Mais en me réveillant ce matin, j'avais réussi à voir les choses sous un nouveau jour.

Le fait d'envoyer cette vidéo était tout le contraire d'un geste romantique. De toute évidence, le Colonel ne s'attendait pas à une histoire d'amour et voulait s'assurer que je n'avais pas de telles attentes à son égard. Cela expliquerait également pourquoi il n'avait pas essayé de me contacter auparavant et ne montrait aucun intérêt à mieux me connaître. Il cherchait une nounou, pas une amoureuse. Mon statut d'épouse n'était rien de plus qu'une formalité légale, quelque chose pour contourner la loi puisqu'il n'y avait pas encore de contrat de travail interplanétaire entre les Voraniens et les humains.

Le long contrat de mariage que j'avais signé couvrait tous les aspects politiques et juridiques de mon immigration à Voran, mais ne contenait que peu de dispositions sur la nature réelle de notre union ou même sur mes conditions de vie. Il se lisait très clairement comme un contrat de travail.

Le fait de revoir mes attentes m'avait quelque peu calmée. Je comprenais mieux maintenant mon rôle dans la maison du Colonel. J'avais décidé que les enfants seraient ma principale et unique préoccupation. L'idée de les rencontrer me réchauffait le cœur.

Malgré sa nature sauvage, le Colonel pourrait être un employeur loyal. Je m'occuperais de ses enfants pendant un an, j'apprendrais une nouvelle culture et je vivrais une aventure interplanétaire amusante. Je me ferais peut-être de nouveaux amis. J'étais sur le point de débarquer sur une toute nouvelle planète où je n'étais jamais allée auparavant. Mon excitation ne diminuerait pas, quoi qu'il arrive.

— La ville de Voran est située dans la partie nord du pays, me chuchota Nancy à l'oreille alors que nous descendions la rampe d'accès vers un immense espace protégé par un dôme en verre. Ici, l'hiver dure près de six mois.

— Je sais, murmurai-je rapidement. Tout ceci était dans les documents fournis par le Comité.

Je les avais étudiés dans le moindre détail. Je savais aussi, qu'ici, l'été durait aussi longtemps que l'hiver, et que l'automne et le printemps se réduisaient à une semaine chacun.

La ville était actuellement en plein cœur de l'hiver. Pourtant, je n'avais même pas besoin d'un pull puisque le vaisseau était protégé par le dôme en verre. Le ciel hivernal lugubre se déployait au-dessus de nous. Mais la température sous la verrière était agréable. Des allées de jardin en pierre, des arbustes verts soignés et des plantes colorées bordaient le site.

Je pris une grande inspiration d'air parfumé, saturé par l'odeur des fleurs et de la terre humide. C'était comme atterrir dans un jardin intérieur. La verdure était particulièrement agréable à l'œil après être restée si longtemps dans l'intérieur en acier froid du vaisseau spatial qui m'avait amenée ici.

Un groupe de Voraniens, une douzaine environ, marchait le long d'un chemin pavé. Plusieurs d'entre eux portaient l'uniforme blanc et or du Comité de Liaison, identique à celui des délégués humains qui étaient arrivés avec moi. Les autres étaient habillés en civil, et je restai bouche bée devant toutes ces couleurs et ornements élaborés.

Sur les quelques photos de la vie quotidienne à Voran que j'avais pu voir, les vêtements attiraient vraiment l'attention. Les femmes portaient des robes colorées à froufrous qui me rappelaient la mode nord-américaine et européenne des années cinquante. Beaucoup d'hommes voraniens paraissaient eux aussi aimer porter des couleurs vives. Les costumes civils des délégués étaient brodés de vignes et de fleurs. Certains avaient même les cornes peintes de motifs aux mêmes couleurs que leurs tenues.

Un voranien en uniforme du Comité de Liaison s'avança vers nous.

— Madame Kyradus, nous sommes très heureux de vous accueillir dans la ville de Voran, déclara-t-il.

Mon implant traducteur saisit instantanément le sens de ses paroles. Cependant, il me fallut un petit moment pour réaliser que l'homme s'adressait à *moi* en m'appelant par le nom du Colonel.

— Ravie de vous rencontrer, dis-je en lui tendant ma main qu'il prit entre les siennes en baissant la tête en signe de salutation, et je me penchai en arrière pour faire de la place à ses cornes. Vous pouvez m'appeler Daisy, précisai-je. L'homme cligna des yeux et me regarda d'un air confus.

— Excusez-moi, mais ce serait contraire au protocole, marmonna-t-il, visiblement déconcerté.

— Oh... désolée, répondis-je confuse, enfreindre les coutumes et protocoles locaux dès mon arrivée n'était pas du tout dans mon intention. Continuez alors, s'il vous plaît, ajoutai-je.

— Madame Kyradus, continua l'homme, visiblement soulagé d'utiliser le terme approprié, c'est un immense honneur d'accueillir à Voran l'épouse du chef de l'armée voranienne, déclara-t-il et il s'inclina à nouveau.

Je n'avais appris que récemment que le Colonel avait le plus haut grade de l'armée voranienne, bien avant les commandants et les généraux. Cela avait rendu mon futur employeur encore plus intimidant à mes yeux.

— Je suis le délégué Alcus Hecear, annonça le fonctionnaire en levant la tête, et je croisai son regard, couleur vert citron. Je suis le chef du Comité de Liaison de Voran.

— Ravie de vous rencontrer, délégué Hecear... répétai-je en ne sachant plus trop quoi dire.

Rencontrer les hauts fonctionnaires de l'une ou de l'autre planète n'était pas quelque chose que je faisais souvent. Le Voranien sourit et s'inclina une nouvelle fois brièvement. Il semblait assez amical, tout comme le reste du groupe. Ils étaient tous plus grands que la moyenne des humains, et leurs cornes leur ajoutaient une taille de plus. Alcus Hecear était rasé de près, mais la plupart des autres arboraient toutes sortes de pilosité faciale, allant de la moustache à la barbichette, en passant par de volumineux favoris ou une barbe fournie.

Lorsque l'un d'entre eux se tourna sur le côté, j'aperçus une longue queue avec une authentique pointe en forme de flèche à l'extrémité. Un frisson me parcourut le dos à cette comparaison.

Mon regard glissa plus bas, vers leurs pieds. Ronds et brillants, ce n'étaient pas des pieds, mais des sabots.

Des sabots !

Je ne me rappelais pas avoir déjà vu la photo complète d'un voranien de la tête aux pieds, mais je ne savais pas pour les sabots. Et maintenant, je ne pouvais pas m'empêcher de les regarder. Rencontrer les Voraniens en personne s'avéra être une rencontre surréaliste.

—... J'espère que votre voyage jusqu'ici a été agréable.

Je me rendis compte que le délégué Hecear me parlait encore.

— Oh oui, merci, marmonnai-je, en m'efforçant de ne pas fixer les Voraniens de manière trop impolie, bien que craignant avoir déjà dépassé ce stade. L'installation dans le vaisseau était très confortable...

Alcus Hecear présenta alors chacun des Voraniens qui l'accompagnaient. Je m'efforçai de lever le regard, d'établir un contact visuel, de hocher poliment la tête et de sourire à chaque homme lorsque le représentant Hecear annonçait leurs noms et leurs postes.

Je ne pus m'empêcher de jeter un coup d'œil à leurs cornes, de temps à autre. Elles jaillissaient de chaque côté de leur front, se recourbaient légèrement vers l'arrière et s'élevaient à environ une trentaine de centimètres au-dessus de leur tête.

— ... Hum, me hasardai-je une fois les présentations terminées. Le colonel Kyradus n'est pas là ? Je m'attendais à ce qu'il vienne à ma rencontre lors de mon atterrissage, mais son nom n'a pas été mentionné lors des présentations.

— Le Colonel est, malheureusement, retenu par une réunion avec le gouverneur Drustan, notre chef d'État, expliqua le délégué Hecear. En tant que chef de notre armée, le Colonel Kyradus a beaucoup de responsabilités...

— Où est-elle ? tonna soudain une voix grave quelque part, puis un grand mâle voranien surgit énergiquement d'un pas lourd de derrière un arbuste aux formes bizarres et se dirigea vers nous.

Je fis un pas en arrière quand il s'approcha. Son énergie intense semblait l'accompagner comme une vague, et remplissait tout l'espace sous le dôme.

— Oh, Colonel...bafouilla le délégué en s'écartant du chemin du nouveau venu qui approchait. Le Gouverneur a dit...

— Le Gouverneur peut aller se faire foutre avec ses réunions inopportunes, lâcha le Colonel qui avait visiblement peu de respect pour le protocole, puis il s'arrêta devant moi et me regarda de haut en bas. C'est elle ?

Mon visage chauffa comme s'il avait été brûlé par le regard intense de ses yeux rouges flamboyants. À en juger par l'incroyable chaleur de ma peau, je devais avoir rougi de façon embarrassante. Douloureusement gênée par son regard, je tripotai les anses de mon sac à main.

— Hum... murmurai-je en me raclant la gorge et en cherchant mes mots. Je ne pouvais pas me présenter à lui en utilisant mon propre nom, n'est-ce pas ? Au diable le protocole. Je m'appelle Daisy... dis-je en le regardant fixement.

Incapable de le regarder droit dans ses yeux sinistres, je glissai mon regard sur son visage. Sa barbe était soigneusement taillée, plus courte que sur la photo que j'avais reçue. De cette distance, je remarquai également que ce que j'avais d'abord pris pour des dessins peints sur l'une de ses cornes - c'étaient en fait des sculptures. Elles s'enroulaient en spirale continue depuis la base de sa corne droite sur environ deux tiers de sa longueur.

Je lui tendis précipitamment la main.

Au lieu de la serrer comme l'avait fait le délégué Hecear, le Colonel prit ma main dans la sienne.

— Allons à la maison, dit-il en se retournant et en m'entraînant avec lui.

— Oh, Colonel... Monsieur ! s'exclama le délégué en trottant après nous, le claquement de ses sabots brillants résonnant sous le dôme. Il y a encore quelques formalités à faire...

— Quelles formalités ? demanda le Colonel en le regardant par-dessus son épaule. Elle a fait tous ses vaccins, non ?

J'avais l'impression d'être un animal errant qu'on venait d'adopter dans un refuge pour chiens. Ma bouche était trop sèche pour que je puisse protester, ou dire quoi que ce soit.

— Oui, mais...

La délégation humaine s'était également rassemblée près de nous.

— Daisy, tu voudrais peut-être passer la nuit dans notre logement ? demanda Nancy, avec une pointe d'inquiétude dans la voix.

— Nous pouvons organiser une véritable cérémonie demain matin, ajouta Louis, un délégué masculin de la planète Terre.

— Une cérémonie ? répéta le Colonel renfrogné qui lui lança un regard noir. Pour quoi faire ?

Je tournai la tête vers lui, puis vers Nancy, puis de nouveau vers lui, d'un air accablé.

— Vous l'avez gardée sur ce vaisseau pendant des mois, grogna le Colonel. C'est plus que suffisant pour la quarantaine, les vaccins, l'opération d'implant du traducteur et tout ce que vous aviez besoin de lui faire. Puis il porta son regard brûlant sur moi et ajouta : à partir de maintenant, elle est à moi.

« *À moi* ».

Ces mots me firent frissonner, mais je n'arrivais pas à savoir si c'était de la crainte ou de l'excitation. Personne ne m'avait jamais désirée de manière aussi ostensible - et devant les délégations de deux mondes, qui plus est. La possessivité sans réserve du Colonel semblait trop intense pour un simple employeur. Et en quoi tous ses grognements m'exciteraient-ils ?

— Daisy ? dit Nancy en me fixant avec un regard interrogateur.

Il semblait qu'ils s'attendaient à ce que ce soit *moi* qui donne une réponse. L'emprise de la grande main chaude du Colonel sur la mienne se resserra. Il n'avait pas l'air de vouloir m'abandonner sans se battre. Une bagarre causerait certainement une forte tension interplanétaire. N'est-ce pas ? Je n'aimais pas trop les tensions. La dernière chose que je voulais était de devenir le motif d'un conflit entre les deux mondes.

— Je vais bien, répondis-je vivement, désireuse de dissiper le silence qui planait sur nous. Ça va aller, répétai-je comme hier soir.

— Votre premier entretien de suivi avec le Comité est dans une semaine, rappela Alcus Hecear.

Je hochai la tête en silence.

— Appelez-moi demain matin, dit Nancy en penchant la tête avec un regard d'avertissement dans la direction du Colonel, ou *n'importe* quand si vous avez besoin de parler.

Je hochai de nouveau la tête avant que le Colonel ne m'emmène, en me traînant vers la sortie. Était-ce prudent de passer une nuit dans la maison de mon *mari potentiel* ? Ou de mon futur *employeur* ? Quand est-ce que tout était redevenu si confus ? Ça semblait si clair ce matin. De toute façon, que pouvait-il arriver au pire ?

— VORAN EST UNE BELLE ville, dis-je timidement, en m'asseyant à côté du Colonel dans l'avion à deux places.

Il grogna quelque chose en guise de réponse, incompréhensible pour mon oreille ou l'implant de mon traducteur.

Je resserrai mes mains autour des anses du sac à main sur mes genoux et regardai droit devant moi.

Mon cerveau n'assimilait pas vraiment toutes les images du paysage urbain qui flottait à travers la vitre de l'avion. Alors que nous survolions les plus hauts bâtiments, la vue sur la ville n'était pas très différente de celle que j'avais observée sur les photos et les vidéos de Voran - un amas tentaculaire de hauts bâtiments surmontés de ces trucs en verre arrondis. De cette distance, la ville ressemblait à une succession de rangées et de cercles composés de tours recouvertes de bulles de savon.

Je contemplai la vue. Cependant, mes préoccupations restaient centrées sur mon compagnon. Un tout nouveau monde s'étendait devant moi, mais le Colonel avait pris le dessus sur mes pensées.

Il avait brillamment manœuvré l'avion pour le sortir du hangar de stationnement du port spatial et le dirigeait maintenant vers sa maison. Du moins, je supposai que c'était là où nous allions. Le Colonel n'avait rien dit sur notre destination. En fait, depuis qu'il m'avait traînée hors du dôme de verre, il n'avait pas dit un seul mot, et répondait à toutes mes questions par des monosyllabes, des grognements ou carrément rien du tout.

Abandonnant la conversation pour l'instant, je glissai mon regard sur le côté, pour étudier l'homme dont la maison serait la mienne, au moins pour l'année à venir.

Une main sur le panneau de contrôle, l'autre posée négligemment sur sa cuisse, sa posture semblait détendue. De toute évidence, le Colonel ne partageait pas mon impression de tension gênante.

Je regardai sa main pendant un moment. Une fourrure gris anthracite recouvrait sa peau sombre. Des griffes noires terminaient le bout de ses doigts. Je le revis en train de déchirer l'être vivant dans la vidéo. Heureusement, ses griffes étaient plus courtes et semblaient émoussées, comme si elles avaient été limées.

Comparé aux vêtements flamboyants des civils voraniens que j'avais rencontrés au spatioport, l'uniforme gris du Colonel semblait terne et modeste. Les seuls ornements étaient les épaulettes décorées sur ses larges épaules et les garnitures rouge et or sur les manches et le col.

Après quelques instants de ce long et troublant silence entre nous, je ne pus en supporter davantage.

— Vous devez avoir de talentueux artisans à Voran, dis-je avec la première chose qui me vint à l'esprit. J'adore les vêtements exquis des Voraniens.

J'admirai la couture raffinée de la bordure qui bordait sa manche. Il suivit mon regard puis fixa sa manche un moment comme s'il la voyait pour la première fois.

— Je suppose que oui, répondit-il en haussant les épaules.

Eh bien, enfin une réponse appropriée de sa part - trois mots complets.

— Savez-vous si cela a été fait à la main ? continuai-je, encouragée par ses propos. Ou avez-vous des machines qui font ça ?

— Les vêtements ? dit-il en me jetant un regard incrédule, l'air sincèrement choqué que je *lui* demande quoi que ce soit sur du textile.

— Enfin, les vêtements et la coupe... balbutiai-je. J'aurais préféré me taire, mais il me rendait nerveuse. Plus je me sentais déstabilisée, plus mon envie de parler devenait forte. Tout ça. Qui a brodé ça ? dis-je en passant ma main sur son bras.

— Je n'en ai aucune idée, répondit-il en fronçant les sourcils et en passant ses doigts dans sa barbe. Est-ce que c'est quelque chose que vous avez absolument besoin de savoir ?

— Oh non, répondis-je en secouant la tête. Ce n'est pas important. C'est juste par curiosité.

— Pourquoi ? demanda-t-il me fixant du regard.

— Hum... murmurai-je. Ainsi embarrassée, je ne pouvais dire que la vérité. Vous voyez, j'essaie juste de bavarder un peu, avouai-je.

Il grimaça comme si je venais de lui donner quelque chose d'aigre à manger.

— *Bavarder un peu* ?

— Bon, lâchai-je dans un souffle tremblant, en sentant la sueur perler sous mes aisselles.

Pouvait-il la sentir ? Les Voraniens avaient-ils un odorat supérieur à celui des humains ? Je n'arrivais plus à m'en souvenir.

— « Bavarder un peu » se traduit par « blabla inutile », annonça-il, sans ambages. Pourquoi perdre du temps avec ça ?

— Je ne sais pas... dis-je en gigotant d'un air mal assuré. Peut-être, pour briser la glace ? Parler permet aux gens d'apprendre à se connaître. Non ?

Maintenant, il semblait sincèrement confus.

— En quoi la méthode de confection des vêtements sur Voran vous aidera-t-elle à mieux me connaître ?

Je pris une autre inspiration profonde.

— Eh bien...

Je n'avais rien à dire.

— Je ne sais pas, dis-je en abandonnant.

— Il *doit* bien y avoir des questions plus appropriées, poursuivit-il. Pourquoi ne pas me demander exactement ce que vous voulez savoir ?

Et alors là, je me sentais idiote d'avoir ouvert la bouche.

— Ok, hum... commençai-je en cherchant frénétiquement dans ma tête. La panique m'envahit car je n'arrivais pas à trouver une seule chose intelligente à demander. Tout semblait soit inopportun soit carrément stupide.

Ce n'est pas que je n'avais pas de questions. J'en avais au moins un million, mais aucune ne me semblait assez intelligente ou importante. J'étais inquiète de sa réaction. Jusqu'à présent, il n'avait pas semblé impressionné ou même sévèrement ennuyé par moi, ce qui me gênait encore plus et, pour le moment, me rendait encore moins capable de dire quoi que ce soit.

— Y a-t-il quelque chose que *vous* aimeriez demander à mon sujet ? Peut-être ? dis-je, en espérant changer de sujet.

— Non, répondit-il avec assurance.

— Rien ? insistai-je en clignant des yeux, ne sachant pas si je me sentais surprise ou offensée, ou les deux à la fois, par son manque total d'intérêt. C'est pour ça que vous ne m'avez jamais contactée ? Parce que ça ne vous intéressait pas ?

Il bougea dans son siège, rejeta ses épaules en arrière et étira son cou.

— Le meilleur moyen d'apprendre à connaître une personne est de passer du temps avec elle, en vrai. J'ai obtenu toutes les informations préliminaires dont j'avais besoin grâce à votre dossier.

— Oh, vous avez lu ma lettre, alors ? demandai-je, avec un nouvel espoir.

J'étais en fait très fière de la lettre que j'avais écrite pour accompagner ma candidature. Elle était un peu longue, environ douze pages au total. Dans cette lettre, j'avais réussi à exprimer mes espoirs et mes rêves de manière assez précise, je crois, et à donner au lecteur une assez bonne idée de ma personnalité.

Est-ce que je l'avais si bien écrite qu'elle ne laissait plus aucune place à d'autres questions ?

— Non. Je n'ai pas lu la lettre, répondit le Colonel.

— Vous ne l'avez pas lue ? soufflai-je, dépitée.

— C'était inutile, ajouta-t-il en haussant encore les épaules. Vous alliez venir bien assez tôt, de toute façon.

Je me mordis la lèvre. Manifestement, il n'en avait rien à faire de mes espoirs et de mes rêves.

— Écoutez, dis-je en me frottant le front, tout en essayant de donner un peu de sens à tout ça. Pourquoi m'avoir choisie alors ? On m'a dit qu'il y avait beaucoup de candidates.

— Beaucoup, souffla-t-il d'un air renfrogné. Des milliers.

— Pourquoi *moi* alors ?

Il manipula quelques boutons sur le panneau de contrôle. Mais cela n'entraîna pas de changements significatifs dans la trajectoire de notre avion.

— Votre photo m'a plu, dit-il au bout d'une minute ou deux.

— C'est tout ? Juste ma photo ?

Les instructions stipulaient que la photo de candidature ne devait pas être retouchée. Je n'avais pas pu y ajouter un joli filtre. Cette photo était tout à fait ressemblante, sans fioriture, à l'exception d'un léger maquillage.

On m'avait qualifiée de « jolie », mais en réalité, il y avait un million de femmes plus belles que moi, plus grandes, plus minces, à la peau éclatante. Je ne pouvais tout simplement pas être la plus belle fille parmi des milliers d'autres.

— Qu'est-ce qui vous a plu dans ma photo ?

— C'était lumineux, expliqua-t-il.

— Lumineux ?

Il hocha la tête.

— Vos vêtements m'ont rappelé les femmes de Voran. Et vos cheveux étaient assortis à la tenue.

Je repensai à ce que je portais sur cette photo - une robe imprimée à fleurs de tournesol avec des froufrous et un bandeau vert. Cette robe me rendait joyeuse, et je trouvais que le bandeau allait bien avec mes cheveux roux. Apparemment, la tenue était si *lumineuse* qu'elle avait attiré l'attention du Colonel.

— Donc vous avez choisi votre potentielle future partenaire de vie en vous basant uniquement sur ses vêtements et la couleur de ses cheveux ? demandai-je en le regardant fixement, sidérée.

Même s'il recherchait simplement une nounou pour ses enfants, n'aurait-il pas dû y avoir un processus de sélection un peu plus exigeant ? Il avait donc choisi ainsi la personne avec qui il allait passer au moins un an, sous le même toit ?

Tu parles de laisser le hasard faire les choses ! Le Colonel remarqua certainement ma confusion.

— Et comment auriez-*vous* choisi à ma place ? demanda-t-il avec une lueur de curiosité dans les yeux.

— En me basant sur la personnalité, bien sûr, répondis-je rapidement. J'aurais cherché à savoir ce que la personne aime et ce qu'elle n'aime pas. Il y a des tests de compatibilité spécialement pour ça...

— C'est comme ça que les mariages se font sur Terre ? interrompit-il. En faisant appel à des tests ?

— Eh bien, pas exactement. Même si les applications et les agences de rencontres utilisent une sorte de formule spéciale, je crois.

— Et comment ça se passe pour les humains ? Vos mariages sont-ils solides ?

— Eh bien ça marche bien pour certains couples, pour la *plupart* même. Le taux de divorce sur Terre se situe quelque part entre quarante et cinquante pour cent...

— Quoi ? s'emporta-t-il. Vos tests et formules ne sont donc pas si bons que ça, alors ?

— Quel est le taux de divorce sur Voran ?

Il haussa un sourcil touffu.

— Seul un homme sur dix sur Voran a la chance d'avoir une femme, dit-il lentement, en me regardant fixement. Une seule femme. La chance de se marier. Un mari ferait n'importe quoi pour garder sa femme. Absolument tout. Le divorce est si rare sur notre planète qu'il est pratiquement inexistant.

Je redoutai de demander ce qu'il entendait exactement par « ferait n'importe quoi ». Cela pouvait signifier « lui donner *tout* ce qu'elle désire pour rester heureuse dans le mariage », ou « faire *tout* ce qui est possible pour retenir physiquement sa femme, y compris l'attacher dans la cave ».

— Et si... commençai-je prudemment. Parfois les choses ne marchent pas entre deux personnes, vous savez.

— Il y a toujours un moyen d'arranger les choses, dit-il avec confiance. Son ton ne laissait aucune place à la discussion. Donc je ne dis rien.

Au lieu de cela, je regardai à nouveau droit devant moi à travers la vitre du vaisseau spatial.

— Écoutez, dit-il au bout d'un moment, trahissant ainsi le fait qu'il continuait à penser au sujet même après notre silence. Mon temps était très limité, expliqua-t-il. Ils m'ont demandé d'en choisir une seule, parmi des milliers de photos de femmes extraterrestres. La vôtre est sortie du lot. C'est tout.

Chapitre 3

Daisy

Voilà la maison, annonça le Colonel en pointant sa barbe sur un amas de dômes et de sphères en verre au sommet d'un gratte-ciel.

— Tout le bâtiment ? demandai-je en me penchant sur la vitre de l'appareil pour mieux voir.

Le bâtiment était si haut que je ne pouvais même pas distinguer la rue en bas pendant que nous étions en vol stationnaire près du sommet. Des bulles de verre recouvraient les murs, comme s'ils avaient été aspergés de mousse. Ces bulles correspondaient à des patios et des balcons en verre de différentes tailles. Le Colonel me regarda attentivement.

— Non. Le bâtiment n'est pas à moi, dit-il. Je n'occupe que les trois derniers étages.

— *Que* les trois étages ? pouffai-je. Votre appartement doit avoir la taille d'un amphithéâtre.

Le dôme principal semblait à lui seul assez grand pour contenir un colisée. Plusieurs autres dômes l'entouraient, à peine plus petits que le premier.

— C'est... c'est à couper le souffle, dis-je en regardant avec admiration le verre scintiller sous le soleil de fin d'après-midi de Neron tandis que le Colonel manœuvrait l'avion pour le rapprocher du dôme le plus proche.

La grande baie vitrée s'ouvrit, et laissa l'avion glisser à l'intérieur. Il atterrit sur une plateforme verte couverte d'une herbe soigneusement taillée. Les panneaux latéraux de l'avion se soulevèrent et je sortis. Les talons de mes Mary Janes s'enfoncèrent dans la pelouse intérieure luxuriante, si insolite sous la lumière blafarde du soleil couchant hivernal.

— Est-ce que c'est une vraie ? dis-je en me tournant vers le Colonel qui contournait l'avion vers moi.

— La pelouse ? Oui. Elle pousse toute l'année, comme le reste des plantes, répondit-il. Puis il fit un geste vers les bacs qui bordaient les murs et les pots suspendus qui débordaient de guirlandes de fleurs.

— Quel magnifique patio ! m'exclamai-je et je me retournai lentement, admirant la verdure luxuriante généreusement parsemée de fleurs aux couleurs vives. Ce serait tellement agréable de prendre le thé ici le matin.

— Vous voulez prendre votre petit-déjeuner dans le garage ? s'étonna le Colonel en levant un sourcil vers moi.

Le garage ? Bien sûr. Où d'autre pourrait-il garer son véhicule ?

— Eh bien, c'est le plus joli garage que j'ai jamais vu... marmonnai-je.

Il n'arrêtait pas de me faire sentir comme une parfaite idiote. Comment pouvais-je savoir que de l'herbe naturelle et des fleurs magnifiques étaient parfaitement à leur place dans un parking de Voran ?

— Il y a un vrai patio pour le petit déjeuner de l'autre côté de cet étage, expliqua le Colonel et il me guida vers des portes en verre opaque qui coulissèrent à notre approche. Le matin, la vue est bien meilleure ici, ajouta-t-il.

Je n'eus même pas le temps de répondre. Mon souffle fut coupé dès notre entrée dans la pièce suivante.

Elle était parfaitement ronde, avec un sol en carreaux et un plafond si haut que je devais pencher la tête en arrière pour apercevoir l'hémisphère en verre de la lucarne. Des plantes vertes et jaunes poussaient partout. Des vignes pendaient du plafond, se déployaient sur les murs et grimpaient le long de treillis. Certaines avaient de grandes fleurs vives, et ajoutaient ainsi des éclats de couleur. Un parfum frais et doux flottait dans l'air.

— Oh mon Dieu... soufflai-je émerveillée.

Je pressai mon sac à main sur ma poitrine, et me promenai dans la pièce, pour en admirer la beauté.

— Vous aimez ? demanda le Colonel.

Ses sourcils épais étaient froncés, mais je ne pensais pas qu'il était en colère contre moi à ce moment-là. Il ne semblait pas avoir beaucoup d'expressions faciales, à part plusieurs froncements de sourcils de différentes intensités. C'était incroyable de voir qu'un homme aussi grincheux que lui pouvait vivre dans un tel paradis.

Son humeur ne me préoccupait pas de toute façon pour le moment. Cet endroit était trop beau pour se soucier de ce genre de choses. J'écartai les bras, le sac à main - avec les décorations - serré dans une main, et je fis un tour.

— Aimer ? J'adore oui ! déclarai-je sans pouvoir m'empêcher de rire doucement. C'est magnifique. Un bel été en plein milieu de l'hiver.

Je fis face au Colonel et repris mon souffle.

— Vous devez être un jardinier extraordinaire, me réjouis-je, heureuse d'avoir enfin trouvé quelque chose qui rachetait cet homme.

Il croisa ses bras sur son large torse.

— Moi ? Non, c'est le travail d'Omni.

— Omni ? répétai-je en regardant autour de moi pour chercher la personne qui portait ce nom.

Un vrombissement derrière moi me fit tourner sur moi-même. Un objet roulait vers nous depuis la porte opposée. C'était un cadre pourvu d'un écran, monté sur un grand bâton et fixé à une petite plateforme roulante.

— Salutations, Madame Kyradus, dit une voix mécanique apaisante depuis l'écran avec une lumière douce. Bienvenue dans la maison du Colonel Grevar Velna Kyradus. Je suis l'Intelligence Artificielle du système de gestion de la maison, ou « IA de la maison » en abrégé. Mais vous pouvez m'appeler Omni.

— Salut Omni, dis-je en hochant la tête en guise de salut, puisque le robot n'avait pas de mains à serrer. C'est un plaisir de te rencontrer.

Dépourvu de mains, je me demandai comment ce robot pouvait faire quoi que ce soit ici, sans parler de la création et de l'entretien de ce luxuriant jardin intérieur.

— J'espère que votre voyage a été agréable ? continua Omni. Nous avons reçu vos bagages du spatioport. J'ai pris la liberté de les monter dans votre chambre et de les défaire.

— Oh, vraiment ? Merci...

— Voulez-vous que je m'en occupe aussi ? demanda-t-il et l'image du sac dans mes mains apparut à l'écran.

Je serrai le sac contre ma poitrine, hésitant à m'en séparer, même pour un court laps de temps.

— Où voulez-vous que je le place près de votre chaise pendant votre dîner ?

Si j'insistais maintenant pour garder mon sac à main, je passerais pour un enfant refusant d'abandonner son jouet préféré. Et le Colonel semblait déjà avoir une opinion peu flatteuse de moi.

— Non, c'est bon. Tu peux le prendre.

Et je tendis le sac à Omni, en me demandant comment cet écran pourrait transporter quoi que ce soit quelque part.

Je sentis un léger mouvement d'air sur mon visage, et un petit drone argenté apparut, comme sorti de nulle part.

— Pouvez-vous accrocher le sac à main au crochet, s'il vous plaît ? demanda Omni.

Je fis ce que l'on me demandait, et j'accrochai soigneusement le sac à main à un crochet chromé qui dépassait du drone. Puis, il décolla vers un escalier en colimaçon qui faisait le tour de la pièce et montait en spirale à l'étage supérieur.

— Attention, s'il te plaît, implorai-je, en regardant le sac contenant les décorations de Noël de ma grand-mère s'envoler. C'est fragile, précisai-je. C'est pourquoi je ne l'avais pas laissé avec le reste de mes bagages et l'avais porté moi-même jusqu'ici.

— Il n'y a absolument rien à craindre, m'assura Omni. Toutes mes unités sont d'une extrême précision de mouvements.

— Le dîner est prêt ? aboya le Colonel, en tenant à la main un petit verre large. Il avait visiblement pris un verre quelque part.

— Oui. Suivez-moi dans la salle à manger, s'il vous plaît, annonça Omni et il retourna vers les portes vitrées d'où il était venu. Le Colonel et moi le suivîmes.

— Vous buvez de l'alcool ? me demanda le Colonel en chemin.

Je ne pouvais pas déterminer, au ton de sa voix, s'il se renseignait simplement avant de m'offrir un verre ou s'il s'apprêtait à juger mes choix. Encore une fois, je décidai de me contenter de dire la vérité :

— Oui, je bois.

— Quelle est votre boisson préférée ? continua-t-il avec un ton bourru comme d'habitude, mais sans avoir l'air de porter un jugement.

— Du vin, dis-je. Si vous avez quelque chose de ce genre sur Neron ? ajoutai-je.

Nous entrâmes dans une pièce de forme ovale où se trouvait en son centre une grande table en verre. Tout comme la pièce précédente, celle-ci était surmontée d'un haut dôme transparent. Tout l'espace était également plein de plantes et de couleurs. Même le lustre orné suspendu au-dessus de la table servait de treillis pour les vignes grimpantes. Leurs fleurs rouges et orange étaient presque aussi brillantes que ses lampes.

Un drone vola dans ma direction avec un grand verre de liquide violet serré dans une de ses pinces chromées.

— Dites-moi ce que vous pensez de ça, demanda le Colonel en désignant le verre que je pris délicatement du drone. On me l'a offert pour une occasion spéciale l'année dernière, ajouta-t-il.

— Merci, répondis-je avant d'avaler une petite gorgée et de sursauter lorsque le liquide violet me brûla la langue. La brûlure, cepen-

dant, fut rapidement apaisée par un arrière-goût frais et légèrement sucré. C'est un peu fort, je crois... hésitai-je.

Mes connaissances en vin se limitaient principalement à sa couleur
- rouge ou blanc. J'aimais en boire parfois et je n'avais pas besoin d'en
savoir beaucoup sur le sujet pour l'apprécier. Je levai les yeux vers le
colonel, qui me regardait attentivement avec une expression in-
déchiffrable.

— C'est agréable, ajoutai-je, juste au cas où.

Il hocha la tête et posa son verre pour tirer la chaise de la table vers
moi. Son geste galant me surprit. Jusqu'à présent, le Colonel n'avait pas
fait plus qu'ouvrir une porte pour moi. Mais bon, ici, les portes s'ou-
vraient toutes seules partout.

— Merci.

Et je m'assis. Un chariot arriva par une autre porte sur le côté au moment où le Colonel prenait place face à moi, à l'autre bout de la table.
Deux drones posèrent deux plateaux devant nous. Ils ressemblaient à
des échiquiers ; de petites quantités de différents aliments remplissaient
les cavités carrées. Même si le Colonel me rendait très nerveuse, j'étais
quand même affamée.

— Ça a l'air si bon, dis-je en buvant une autre gorgée de vin, puis je
saisis un couvert fin sur la table. Les enfants ont-ils déjà mangé ?

Je me demandais où pouvaient bien être les jumeaux, et espérais les
rencontrer le plus tôt possible. De plus, la présence d'enfants m'aidait
toujours à me détendre dans les situations inconfortables.

— Les enfants ? répéta-t-il en levant les yeux vers moi depuis son
assiette.

— Oui. Les garçons, dis-je en faisant sauter une petite grappe de
boules jaunes dans ma bouche. Elles fondirent sur ma langue avec un
goût crémeux de beurre et de fromage. Comment s'appellent-ils ? Je n'ai
trouvé ça nulle part dans les informations qui m'ont été fournies.

— Mes fils s'appellent Olvar Shula Kyradus et Zun Shula Kyradus,
dit-il avec une fierté manifeste.

— Olvar et Zun ? Ce sont de beaux prénoms.

— Je les ai choisis moi-même, déclara-t-il, et il jeta un morceau de nourriture de son assiette à sa bouche, sans utiliser de couvert. Olvar signifie « féroce » en voranien, et Zun veut dire « le victorieux ». J'espère qu'ils deviendront des hommes qui rendront justice à ces noms.

— Je l'espère aussi... répondis-je, puis avec le couvert en forme de crochet, j'attrapai un morceau rond de quelque chose d'autre dans mon assiette et en pris une petite bouchée. Sa texture était ferme comme celle d'une pastèque, avec un goût acidulé et savoureux. Où sont les garçons maintenant ? continuai-je.

— À l'école.

Il semblait être un peu trop tard pour que des enfants de cinq ans soient encore à l'école. Mais bon, nous n'étions pas sur Terre. Je devais m'attendre à ce que les choses soient différentes. Je goûtai un petit cube prélevé d'une autre cavité carrée. Celui-ci s'avéra être un morceau de viande séchée.

— Quand vont-ils rentrer à la maison ? demandai-je après avoir mâché et avalé la viande.

Le Colonel finissait rapidement de manger sur son plateau.

— Dans environ trois ans et quatre mois, répondit-il.

Le couvert m'échappa des mains et se heurta au plateau avant de tomber sur la table.

— Trois ans ?! m'exclamai-je en le regardant, dans l'espoir d'avoir mal compris.

— Oui. Ils sont à l'Académie militaire. Les études à plein temps y durent neuf ans, expliqua-t-il calmement.

— L'Académie militaire pour des enfants de cinq ans ? m'étonnai-je tout en essayant de ne pas porter de jugement. Après tout, j'étais sur une autre planète, avec une autre culture...

Il s'avéra trop difficile, cependant, de me forcer à avoir une expression neutre. J'étais certaine que le choc que j'avais ressenti était maintenant visible sur tout mon visage.

— Oui, confirma le Colonel. Une éducation axée sur l'armée a été choisie comme l'orientation la plus appropriée pour mes enfants.

— Choisie par qui ?

— Par moi, avec l'aide des tests d'aptitude effectués par le ministère de l'Éducation et du Bien-être des enfants.

— Comment peut-on déterminer l'aptitude d'un enfant de cinq ans ? demandai-je en laissant l'ustensile là où il était, je n'avais plus très faim.

Il me regarda fixement.

— Pourquoi un *enfant de cinq ans* ? Mes fils sont à l'Académie depuis leur naissance.

Mes sourcils durent remonter jusqu'à la racine de mes cheveux au moment où je le fixais avec étonnement. Toutes mes pensées se figèrent un instant.

— Comment peut-on enseigner la tactique militaire à un nouveau-né ? Je suppose que c'est ce qui est enseigné à l'Académie militaire, non ?

— Exact, confirma-t-il. Les tactiques militaires font partie du programme. Bien sûr, les leçons ne commencent que plus tard. Les nouveau-nés ne sont pas présents en classe.

— Eh bien, tant mieux puisque, comme vous le savez, *s'asseoir* peut être difficile pour quelqu'un qui ne peut même pas soutenir sa propre tête.

Il me regarda un moment, comme s'il essayait de déchiffrer le sens caché derrière le timbre de ma voix. Il y avait clairement une bonne dose de sarcasme dedans. Ma détermination à faire preuve d'ouverture d'esprit et à accepter l'autre culture s'avérait de plus en plus difficile à maintenir à mesure qu'il parlait.

— Vos enfants sont-ils déjà venus ici, dans leur maison familiale ?

— À quelques occasions, répondit-il platement, l'air réservé.

— Donc, vous ne les voyez pas du tout, alors ? insistai-je.

Il bougea sur son siège et se pencha complètement en arrière.

— Je les vois une ou deux fois par mois, dit-il lentement, mais je suis de près leurs progrès scolaires quotidiennement. Je vérifie également leurs rapports de santé tous les matins.

— Eh bien, suivre leur pression sanguine et leurs progrès en maths ne peut pas remplacer vraiment le fait de les *voir*, non ?

Il plissa soudain les yeux et poussa soudain son assiette avec force.

— Est-ce que vous êtes en train de critiquer la façon dont j'élève mes enfants ?

La lueur déclinante du coucher de soleil, complétée par la lumière douce du lustre, faisait briller ses yeux rouges sur son visage gris foncé. Je pouvais sentir son mécontentement suspendu dans l'air, épais et étouffant comme une couverture de laine. C'était terrifiant.

Je pris une grande inspiration. Le problème, c'était que je ne pouvais jamais me taire, même lorsque c'était manifestement dans mon intérêt. Mes paroles allaient souvent bien plus vite que mes pensées.

— Pas vraiment, rétorquai-je. Je ne peux pas vraiment critiquer la façon dont vous éduquez vos enfants parce que ce n'est pas vous qui les *élevez*, non ? Depuis leur naissance, ils passent toutes leurs journées avec quelqu'un d'autre. Que peut bien signifier pour eux « avoir un père » ?

— Ça suffit ! cria-t-il en frappant la table, en nous faisant sursauter, moi et la vaisselle. Vous êtes à Voran depuis moins d'un jour, et vous me dictez déjà comment je dois gérer mon foyer ?

Je réalisais trop tard que j'étais allée trop loin.

— Je suis désolée. C'est sorti tout seul, marmonnai-je en lissant ma jupe dans mes mains. Je ne voulais absolument pas être irrespectueuse.

— Eh bien c'est raté.

Le mépris dans sa voix me donna envie de traverser le plancher et de me cacher dans n'importe quelle pièce du niveau inférieur. Je refusai de croiser son regard effrayant.

— Je devrais peut-être m'arrêter là pour ce soir. Je suis encore un peu fatiguée, avec le long vol et tout... dis-je en laissant ma voix s'éteindre.

J'avais complètement perdu l'appétit. Tout ce que je voulais, c'était sortir de cette pièce et m'éloigner du Colonel.

— Omni va vous conduire à votre chambre, murmura-t-il en écartant sa chaise de la table.

Chapitre 4

Daisy

Le dîner s'était mal passé. Horriblement. Bien plus mal que je n'aurais pu l'imaginer. Avec un homme bourru et grincheux comme le Colonel, il fallait s'attendre à des difficultés. Mais le désastre du dîner était entièrement de ma faute. N'est-ce pas ?

La chose la plus sage à faire en arrivant chez un étranger - surtout s'il habitait sur une autre planète – aurait été d'abord de rester tranquille, d'écouter et d'observer, d'apprendre la nouvelle culture comme j'en avais pleinement l'intention au début.

Non, il avait fallu que j'ouvre mon clapet et que je donne mon avis à tout bout de champ... alors qu'on ne m'avait rien demandé. Le bien-être des enfants avait toujours été un sujet sensible pour moi et je n'avais pas pu me taire.

Maintenant, cette situation - déjà délicate - était devenue encore plus difficile. Bouleversée, je ne regardais pas vraiment où j'allais en suivant le robot Omni dans le large escalier en colimaçon.

Lorsque les deux portes blanches opaques s'ouvrirent sur une immense salle ronde surmontée d'une sphère vitrée, je m'arrêtai dans mon élan, encore une fois frappée par tant de beauté.

— Est-ce que c'est...

— Votre chambre, annonça un autre écran monté sur un manche.

Strié des couleurs déclinantes du coucher de soleil mourant, le ciel au-dessus de nous était constellé d'étoiles sur ses bords déjà sombres. Un grand lit rond se trouvait au milieu de la pièce. Soutenu par deux poteaux décorés qui s'élevaient du sol, un baldaquin en fer forgé flottait au-dessus, drapé de guirlandes de vraies fleurs. Le même parfum léger flottait dans l'air, et emplissait la pièce, qui semblait avoir été conçue par des fées.

— C'est tout simplement... Omni, cet endroit est tout simplement magique, déclarai-je.

— Oh, merci, Madame Kyradus.

Le nom du colonel me fit grimacer.

— Peux-tu m'appeler Daisy, s'il te plaît ?

— Bien sûr. Je peux vous appeler par le nom que vous voulez. Faites savoir au Colonel Kyradus que vous souhaitez me reprogrammer.

— Donc, tu ne peux pas m'appeler Daisy juste comme ça ? Sans son autorisation ?

— Non. J'ai été spécifiquement programmé pour m'adresser à vous en tant que Madame Kyradus.

Le Colonel devait aimer entendre son nom répété fréquemment.

— Très bien, alors. Ce sera Madame, mais juste pour ce soir, répondis-je en notant que je devais en parler à la fois au Colonel et au Comité de Liaison. Cela n'avait aucun sens que je sois appelée et traitée comme sa femme si nous n'avions pas de véritable relation ensemble.

Je ne voulais pas abandonner après un seul dîner, aussi désastreux fût-il. La première impression était, certes, importante, mais elle ne faisait pas tout. Peut-être pourrions-nous trouver dès le lendemain un moyen de surmonter ça ensemble ?

Sauf que le Colonel n'avait montré aucune intention de développer quoi que ce soit avec moi. Je n'avais pas décelé le moindre soupçon de sentiments romantiques chez lui, pas la moindre trace de désir de construire une quelconque harmonie entre nous. Bien sûr, mes propos critiques n'avaient pas facilité les choses non plus.

Au train où allaient les choses, je ne pensais pas qu'une quelconque relation pouvait jamais être possible entre nous, pas même celle d'un employé avec son employeur. Et comme les enfants n'étaient pas là, je ne voyais pas quel pouvait être mon rôle dans cette maison.

Toutes ces pensées qui se bousculaient dans mon crâne me faisaient tourner la tête. Se tourmenter s'avéra épuisant. J'étouffai un bâillement. Il n'était pas encore très tard, mais je me sentais déjà fatiguée

— Tu as dit que tu avais déballé mes affaires ? demandais-je à Omni.

— Oui. Par ici, s'il vous plaît.

Le robot roula derrière un bac à plantes avec un grand treillis couvert de vignes. Ce dernier servait de paravent et dissimulait une entrée voûtée donnant sur une grande pièce. Je devinai que c'était un énorme dressing.

— Votre salle de bains est par là, précisa Omni et une flèche pointant vers la droite apparut sur son écran. J'ai ajouté vos vêtements au reste, poursuivit-il.

— Le reste ? demandai-je en regardant les nombreuses rangées de cintres qui tapissaient les murs du sol jusqu'à la lucarne arrondie du plafond.

Un canapé blanc et rond trônait au milieu d'un tapis coloré posé au sol. Il était entouré d'étagères pour chaussures, toutes en forme de pieds humains.

— À qui sont ces vêtements ? demandai-je, en admirant les tissus brillants qui scintillaient sous les guirlandes lumineuses entrelacées de fleurs sous le plafond.

— Les vôtres, répondit Omni. Le Colonel les a commandés dès que votre taille a été confirmée.

— Donc, il n'a pas pris la peine de m'écrire un seul mot, mais il s'est assuré de connaître ma taille en robe ?

— Et la pointure des chaussures également, ajouta Omni, d'un ton neutre. En tant que chef de l'armée voranienne, le Colonel assiste à un certain nombre d'événements publics et de réceptions de haut niveau. Et en tant qu'épouse, vous l'accompagnerez. Il est important que vous soyez habillée convenablement.

— C'est vrai. Le Colonel est plutôt haut placé, n'est-ce pas ?

Je glissai ma main le long de la matière douce et brillante des vêtements sur les cintres. Peut-être était-ce le but de ma présence ici ? Le Colonel avait besoin d'une présence féminine pour les galas et autres événements officiels. Si c'était le cas, il avait fait une grosse erreur en me choisissant. Fréquenter la haute société n'était pas mon fort. Il l'aurait su s'il avait lu ma lettre.

— Le colonel Kyradus occupe actuellement le plus haut rang de l'armée voranienne. Il a été promu il y a un peu plus d'un an, après avoir mené avec succès l'opération qui a mis fin à l'invasion des *fescods* sur Voran.

— *Fescods ?*

— L'espèce semi-intelligente de la planète Tragul. Ils avaient presque totalement surpeuplé leur planète, alors ils ont attaqué Neron, en atterrissant sur Voran il y a onze ans et trois mois. Les interventions du Colonel sur Tragul ont suffisamment affaibli les forces des *fescods* pour qu'ils se retirent entièrement de Neron.

L'image d'un blob de l'espace, identique à ceux qui avaient attaqué le Colonel dans la vidéo qu'il m'avait envoyée, apparut sur l'écran d'Omni.

— *Fescods*, dit Omni d'une voix sombre. Ils ont entraîné Voran dans une longue guerre dévastatrice. Et les actions héroïques du Colonel l'année dernière ont permis notre victoire.

— Wow, haletai-je doucement, plutôt impressionnée. Le Colonel n'est donc pas seulement le commandant de l'armée, mais il est aussi un héros de guerre. Tous ces détails ne figuraient pas dans le dossier d'information que j'ai reçu du Comité.

— Le Comité n'a fourni que des données de base. Cependant, lorsque nous avons reçu votre demande d'informations supplémentaires, le Colonel m'a ordonné d'envoyer l'enregistrement de son moment de gloire. Nous ne sommes pas sûrs que la vidéo vous soit parvenue, car on nous avait dit que vous étiez déjà partie pour Neron à ce moment-là.

— Elle m'est parvenue, dis-je en m'asseyant sur le canapé rond au milieu de la pièce. Je l'ai visionnée dans le vaisseau spatial, peu avant mon arrivée ici.

La vidéo qui m'avait terrifiée était visiblement celle du « moment de gloire » du Colonel. Ce devait être sa façon de m'en dire plus sur lui, et non de me faire fuir intentionnellement. Cependant, un bref message pour accompagner la vidéo aurait été bien utile. Mon mal de tête ne fit que s'intensifier après tout ça.

— Je réfléchirai à tout cela demain, Omni. J'aimerais vraiment aller dormir, là.

— Certainement, répondit la voix agréable d'Omni tout en douceur. Bonne nuit et faites de beaux rêves, Madame Kyradus. Je vais éteindre cette unité maintenant, mais si vous avez besoin de quoi que ce soit, dites simplement mon nom.

Le manche roula jusqu'à la base de chargement près du mur, puis l'écran devint noir.

Grevar

IL DÉBOUTONNA COMPLÈTEMENT la veste de son uniforme, s'adossa à sa chaise et fit signe au drone de lui servir un autre verre. Il buvait rarement de l'alcool fort en semaine, mais la situation d'aujourd'hui le justifiait.

Le privilège d'être le premier à recevoir pour épouse une humaine lui avait été accordé par le Gouverneur de Voran. Au fond de lui, Grevar soupçonnait le Gouverneur Ashir Kaeya Drustan de vouloir le marier seulement pour l'éloigner de sa propre femme, Shula. Mais il n'avait pas lieu de s'inquiéter. Depuis que Shula avait choisi Ashir plutôt que Grevar, ils n'était plus que des amis.

Dans l'opinion publique, en tant que héros de guerre décoré et Colonel nouvellement promu, il était logique qu'il soit le premier Voranien à épouser une humaine. C'était un grand honneur qu'il ne pouvait pas décliner.

Non pas qu'il voulait le refuser, bien sûr.

Avoir une femme était chose rare à Voran. L'insémination artificielle permettait à un homme de fonder sa propre famille. Cependant, beaucoup auraient été ravis d'avoir une femme, en plus des enfants, si on leur en avait donné la chance.

Cependant, Grevar n'avait pas vraiment sauté de joie lorsqu'il avait été informé de l'honneur qui lui était fait. Sa femme serait une étrangère, une Alien à l'allure bizarre venant d'une planète récemment découverte. Il y aurait des différences culturelles et autres à surmonter. Mais malgré tout, il avait quand même hâte qu'elle arrive.

À partir du moment où il avait accepté ce mariage, rien ne pouvait plus être changé. Au lieu d'essayer de contacter sa nouvelle épouse, il avait choisi d'attendre de la voir en personne. Tant de choses pouvaient se perdre dans la traduction lors d'une communication par courrier ou par vidéo.

Il avait choisi Daisy parmi une pile de photos déposées sur son bureau au travail un beau matin. Il n'avait pas eu suffisamment de temps, dans sa vie bien remplie, pour les examiner toutes, et encore moins pour accorder une attention particulière à chacune.

Toutes les femmes sur les photos se ressemblaient pour lui. La couleur de leur peau variait du beige au brun foncé, et celle de leurs cheveux du jaune pâle au noir, mais c'étaient les seules différences, et elles ne signifiaient pas grand-chose pour lui. Aucune de ses épouses potentielles n'avait de cornes ou de fourrure. Et toutes avaient l'air bizarres avec leurs yeux humains ternes d'Alien.

Il s'attendait à des complications. Mais ce soir, tout s'avéra particulièrement difficile et éprouvant.

Après une longue inspiration, il prit une grande gorgée de son verre fraîchement rempli.

Malheureusement, il n'avait pas été possible de deviner, à partir de la photo seulement, à quel point sa nouvelle femme serait un moulin à paroles. Sa tête lui faisait mal à cause de tout son bavardage.

Bien sûr, avoir quelqu'un ici était un défi pour lui. Les seuls bruit qu'il devait habituellement supporter dans sa maison étaient le goutte-à-goutte subtil du système d'irrigation des plantes, le ronronnement des nombreux appareils Omni, ou le bruit des appareils numériques de divertissement de temps en temps quand il regardait les nouvelles. C'était à peu près tout.

Avoir une femme bavarde sous le même toit que lui demandait une adaptation. Bien que, peut-être, pas aussi désagréable que ça.

Il avait apprécié l'expression de joie sur son visage lorsqu'elle était entrée chez lui pour la première fois. Elle lui rappelait ce sourire heureux qu'elle avait sur sa photo de candidature - lumineux et plein d'émerveillement.

S'habituer à sa voix, mélodieuse et agréable, ne serait pas trop difficile non plus. Même si elle continuait à parler autant qu'elle le faisait, il se voyait capable de l'ignorer, de laisser sa voix se fondre dans le bruit du système d'irrigation en arrière-plan. Tant qu'elle ne s'attendait pas à ce qu'il réponde à chacune de ses paroles, tout devrait bien se passer.

Avec un peu de chance, elle *essaierait* aussi de ne plus tenir les propos insultants qu'elle avait eus ce soir. C'était un peu dur et il n'acceptait pas facilement de se faire insulter. Néanmoins, les critiques sur ses enfants et la façon dont il les élevait n'étaient pas quelque chose qu'il prenait à la légère. Heureusement, elle lui avait semblé vraiment désolée après avoir réalisé sa bourde.

Après tout, c'était un nouveau monde pour elle. Tout dépendrait de sa capacité à s'adapter.

Son image lui revint de nouveau à l'esprit. Le plus difficile avait été de regarder son visage en face. L'absence de cornes le dérangeait. En voyant son front si lisse, il ne pouvait même pas se mentir en se disant qu'elle avait été victime d'un accident qui avait entraîné leur perte.

Heureusement, le reste de son corps ne semblait pas si mal. Il y avait même des choses qu'il appréciait vraiment chez elle.

Elle laissait, partout où elle allait, le sillage d'un parfum fleuri, un peu fort mais pas désagréable.

Il aimait ses cheveux jaune orangé lumineux. Leur couleur solaire lui évoquait un matin d'été. Il y avait aussi une énergie joyeuse dans la façon dont ses boucles épaisses rebondissaient quand elle balançait la tête.

Ses goûts vestimentaires lui plaisaient aussi. Il aimait la façon dont la jolie robe qu'elle portait épousait les courbes de son corps.

Et il aimait vraiment, franchement, ses courbes.

Le souvenir du galbe gonflé de ses seins au-dessus du décolleté profond de sa robe fit affluer une onde de chaleur dans son aine. Et ça ne le dérangeait pas qu'elle n'ait pas du tout de fourrure sur sa poitrine.

En fait, il souhaitait en voir plus, et sans cette robe.

Et c'était plutôt encourageant. En tant que mari, il devait coucher avec sa femme - c'était son devoir. Avoir une attirance physique pour elle rendait les choses beaucoup plus faciles.

Il termina son verre d'un trait et ôta son manteau militaire. Il se leva, s'étira le dos, et laissa le désir le parcourir. Son pénis gonflé pressait fort contre son pantalon, et sa peau fourmillait d'impatience sous sa fourrure.

Cela faisait des années qu'il n'avait pas tenu une femme dans ses bras. À l'époque, il en avait laissé entrer une dans son cœur et dans son lit, mais elle avait fini par choisir un autre homme que lui.

Maintenant, il avait la chance d'avoir une autre femme qui l'attendait dans sa chambre. Une chaude excitation parcourut ses veines à l'idée qu'elle était déjà *sa* femme

Il était temps d'aller au lit.

JE TROUVAI MA CHEMISE de nuit en coton brodé suspendue sur le cintre avec les vêtements que j'avais d'abord pris pour des robes de soirée. C'est en décrochant l'un d'elles que je compris que c'étaient des nuisettes. C'était une tenue assez provocante. Sans aucune doublure, le tissu transparent ne laissait aucune place à l'imagination.

Le tissu soyeux et chatoyant ressemblait à des ailes de libellules. Je glissai ma main sur le merveilleux vêtement, en me demandant ce que cela ferait de le porter.

Il n'y avait pas de mal à l'essayer, non ?

J'enlevai ma robe et mes sous-vêtements et enfilai la magnifique chemise de nuit. Elle n'était retenue que par deux bretelles très fines et tombait jusqu'au sol.

Il devait bien y avoir un miroir quelque part dans le dressing, mais je ne le trouvai pas. Je me souvenais, cependant, avoir vu une large commode avec un grand miroir rond au-dessus dans la chambre.

Après avoir enlevé mes chaussures, je sortis du dressing.

Mon reflet dans le miroir de la commode me coupa le souffle. C'était comme si mon corps était enveloppé d'un rayonnement magique - tout simplement. Ce n'était pas une matière solide, mais juste un reflet lumineux. Il ruisselait le long de mes courbes comme une cascade, et donnait à mon corps, plutôt ordinaire, l'apparence de quelque chose d'hors du commun.

— C'est trop beau pour être porté au lit, murmurai-je en tournoyant devant le miroir.

La jupe diaphane voltigeait autour de mes hanches comme un kaléidoscope de papillons... ou de fées nocturnes aux ailes iridescentes...

Soudain, les portes de la chambre s'ouvrirent en grand, et le Colonel surgit.

Son manteau militaire gris avait disparu, et il déboutonnait sa chemise blanche en entrant. Puis il s'arrêta dans son élan et me regarda fixement.

Je poussai un cri de surprise en essayant de couvrir simultanément toutes mes parties intimes, ce qui n'était pas facile à cause de la taille de mes seins. Chacun nécessitait une main entière pour être quelque peu dissimulé. Le fait d'être extrêmement troublée et, par conséquent, de manquer cruellement de coordination, n'arrangea rien à la situation. Jamais je ne m'étais sentie si totalement nue avec pourtant un vêtement aussi long.

Les yeux du Colonel semblèrent s'enflammer à ma vue. Il baissa la tête, arracha sa chemise et marcha droit sur moi.

— Oh, non... gémis-je en reculant jusqu'à ce que mon derrière heurte la commode.

L'atmosphère de la pièce joyeuse et fleurie changea soudain, comme si un orage avait gagné une prairie ensoleillée. Le Colonel domina tout l'espace et tous mes sens à la fois. Comme un énorme nuage arrivant sur le soleil, sa seule présence avait modifié le monde.

— Oui, souffla-t-il en se pressant contre moi.

Son odeur, forte et épicée, se déversa sur moi. D'énormes bras m'enserrèrent dans un étau. Son souffle chaud effleura ma peau alors qu'il enfouissait son visage dans mon cou, et sa barbe me chatouilla.

— Hum, Colonel... murmurai-je en posant mes mains sur son torse. Mes doigts s'enfoncèrent dans sa fourrure épaisse, et touchèrent ses muscles durs en dessous.

— Appelle-moi Grevar, râla-t-il, tandis que ses mains se promenaient sur mon corps. Putain. Tu es trop bonne... ajouta-t-il en m'embrassant dans le cou et il palpa ma poitrine à travers le tissu fin du vêtement provocant.

— S'il vous plaît... dis-je en courbant le dos, me penchant ainsi jusqu'au miroir derrière moi, pour m'éloigner de ses mains insolentes et de sa bouche effrontée. Qu'est-ce que vous faites ?

— Je couche avec ma femme... répondit-il en balançant ses hanches contre moi, et en écrasant son érection effroyablement énorme contre mon bas-ventre.

— Non, dis-je en tendant les bras, repoussant son torse dans une tentative vaine de l'éloigner.

Il ne bougea pas d'un pouce, et son buste devint un large mur de muscles et de fourrure résistant à mes efforts. Plus grand que moi d'au moins trente centimètres et infiniment plus fort, le Colonel était sur le point de faire de moi ce qu'il voulait, et je ne pouvais pas l'arrêter.

L'effroi glissa le long de mon dos et me glaça les entrailles.

« *De toute façon, que pouvait-il arriver au pire ?* » m'étais-je demandé en acceptant de venir ici ce soir. Il semblait que j'étais sur le point de connaître la réponse. Libérant tant bien que mal mes bras de son étreinte, j'attrapai ses cornes et tirai sa tête en arrière.

— Arrêtez, dis-je haut et fort, en le fixant droit dans les yeux. De couleur rouge écarlate avec des fentes verticales en guise de pupilles noires au centre, ils étaient plus effrayants que jamais. La seule façon possible ce soir, Colonel, serait de me *forcer*.

Il lui fallut un moment pour comprendre mes paroles. Finalement, la tempête de feu dans ses yeux se calma, et il reprit son expression nerveuse.

— Pourquoi te *forcer* ? demanda-t-il, avec une confusion qui se lisait sur son visage. Tu veux dire que tu ne veux pas ?

— Je ne veux pas.

— Mais alors pourquoi... dit-il en regardant mon corps.

Mon visage rougit lorsque ses yeux s'arrêtèrent sur mes tétons. Je les sentis durcir sous son regard jusqu'à ce qu'ils se dressent sans vergogne contre l'étoffe à peine transparente de la chemise de nuit. Des picotements chauds parcoururent ma peau à l'endroit où sa fourrure l'avait effleurée, et les muscles de mon ventre se contractèrent de manière inattendue avec désir.

La réaction soudaine de mon corps était extrêmement gênante. Je m'appuyai plus fort sur la commode pour me soutenir, alors que mes genoux se dérobaient.

— J'essayais juste cette robe, expliquai-je en hochant la tête. Je n'avais pas l'intention de...

Une ombre noire voila son visage tandis qu'il s'approchait, planant au-dessus de moi.

— Tu es *ma* femme. Il ne pourra jamais y avoir d'autre homme, grogna-t-il.

— Il n'y a pas... balbutiai-je en battant des paupières, les mots me manquaient.

De quel « homme » parlait-il ? Pourquoi ?

— Jamais ! hurla-t-il en frappant du poing sur le miroir derrière moi.

Ce dernier se brisa, et les éclats tombèrent de la commode sur le sol. Je criai sous le choc. Et il s'éloigna de moi, me permettant enfin de respirer un peu d'air non saturé par son odeur et sa chaleur.

Il descendit ses yeux de mon visage jusqu'au bas de mon corps. Son regard était doux et chaud contre ma peau, comme un coup de langue. J'expirai en frissonnant, réalisant immédiatement que cela faisait gonfler mes seins d'une manière probablement très attirante. Je croisai rapidement les deux bras sur ma poitrine.

— Tu es une jeune femme au sang chaud, grinça-t-il entre ses dents, en me regardant droit dans les yeux. Tôt ou tard, tu *voudras* qu'un homme te baise. Et tu me supplieras de le faire.

Il tourna sur ses sabots et se dirigea vers la porte.

— Et ça ne pourra être que *moi* ! rugit-il par-dessus son épaule, en cognant son poing contre la porte en sortant.

Puis, je me retrouvai seule, toute brûlante et tremblante.

Chapitre 5

Daisy

J'attendais de reprendre complètement mes esprits avant d'ouvrir les yeux le lendemain matin. J'étais allongée dans l'énorme lit si confortable au milieu de la chambre de conte de fées. Le soleil du matin inondait toute la pièce et j'étais à l'ombre du baldaquin fleuri.

— Un si bel endroit, marmonnai-je en m'étirant pour chasser les dernières traces de sommeil. Dommage qu'il appartienne à un tel... m'arrêtai-je en me creusant la tête pour trouver le nom qui décrirait au mieux le Colonel. Mon regard se posa sur mon sac à main avec les décorations de Noël. Omni l'avait laissé sur la table de nuit hier soir. Krampus ! m'exclamai-je, j'avais trouvé le nom parfait pour cet homme. Il est l'incarnation même du Krampus. Et pas seulement à cause de son apparence, ajoutai-je à moi-même.

Heureusement qu'Omni n'avait pas posé le sac à main sur la commode hier soir, sinon il aurait été détruit avec le miroir. Je pris le sac et l'ouvris pour m'assurer que les décorations avaient survécu.

Les motifs dorés familiers de la délicate sphère en verre rouge scintillaient au soleil. Leur spectacle me rappelait tant de souvenirs heureux de nos fêtes familiales. Ces derniers temps, elles étaient toujours ponctuées d'une pointe de tristesse depuis le départ de Grand-mère. Noël n'était pas pareil sans elle.

C'était Grand-mère qui m'avait parlé du Krampus pour la première fois, il y a bien longtemps. Elle n'avait pas essayé de me faire peur. Elle m'avait juste raconté l'histoire du Krampus qui faisait partie de toutes ces différentes façons dont les gens du monde entier célébraient Noël.

Je n'aurais jamais imaginé de toute ma vie avoir la chance de passer Noël avec un vrai Krampus. Mais il restait encore plus de deux mois avant Noël, et je ne pouvais pas rester ici une nuit de plus après ce qui s'était passé hier.

Je ne me sentais pas en sécurité dans cette maison. Après que le Colonel ait fait irruption dans ma chambre la nuit dernière, je pouvais à peine dormir. J'étais trop troublée et agitée pour pleurer avant de m'endormir. L'expression de son visage lorsqu'il s'était jeté sur moi depuis la porte me donnait encore la chair de poule.

Je jetai un coup d'œil à la table d'appoint que j'avais placée devant la porte la nuit dernière. Les barricader ainsi ne servirait pas à grand-chose puisque c'étaient des portes coulissantes, mais cela m'avait suffisamment calmée pour que le sommeil me gagne enfin. La table de nuit était toujours là, tout comme la commode à côté, jonchée des tessons de verre du miroir.

— Omni... appelai-je hésitante, apeurée à l'idée de faire le moindre bruit qui pourrait faire revenir le Colonel ici.

Le cadre sur pied déboula du dressing.

— Bonjour, Madame Kyradus.

Je grimaçai à nouveau en entendant *son* nom. Il fallait corriger ça le plus vite possible.

Les portes coulissèrent, et je me levai d'un bond dans le lit. J'attrapai le drap et me couvris rapidement le corps jusqu'au menton, même si j'avais dormi dans ma propre chemise de nuit et non pas dans cette espèce de tissu diaphane.

À mon grand soulagement, au lieu du Colonel, c'est un drone jouflu qui arriva. Et il commença à nettoyer rapidement les éclats de verre sur la commode et tout autour.

— Désolée pour le désordre, dis-je au robot, j'avais ressenti le besoin de m'excuser, même si ce n'était pas vraiment ma faute si le miroir était cassé.

— Ce n'est rien, m'assura Omni d'une voix enjouée. Votre petit déjeuner, annonça-t-il alors qu'un autre drone, muni d'un plateau, arrivait.

Le petit déjeuner au lit était une bonne idée. Plus tard je devais affronter le Colonel, mieux c'était.

— Où est... il ? demandai-je.

— Je suppose que vous parlez du Colonel Kyradus, Madame ?

Je hochai la tête, en prenant une tasse de thé chaud, doux-amer, du plateau qui avait été posé sur mes genoux. Je n'avais pratiquement rien mangé au dîner. Une faim vorace était réapparue à la vue de la nourriture sur le plateau, et je me gavai rapidement de ces petites pâtisseries rondes qui avaient le goût de blocs d'argile sucrés.

— Le Colonel Kyradus est déjà parti au travail, m'informa Omni. Il se réveille tous les jours à six heures. Son service commence à huit heures.

— Oh, il est parti, répondis-je et je me sentis mieux, toute la tension s'envola à cette nouvelle et mes épaules retombèrent avec soulagement. Je pris un fruit sur le plateau, il était de la même taille et de la même forme que les pâtisseries mais de couleur violette avec des spirales bleues et roses dessus. A-t-il... hum... dit quelque chose ? demandai-je en mordant dans le fruit tandis que l'épais jus aigre-doux nappait ma langue.

— Oui, le Colonel a dit que vous étiez libre d'explorer la maison comme bon vous semble. Il vous verra au dîner.

Je n'étais pas du tout pressée de le voir. Mais le dîner semblait encore loin. J'avais une journée entière pour moi, assez de temps pour trouver une solution à la situation dans laquelle je me trouvais.

D'abord, je devais appeler Nancy du Comité de Liaison. Je ne pouvais pas attendre une semaine avant la réunion, et rester ici dans sa maison où apparemment aucune pièce n'était à l'abri d'une invasion nocturne.

De nouveaux drones arrivèrent. Quelques-uns remirent la table de nuit en place. Les autres disparurent derrière le bac à plante en treillis à gauche du lit. Quand ils s'envolèrent, ils emportèrent avec eux des cintres chargés de manteaux gris militaires et de chemises blanches.

— Qu'est-ce que c'est ? demandai-je en regardant les drones sortir de la pièce.

— Ce sont les vêtements du Colonel Kyradus, expliqua Omni. Il a laissé des instructions pour que je les déplace dans la chambre d'amis à l'étage.

— Mais que font ses vêtements dans ma chambre ?

— C'est aussi la chambre du Colonel. Ça l'a toujours été.

Je posai le fruit à moitié entamé sur l'assiette.

— Mais tu m'as présenté cette pièce comme étant la *mienne* hier soir.

— En tant qu'épouse du Colonel, vous devez partager le lit de votre mari. D'après les informations que nous avons reçues de la Terre et de votre pays, c'est aussi la même tradition dans votre culture.

— Oui, mais...

Je repensai au Colonel qui était venu ici la nuit dernière. Il avait l'air calme à son entrée. Mais un instant plus tard, après avoir vu mon corps pratiquement nu... tout avait basculé.

Si c'était sa chambre, le Colonel n'y avait pas fait irruption dans l'intention de m'agresser. Il était simplement venu se coucher. Puis, il avait trouvé sa nouvelle « femme » habillée avec presque rien, qui se trémoussait devant le miroir...

Je me frottai le visage. Pour le Colonel, j'avais l'air de l'attendre dans sa chambre. J'avais même mis quelque chose de sexy, comme si ce n'était que pour lui. Il ne savait pas que pour moi, il ne pouvait pas y avoir de sexe sans une vraie complicité au préalable.

— Oh mon Dieu, murmurai-je.

Cela avait été un malentendu des plus gênants. Bien sûr, la tendance du Colonel à agir directement sans s'expliquer au préalable n'avait pas aidé, mais il n'était pas un prédateur comme je l'avais craint.

— Tu aurais dû me dire que c'était aussi sa chambre, réprimandai-je Omni. Où a-t-il dormi finalement ? Dans la chambre d'amis ?

— Oui.

— Je ne veux pas le mettre dehors, déclarai-je en mettant le plateau de côté et je sautai du lit.

C'est moi qui dois prendre la chambre d'amis.

— Les instructions du Colonel étaient de vous laisser cette chambre.

— Et ses ordres annulent les miens ?

— Oui.

Ça ne me surprenait pas.

— Très bien.

Je me dirigeai vers le dressing, tout en réfléchissant à ce que je devais faire par la suite. J'avais promis d'appeler Nancy ce matin, et j'avais besoin de lui dire que tout allait bien, pour le moment en tout cas.

Maintenant que je ne me sentais plus en danger imminent, j'avais décidé de ne pas parler au Comité de l'incident de la nuit dernière, pas pour l'instant. Du moins pas avant d'avoir parlé au Colonel.

Nous avions besoin d'avoir une discussion franche. Je voulais qu'il m'explique ce qu'il attendait de moi, et qu'il écoute ce que j'espérais d'un mariage. Je ne voulais pas renoncer à mon rêve de construire une vie heureuse à Voran après moins d'une journée passée dans la maison de mon « conjoint potentiel ». Cependant, je ne savais pas durant combien de temps je devais poursuivre ce rêve si la réalité continuait à en être si éloignée.

Jusqu'à présent, le Colonel s'était avéré encore plus terrifiant en chair et en os que sur sa photo, et cela était dû davantage à son attitude qu'à son apparence.

Et si apprendre à mieux le connaître ne faisait qu'empirer les choses ?

J'aurais aimé discuter de tout cela avec ma mère ou ma sœur, mais elles étaient loin. Je ne pouvais leur écrire qu'une fois par semaine, et beaucoup de choses pouvaient changer en sept jours.

— Est-ce que je peux passer un appel ?

— Les appels interplanétaires à votre famille ne sont possibles qu'à partir du siège du Comité de Liaison, rappela Omni.

— Oui, je sais. Mais je suis censée appeler quelqu'un du Comité, répondis-je. Nancy était encore pratiquement une inconnue pour moi. Mais puisque j'avais promis de l'appeler, je devais au moins lui faire savoir que j'allais bien. Je lui avais dit que tout irait bien, après tout. Ou alors le Colonel m'interdit-il tout appel téléphonique ? demandai-je inquiète.

— Non, vous pouvez appeler le Comité quand vous le voulez. Voulez-vous que je vous mette en relation ?

— Attends un moment. Je vais d'abord m'arranger un peu.

Je pris quelques secondes pour parcourir la collection de robes de mon dressing. Avec leurs corsages ajustés et leurs jupes évasées, elles avaient toutes mon style et ma coupe préférée. À en juger par les photos que j'avais vues, elles étaient toutes faites à la dernière mode de Voran. Leurs jolies coupes, leurs superbes imprimés et leurs couleurs gaies me rendirent le sourire. La sélection de robes de soirée longues était particulièrement glamour.

Finalement, je choisis de porter l'une de mes robes. La sensation familière de sa coupe et le tissu à carreaux rouges et blancs me mettaient à l'aise, ce qui était important car je ne me sentais pas du tout dans mon élément dans la maison du Colonel.

Après un rapide appel à Nancy pour lui assurer que j'étais bien vivante, je descendis les escaliers.

Mes pensées se ruèrent précipitamment sur le dîner de la veille et sur la suite. Puis je me souvins de ce qu'Omni avait dit sur le rôle de ma riche garde-robe et sur le fait que je devais accompagner le Colonel à des « événements publics importants ».

Si le Colonel n'attendait d'une épouse qu'elle ne soit qu'une escorte de luxe à emmener aux bals et aux galas qu'il baiserait après contre une commode, alors peut-être devrions-nous parler de la dissolution de notre contrat le plus tôt possible. Ce n'était pas la vie que j'avais espéré ou rêvé avoir.

La tristesse m'envahit à l'idée de retourner sur Terre avec un autre échec à mon actif.

Je me promenai dans sa grande et belle demeure. Son atmosphère joyeuse et élégante contrastait lourdement avec ce que j'avais appris sur son propriétaire jusqu'à présent.

— Qu'est-ce qu'il y a là ? demandai-je à Omni, en désignant le petit escalier qui descendait du rez-de-chaussée.

— Au niveau inférieur se trouve la salle d'exercice du Colonel Kyradus.

— Est-ce que ça occupe tout l'étage ?

— En grande partie. Il y a aussi des salles de bains et des vestiaires.

Je courus rapidement en bas, juste pour voir cette salle par moi-même. Au lieu du gymnase que je m'attendais à trouver, l'étage inférieur était un grand espace vide. Il y avait un beau plancher en bois, le plafond était de hauteur moyenne et les murs étaient entièrement en verre. Le soleil inondait une bonne moitié de la pièce.

— Comment fait-il de l'exercice ici ? questionnai-je Omni. Son cadre monté était resté en haut, mais l'un de ses drones était descendu avec moi. Il n'y a pas d'équipement, ajoutai-je étonnée.

— Le Colonel préfère le combat, dit la voix d'Omni a travers le drone.

— Avec qui combat-il ?

— Beaucoup de mes unités sont équipées de programmes de combat. Restez dans les escaliers, s'il vous plaît. Je vais vous montrer.

Le sol se brisa soudain en de grands rectangles, qui basculèrent de l'autre côté, et transformèrent instantanément le sol en un tapis de gym rembourré en cuir violet foncé.

— C'est chouette, dis-je en claquant ma langue pour marquer mon appréciation.

Un vrombissement retentit derrière les escaliers, puis deux robots aux formes étranges apparurent. L'un ressemblait à un humanoïde, avec deux cornes sur la tête, l'autre avait surtout l'air d'un gros sac de haricots.

— Ils peuvent se battre l'un contre l'autre, dit Omni.

L'instant d'après, le sac de haricots roula vers le robot à cornes. Des petits câbles jaillirent du sac, forçant l'humanoïde à éviter leurs coups de fouet.

— Ou ils peuvent servir de partenaires de combat à qui le souhaite.

— Comme le Colonel...

Je regardai les deux robots s'affronter. Leurs coups de poing étaient très puissants avec une précision impeccable. Je n'aurais pas voulu me battre contre l'un d'entre eux. Ils possédaient peut-être différents réglages, mais je doutais fort que le Colonel se soit entraîné avec en mode « tranquille », même s'il y en avait un.

De toute la maison, c'était la pièce qui correspondait le mieux à la personnalité du propriétaire : masculine et minimaliste, avec un air menaçant à peine dissimulé.

L'énergie brutale que le Colonel dégageait me faisait peur. Même si je n'avais pas besoin de barricader la porte tous les soirs, je me sentais déstabilisée et troublée rien qu'à l'idée d'être en sa compagnie.

« Il ne pourra jamais y avoir d'autre homme. »

Je riais de ses paroles de la veille.

Pour qui me prenait-il, pour avoir besoin de ce genre d'avertissement ? Comme si je pouvais être excitée au point de courir après n'importe quel type au hasard, un jour ?

« Et tu me supplieras de le faire. »

Ah oui ? De toute évidence, je pouvais contrôler mes pulsions bien mieux que lui.

Le souvenir de cette tempête de désir dans ses yeux extra-terrestres me submergea. La peau de mes bras se hérissa à nouveau et je ne savais pas si cela était dû à la peur ou à... quelque chose d'autre, cette fois. Je frottai mes bras nus, pour chasser la sensation imaginaire de la douce caresse de sa fourrure contre ma peau nue.

— On repart, dis-je en remontant les escaliers.

Et dès que j'entrai dans la grande cuisine du Colonel, l'envie de l'utiliser me tirailla.

Ma grand-mère m'avait appris à « chercher des touches de rose quand tout était bleu » selon sa propre expression. Elle croyait qu'il y avait toujours une lueur de rose dans toute situation, aussi sombre soit-elle. Ce n'était pas parce que mes espoirs et mes rêves ne s'étaient pas réalisés sur Neron que je ne pouvais pas apprécier au moins une partie de ce que la cité de Voran avait à offrir.

— Est-ce que je peux aller dans un magasin ou au marché, pour faire quelques achats ? demandai-je à Omni, en glissant ma main le long d'un comptoir en verre sur un côté de la cuisine.

— Non. Le Colonel n'a pas autorisé de déplacement en dehors de son logement pour vous.

— Bien sûr que non... soufflai-je, en forçant un début de colère à se calmer. Alors peut-être que tu pourrais m'aider à trouver les ingrédients ? J'aimerais cuisiner quelque chose.

— Cuisiner ? J'ai des milliers de recettes à ma disposition. Si vous me dites ce que vous voulez, je le ferai pour vous en quelques minutes.

— Oh, mais où est le plaisir dans tout ça ? m'exclamai-je en lui faisant signe de s'en aller, et je me dirigeai vers la cuisinière ronde, de couleur vert menthe, au milieu de la cuisine. Deux comptoirs en verre la bordaient de part et d'autre. J'ai envie de faire quelque chose moi-même, ajoutai-je.

— Très bien. En quoi puis-je vous aider ?

— Peux-tu me montrer comment ça marche ? demandai-je en désignant la cuisinière avec ce qui semblait être un grand four en dessous. Mais avant cela, nous devrons fouiller dans les réserves du Colonel pour voir ce qu'il y a comme ingrédients.

— Que comptez-vous préparer ?

— Des cupcakes, annonçai-je en levant le menton avec un sourire. Avec un glaçage rose.

Chapitre 6

Daisy

Trouver les bons ingrédients pour mes cupcakes n'avait pas été facile. Nous avions commencé, Omni et moi, avant le déjeuner. Et en fin d'après-midi, nous étions encore en train de trier le garde-manger du Colonel, qui occupait une pièce spacieuse juste à côté de la cuisine.

J'avais aligné des rangées de tasses remplies de différentes produits sur le comptoir de la cuisine. Mon carnet de notes sur les genoux et juchée sur un tabouret de bar, je traduisais les ingrédients voraniens dans ma langue.

L'immense évier métallique couleur bronze était rempli de vaisselle sale suite à mes expériences pour déterminer les qualités et les quantités nécessaires de chaque produit. L'écran d'Omni planait à côté de moi, et affichait les images et les noms voraniens des différentes farines et épices.

— Eh bien, je pense que je pourrais réessayer, en utilisant ça comme agent levant et ceci au lieu de la vanille... marmonnai-je pour moi-même, en prenant des notes dans mon cahier.

Absorbée par mon travail, je ne remarquai pas tout de suite le bruit de sabots qui frappa le sol carrelé de la pièce principale. Quand je l'entendis, une vague de panique me saisit.

— Le Colonel est rentré ? dis-je en sautant de mon siège près du comptoir.

Je savais que je devais lui parler. En même temps, je voulais désespérément éviter de lui faire face.

Le ciel au-dessus du dôme avait déjà pris les couleurs du coucher de soleil. Omni avait dû augmenter progressivement l'éclairage dans la cuisine sans que je ne me rende compte que la journée avait filé. J'avais perdu la notion du temps et je me sentais désorientée et mal préparée pour la conversation à venir.

Peut-être que le Colonel irait directement à la salle à manger, comme il l'avait fait hier soir ? Je pourrais alors me faufiler discrètement à l'étage et prétendre que je m'étais couchée tôt ?

Pas de chance.

— Qu'est-ce que c'est que tout ça ? s'écria le Colonel tout à coup debout à l'entrée de la cuisine, en découvrant le désordre que j'avais mis chez lui.

— Je... j'essayais juste de faire des cupcakes, répondis-je timidement, réalisant que j'avais passé toute la journée à faire quelque chose qui prenait en temps normal moins d'une heure, et que je n'avais surtout pas un seul cupcake à présenter. Sans parler du fait que personne ne m'avait demandé de cuisiner quoi que ce soit. Je suis désolée. Je vais nettoyer tout de suite...

— Omni peut le faire, dit le Colonel en faisant un geste de la main.

Deux drones filèrent vers l'évier. L'eau se mit à couler comme par magie et les drones attaquèrent la vaisselle. Je ne bougeai pas, ne sachant pas trop quoi faire. Il me fixa de ses yeux inquiétants. Je m'essuyai rapidement la joue, en me demandant si j'avais de la farine sur le visage.

— Hier soir... commença-t-il en se frottant l'arrière de son cou, et en détournant ses yeux des miens.

— Ça va aller, le coupai-je en faisant un pas sur le côté et cherchant à trouver le meilleur chemin pour m'échapper. Pas besoin de vous excuser.

— M'excuser ? demanda-t-il en me regardant confusément.

— Merde, jurai-je tout bas. Je vois que vous n'alliez pas le faire finalement. J'aurais dû m'y attendre. Ce n'est pas grave. Si vous voulez bien m'excuser... déclarai-je en approchant de la porte et en essayant de me glisser derrière lui.

— Daisy, dit-il en attrapant mon bras et en me stoppant dans mon élan. Mais où vas-tu ?

— Me coucher, répondis-je immobile sous son regard.

— C'est l'heure de dîner.

— Hum, je n'ai pas très faim ce soir.

La chaleur de sa grande main sur mon bras nu était étrangement agréable, même si sa prise était plutôt ferme.

— Je suis désolée de vous avoir chassé de votre chambre, dis-je en guise de seule réponse qui me passa par la tête. Je serais plus qu'heureuse de m'installer moi-même dans la chambre d'amis, pour le reste de mon séjour.

— Le reste ? grogna-t-il, d'une voix qui résonna d'un grondement profond et inquiétant. Tu as l'intention de partir ?

— C'est peut-être trop tôt, marmonnai-je. Mais je suis prête à en discuter, mais vu la façon dont les choses se sont passées... Quoi qu'il en soit, je crois que vous pourriez commencer à envisager la dissolution du contrat...

— Quelles conneries ! rugit-il en me tirant vers lui.

Surprise, je devins aussitôt paralysée et muette à la fois.

— Tu es ma femme, que tu le veuilles ou non ! s'emporta-t-il en me maintenant devant lui par le haut des bras. Je me figeai comme un lapin face aux yeux d'un serpent - des yeux rouges flamboyants avec des pupilles qui ressemblaient à des fentes verticales tracées par une lame d'acier. Il n'y a pas de départ possible pour toi maintenant. Je ne le permettrai pas !

Sa colère désordonnée était terrifiante. Je pouvais à peine cligner des yeux, même ma respiration s'était arrêtée.

Puis un puissant désir de défi s'empara de moi. J'étais tellement malade et fatiguée d'avoir peur de cet homme.

Je pris une grande inspiration, en essayant de ne pas vaciller sous son regard menaçant.

— Ce n'est pas la peine de me crier dessus, dis-je aussi fermement que je le pouvais. Je réalisai que je me lançais dans un combat contre un adversaire qui avait gagné beaucoup de batailles dans sa vie, mais c'était un combat que je ne pouvais pas me permettre de perdre. Le contrat de mariage stipule que notre union peut être dissoute par l'une ou l'autre des parties à la fin de l'année. J'envisage de demander au Comité de permettre une dissolution plus rapide...

— Les *deux* parties, précisa-t-il en plissant les yeux. Les muscles de sa mâchoire bougèrent et remuèrent sa barbe.

— Pardon ?

— Le contrat ne peut être rompu que par les *deux* parties. Et il est hors de question que je laisse ma femme me déshonorer en partant comme ça.

Les deux parties.

L'image du contrat surgit dans ma tête. Les termes de la clause de rupture, que j'avais lue très attentivement, étaient gravés dans ma mémoire. Il était bien question des « deux parties ». Mais je n'avais jamais pensé que cela signifiait « ensemble » ou « simultanément ».

L'effroi me saisit. Maintenue dans ses grandes mains comme une proie, je ne pensais plus qu'une conversation raisonnable était possible avec cet homme.

J'essayai quand même de discuter :

— Vous voyez bien que ça ne marche pas entre nous...

— Pas sans que tu aies fait au moins un effort pour que ça marche, grinça-t-il entre ses dents.

Est-ce qu'il était en train de m'accuser, *moi* ? Je n'en croyais pas mes oreilles.

— Faire des efforts, *moi* ? m'écriai-je en le regardant, abasourdie. Tu *me* reproches tout ça ? Tu n'as été que rudesse et brutalité ici et... je fis un geste en direction de l'escalier, et dans la chambre, ajoutai-je en pointant du regard ses mains agrippées à mes avant-bras. *Ce* n'est pas une façon de traiter une femme.

Il suivit mon regard, me relâcha, et je frottai mes bras douloureux, avant de faire un pas en arrière et m'éloigner de lui. Il resta dans l'embrasure de la porte et me barrait toujours le passage. La colère qui bouillonnait en moi chassa toute ma peur.

— Colonel...

— Grevar, corrigea-t-il d'un ton bourru. La coutume veut que la femme s'adresse à son mari par son prénom.

— Gre...soufflai-je. Je ne peux pas. Je ne me considère pas comme ta femme. On n'a pas appris à se connaître, on ne s'est pas fait la cour, on n'a pas été attirés l'un par l'autre... Rien de ce qui doit se passer avant un mariage n'a été fait.

— Tu savais quand tu as signé.

Il avait raison, et je me sentais tellement stupide d'avoir été naïve d'avoir espéré une histoire d'amour extra-terrestre avec un Alien que je n'avais jamais rencontré, et de lui avoir confié ma vie.

— Quand j'ai signé, j'espérais sincèrement qu'il y aurait quelque chose entre nous, commençai-je en me sentant abattue et écrasée par la déception une fois de plus. Je croyais que tu prendrais ton temps pour apprendre à me connaître. Que tu me donnerais une chance d'en apprendre plus sur toi, aussi. Au lieu de cela, tout ce que tu voulais, c'était... du sexe ?

Je le regardai fixement en sentant la colère monter. Son visage se déforma de rage.

— Je suis ton mari ! C'est mon droit et mon obligation de donner du plaisir à ma femme. Toi, Madame le Colonel Kyradus...

Mes nerfs se tendirent comme des cordes. Le simple fait d'entendre ce nom me fit craquer.

— C'est *Daisy*, comme la « pâquerette » ! dis-je en haussant la voix. Ce n'est pas *Madame Kyradus*, « la femme d'un Krampus rustre et hargneux ». Le mariage ne te donne pas le droit de me posséder ou de t'imposer à moi.

— Je ne t'ai pas forcée ! répliqua-t-il. Je ne force pas les femmes. Je ne l'ai jamais fait. Celle avec qui j'étais auparavant m'aimait comme ça, « rude et brutal ». *Surtout* au lit !

Sa voix rugissante résonnait dans l'espace ouvert, et s'amplifiait sous le dôme de verre comme à l'intérieur d'une cloche géante.

— Pourquoi n'es-tu pas avec elle, alors ? dis-je mettant mes mains sur mes hanches.

Sa barbe remua quand il contracta sa mâchoire.

— Elle a choisi de vivre avec quelqu'un d'autre.

— Pourquoi cela ne me surprend-il pas ? dis-je en secouant la tête.

— Ça suffit !

Ses narines se dilatèrent tandis qu'il s'approchait. La tempête faisait rage dans ses yeux, et je rentrai ma tête dans mes épaules. Je m'attendais presque à ce qu'il me frappe. Et on ne pourrait pas revenir en arrière. Il était juste au-dessus de moi, haletant de colère. Pour éviter ses yeux terrifiants, je fixai l'un des boutons brillants de son manteau militaire.

— Tu ne vois pas ? Nous nous rendons mutuellement malheureux. Laisse le Comité dissoudre le contrat, s'il te plaît, et je m'en irai. Et tu retrouveras ta vie normale.

— Non ! dit-il, ce mot jaillit de sa bouche comme une balle, et me fit sursauter. Tu es ma récompense de la part du Gouverneur. Si je refuse, je me déshonore.

— Ce sont les pires excuses que je n'ai jamais entendues pour s'accrocher à un mariage qui n'était même pas censé avoir lieu. Tu ne peux pas me garder comme ça à cause d'une quelconque obligation envers un fonctionnaire du gouvernement.

— Je peux et je vais le faire, insista-t-il, et il tenait bon, têtu comme une mule. Contrairement à toi, je tiens mes promesses et apprécie les récompenses qui me sont accordées. J'ai le sens de l'honneur.

— Et pas moi ? criai-je, la voix haute d'indignation. Comment peux-tu le savoir ? Que *sais-tu* de moi à part le fait que je possède une robe à motifs tournesol ? Rien ! Parce que tout ce qui t'intéresse chez une femme, c'est la possibilité d'avoir quelqu'un à baiser après le dîner.

La colère bouillonnait dans ma poitrine. La pièce me sembla soudain trop petite pour nous deux. Cette planète entière n'avait pas assez de place pour nous deux. Pourtant, il restait debout dans l'embrasure de la porte et en obstruait la sortie.

— Laisse-moi ! dis-je en poussant mes deux mains contre son épaule avec toute la force dont je disposais.

Il se décala sur le côté, choqué, et je sortis enfin de la cuisine en courant.

— Oh, j'aurais aimé avoir la chance de visionner cette vidéo de toi avant de quitter la Terre, marmonnai-je à voix basse en courant vers les escaliers. Je ne serais jamais venue ici. Tu n'es rien d'autre qu'un sauvage, aussi bien dans la vidéo que dans la vie réelle.

— Tu ne partiras pas ! cria-t-il derrière moi, alors que je montais l'escalier principal qui faisait le tour du dôme. Je ne te laisserai pas faire !

— C'est ce qu'on va voir ! répondis-je en criant.

— J'ai dit non ! cria-t-il. Puis il y eut un bruit de vaisselle qui s'écrasait au sol.

À travers un pan du dôme en verre, j'aperçus le Colonel balayer de la main mes tasses soigneusement alignées avec les ingrédients pré-mesurés sur le comptoir. Les éclats de verre s'éparpillaient au sol et des nuages de poudre s'élevaient dans l'air.

— Un sauvage, dis-je en serrant les dents, bouillonnant de colère. Je me ruai dans la chambre et je fis glisser les portes derrière moi. Un animal sauvage. Une bête enragée. Un putain de Krampus...

Je fis les cent pas dans la pièce, pour essayer de calmer mes nerfs et ma respiration. Il était absolument hors de question que je reste sous le même toit que cet homme durant une année entière, sans même parler du reste de ma vie. Je devais partir d'ici le plus vite possible.

— Omni, appelle Nancy, la représentante humaine du Comité de Liaison, s'il te plaît.

Le robot sortit en roulant du dressing.

— Malheureusement, je ne peux pas satisfaire votre requête. Le Colonel vient d'annuler votre autorisation pour tout appel sortant, Madame Kyradus.

Les derniers vestiges de mon sang-froid s'écroulèrent en entendant à nouveau ce nom.

— *Daisy* ! C'est *Daisy* ! hurlai-je. Il n'y a pas de *Madame Kyradus*. Tu m'entends ? Il ne mérite pas d'avoir une femme parce qu'il n'a aucune idée de comment être un bon mari. Briser des objets, se déchaîner comme une bête sauvage, et me priver de tout contact avec le monde extérieur, c'est tout le *contraire* de ce que ferait un bon mari.

Les larmes me montèrent aux yeux, attisées par un sentiment d'impuissance totale. Ici, dans sa maison, j'étais entièrement à sa merci. Il pouvait m'enfermer, m'affamer, me cacher au monde entier si ça lui chantait. Je ne pouvais pas partir sans son autorisation. Je ne pouvais même pas me sauver, car je ne savais même pas comment fonctionnait ce foutu avion.

Je pris de profondes inspirations, j'arrêtai enfin de faire les cent pas et essayai de réfléchir de façon rationnelle.

Non, il ne *pouvait pas* me cacher au monde entier.

En tant que premier couple d'humain et de Voranien, le Colonel et moi étions surveillés par les populations entières des deux planètes.

Ma première réunion de suivi avec le Comité avait lieu dans quelques jours. Il y aurait des conséquences majeures si je ne m'y présentais pas. Des rencontres hebdomadaires étaient prévues durant tout le mois suivant, pendant que la délégation humaine était à Voran. Après le retour des humains sur Terre, les réunions étaient censées devenir mensuelles.

En tout cas, j'aurais de nombreuses occasions de plaider ma cause pour la dissolution de cette farce qu'était ce mariage. En attendant, je devais rassembler les preuves du comportement violent du Colonel pour étayer mon argumentation.

Le fait d'avoir un plan - aussi bancal soit-il - me soulagea un peu. Je n'étais pas seule, les habitants de deux planètes surveillaient l'évolution de ce mariage. Si je me faisais enfermer, tout le monde le saurait.

Avec l'adrénaline qui circulait encore dans mon organisme, je savais que je ne pourrais pas m'endormir rapidement ce soir. Je me sentais trop agitée, en colère, et... incroyablement triste. Même si aucune relation romantique n'était censée exister entre nous, j'avais toujours espéré une amitié entre le Colonel et moi, ou au moins une sorte de compréhension.

Je ne m'attendais pas à ce que cela se termine aussi mal.

— Pourrais-tu me faire couler un bain, s'il te plaît ? demandai-je à Omni, en me dirigeant vers le dressing pour enlever ma robe.

— Certainement, répondit le robot, en roulant avec moi jusqu'au garde-robe puis jusqu'à la salle de bains adjacente.

Plongée dans mes idées noires, je commençai à me déshabiller en présence du robot. Ce n'était qu'une machine, après tout.

La baignoire ronde et transparente se trouvait au milieu de la salle de bains. Un lustre en verre soufflé y était suspendu, recouvert de vignes et de fleurs. La baignoire n'avait pas de robinet. L'eau monta simplement du fond et remplit la baignoire en quelques secondes. Un parfum agréable s'éleva dans la pièce en même temps que la vapeur.

— Oh, c'est fantastique. Merci, Omni, dis-je après avoir enlevé mon soutien-gorge et mes sous-vêtements. Et quand je passai une jambe par-dessus le bord de la baignoire pour y entrer, l'écran d'Omni s'illumina.

— Le Colonel Kyradus est en ligne, m'informa Omni.

Le visage grincheux du Colonel envahit soudain l'écran.

— Je ne veux pas lui parler.

J'entrai dans la baignoire et restai à l'intérieur, en attendant que mes pieds s'adaptent à la température de l'eau. Omni l'avait juste un peu trop chauffée. Le Colonel ouvrit grand la bouche, cligna des yeux et me fixa droit dans les yeux. Je réalisai tardivement qu'il pouvait aussi me voir.

— Oh non ! m'écriai-je en enlaçant mes seins nus et en plongeant dans la baignoire avec un grand plouf. Arrête de me montrer ! J'ai dit que je ne voulais pas lui parler.

Heureusement, l'écran d'Omni devint immédiatement noir.

— Le Colonel s'inquiète pour votre alimentation, dit Omni calmement. Il demande votre présence au dîner.

Inquiet, demande. Je doutais que le Colonel ait utilisé ces mots. Il avait probablement crié, tapé des sabots et cassé d'autres choses. Cela semblait être sa seule façon de s'exprimer. Je ne pensais même pas qu'il possédait des mots gentils dans son vocabulaire, qui était surtout rempli de grognements et de cris.

— Je n'ai pas faim, répondis-je d'un air boudeur en m'enfonçant dans l'eau parfumée jusqu'au menton. Dis-lui de dîner sans moi.

— Autorisez-vous le Colonel à envoyer un peu de nourriture ici pour vous ?

Autoriser ?

Est-ce qu'il me demandait vraiment une autorisation ? Maintenant ? C'était sûrement juste le programme d'Omni qui reformulait les « demandes » du Colonel sous une forme plus appropriée.

— Non. Il peut tout manger tout seul.

Je m'enfonçai encore plus profondément dans l'eau, jusqu'à ce qu'elle touche mes lèvres. La chaleur commença finalement à me détendre un peu. Quelques minutes plus tard, la voix d'Omni se fit entendre à nouveau :

— Le Colonel Kyradus aimerait savoir si vous voulez au moins prendre le dessert.

Un dessert ? Je n'en n'avais pas eu hier soir.

— Qu'y a-t-il pour le dessert ? demandai-je avec hésitation.

— De la mousse de *Phesoth* avec des baies de *chesu* et de l'*aïkéa* fouetté. C'est un mets raffiné à Voran.

J'avais peut-être un peu faim, après tout.

— Bien. Il peut l'envoyer par drone, concédai-je.

Il ne m'avait pas échappé que le Colonel faisait toutes ces négociations en son nom. Il aurait pu envoyer le repas par l'intermédiaire d'Omni, sans dire que cela venait de lui.

— Merci, dis-je en acceptant un petit plat de cristal offert par un drone. Si Omni avait envie de transmettre mes remerciements au Colonel, c'était son affaire.

Plongée dans ce bain luxueux, une coupe de cristal garnie d'un mets délicieux à la main, je pus enfin me détendre complètement.

C'était ma petite touche rose dans cette situation totalement bleue.

Chapitre 7

Daisy

Le Colonel Kyradus demande à vous voir, dit la voix d'Omni qui me réveilla.

Le ciel au-dessus brillait faiblement avec le lever du soleil. Le baldaquin du lit s'éclaira lui aussi lentement, aidant ainsi la lumière pâle de l'extérieur à illuminer la chambre.

— Me voir ? demandai-je en me redressant et en chassant le sommeil de mes yeux.

Ces deux derniers jours, le Colonel et moi avions évité efficacement de nous croiser. Ce n'était pas difficile, car il partait au travail avant mon réveil. Il prenait également ses repas ailleurs, et ne rentrait à la maison qu'une fois que je m'étais couchée.

— Pourquoi ? Quelle heure est-il ?

— Six heures et demie, dit la voix grave du colonel depuis la porte.

Je sursautai au son de sa voix. Tout soupçon de sommeil avait disparu et je tirai la couverture jusqu'à mon menton.

— Je vais bientôt partir au travail, annonça-t-il. Entièrement vêtu de son uniforme, ses cornes polies et brillantes, et sa fourrure lissée, il semblait calme et frais – et bien plus civilisé que jamais. J'ai besoin de te parler avant de partir, ajouta-t-il.

— À quel sujet ? dis-je en bougeant maladroitement sous la couverture.

— Le bal du Gouverneur est pour ce soir. Je suis invité. Le Gouverneur me demande d'amener ma nouvelle femme.

— Moi ?

— Évidemment, dit-il en inclinant la tête et en croisant ses bras sur son torse.

— Je... je ne pense pas que ce soit une bonne idée, répondis-je. Pas maintenant que j'étais déterminée à partir d'ici à la première occasion. Sortir en public en tant que femme du Colonel ne ferait que renforcer ce mensonge et faire croire que notre mariage était un succès.

Son buste se souleva dans une profonde inspiration, et ses yeux fixèrent les miens.

— S'il te plaît, dit-il soudain.

Je faillis m'étouffer en respirant. Je n'avais jamais entendu auparavant l'expression « s'il te plaît » dans sa bouche. Je pensais qu'il ne savait même pas qu'elle existait.

— Pourquoi ? demandai-je en lui lançant un regard suspicieux, et en cherchant dans son regard les signes de raisons cachées.

Je pensais que la raison principale pour laquelle il avait pris une épouse était pour l'accompagner à des événements importants. Le bal du Gouverneur devait être un rendez-vous capital, puisqu'il me demandait gentiment d'y assister. Il ne m'avait pas crié dessus et n'avait rien cassé. Pas encore, en tout cas.

— Ce mariage était l'idée du Gouverneur... commença-t-il.

— Oh, je comprends. Tu veux lui montrer que tu apprécies son *cadeau* ? Et comme le cadeau c'est moi, je vais devoir jouer le jeu. C'est exact ?

Il prit son temps pour répondre, sa mâchoire bougea sous sa barbe, les yeux fixés sur moi.

— C'est exact.

Je ne pouvais pas juger tout de suite si son franc-parler était insultant ou admirable, mais j'étais déterminée à être honnête en retour.

— Eh bien, vois-tu, ça ne me rendrait pas service. Parce que je crois qu'il est préférable de dissoudre ce mariage.

Les muscles de son visage se crispèrent. Il serra les poings. Étonnamment, aucune explosion de colère ne suivit. Après avoir été témoin de son tempérament, j'appréciai sa retenue actuelle.

— Pourquoi ? demanda-t-il d'une voix rude et basse.

— Pourquoi ? répétai-je choquée. Tu te moques de moi ? Tu ne vois vraiment pas où est le problème ? dis-je en agitant les mains. Tu n'as rien fait d'autre que de me crier et de me grogner dessus depuis que je suis arrivée ici. Et je n'aime pas particulièrement l'idée de me faire crier et grogner dessus ainsi tout le reste de ma vie.

Il se déplaça d'un sabot sur l'autre.

— Tu as crié, toi aussi.

Mon humeur s'échauffa à cette accusation.

— Parce que tu as crié en premier !

— Tu es en train de me crier dessus, en ce moment même, observa-t-il, avec un calme exaspérant.

— Putain, jurai-je à voix basse. J'enfouis mon visage dans mes mains et j'inspirai profondément en souhaitant calmer mon agitation. Normalement, il en fallait beaucoup pour m'énerver. Mais le Colonel avait réussi à le faire quelques secondes seulement après son arrivée.

— J'aimerais également que tu reconsidères l'idée d'exposer nos problèmes domestiques au Comité cette semaine, déclara-t-il d'une voix tendue, avec un calme forcé. Je ne veux pas que des organisations gouvernementales mettent leur nez dans ma vie privée. Ce qui se passe dans mon foyer ne regarde que *moi*.

— Pas *totalement*, objectai-je. Pas quand je fais aussi partie de ce foyer. Pour l'instant, en tout cas.

— Daisy, dit-il dans un soupir, en se déplaçant dans ma direction.

Je me déplaçai jusqu'à l'autre extrémité du matelas tandis qu'il s'approchait et s'asseyait sur le bord du lit.

— Seule une infime partie des hommes de Voran ont la possibilité de se marier, commença-t-il. Pour ma part, le mariage m'a été proposé lors d'une cérémonie officielle, en présence de nos hauts fonctionnaires et d'une grande partie de la population de la ville. Je n'étais pas le seul à attendre ton arrivée sur notre planète. Si notre mariage fonctionne, beaucoup d'autres hommes voraniens auront la chance d'avoir une femme humaine.

— Mais ça ne marche *pas*... dis-je en secouant lentement la tête.

— Peut-être, convint-il. Mais si ma femme très attendue s'en va seulement quelques jours après son arrivée, cela causerait un scandale très médiatisé dont je ne me remettrais jamais complètement.

— Un scandale ?

C'est *ça* qui l'inquiétait vraiment ? Sa réputation ?

— Donc tu t'inquiètes de ce que des étrangers peuvent penser de toi ? demandai-je en plissant les yeux vers lui. Tu veux te présenter sous le meilleur jour possible à la ville, mais tu ne te soucies pas du tout de ton comportement à la maison ?

Il grimaça.

— Je me moque de ce que les étrangers pensent de moi, mais je suis préoccupé par l'avenir de ce programme.

— Et l'es-tu maintenant ? demandai-je, je ne savais pas que le Colonel se souciait de quoi que ce soit. Et pourquoi ne pas me l'avoir dit avant ? Pourquoi n'as-tu pas essayé d'avoir une conversation courtoise avec moi jusqu'à présent ?

— J'ai, euh... conversé, objecta-t-il.

Je secouai la tête et roulai les yeux en signe d'exaspération.

— Ce n'étaient pas des conversations. Même avant que les cris ne commencent, il n'y avait que des grognements, des réponses d'un seul mot, et des argumentations tendues.

Croyait-il vraiment que tout cela faisait partie d'une relation aimante entre un mari et sa femme ?

— Je n'ai vu... commença-t-il puis il s'arrêta et se corrigea. Je ne *vois* aucune raison d'agir comme quelqu'un d'autre. Et avec qui que ce soit, pas seulement avec ma femme.

— Donc tu es en train de me dire que c'est ce que tu es ? Tu es *tout le temps* le même misérable connard que ces quatre derniers jours ?

Il fit encore la grimace.

— Pour une femme, tu jures beaucoup.

— Et typiquement comme tous les hommes, tu soulignes ça, rétorquai-je.

Il leva un sourcil épais, mais ne dit rien. J'étais vraiment impressionnée par sa maîtrise sur soi ce matin. Il *pouvait* donc retenir sa colère quand il le voulait vraiment, même s'il avait l'air plutôt raide et mal à l'aise. Ça avait dû lui demander un énorme effort de contrôler son tempérament explosif.

Je fis aussi de mon mieux pour rester relativement calme. C'était peut-être un peu trop tard, mais nous avions enfin une vraie conversation.

— Je dois te prévenir, dis-je. Je n'ai pas l'habitude de fréquenter les gouverneurs. Je n'en ai jamais rencontré avant. Je ne saurais ni quoi dire ni quoi faire.

— Tu n'auras rien à faire, sois juste toi-même, dit-il en haussant les épaules.

— Être moi-même ? dis-je en riant. Faites attention à ce que vous demandez, Colonel.

Son expression s'adoucit quelque peu.

— Même si tu fais quelque chose de bizarre, personne ne t'en voudra. Tu viens d'une autre planète. Une certaine étrangeté dans ton comportement sera compréhensible et même attendue.

Être considérée comme une « bizarrerie » me fit sourire.

— Et tu penses que ça ne te dérangera pas de te montrer en public avec la femme Alien « bizarre » ? Les gens vont nous regarder, j'en suis sûre.

— Oh, ils le feront, dit-il et sa barbe se fendit soudain également d'un sourire. Il était petit, à peine décelable, mais il avait néanmoins percé. Qu'ils nous regardent. Si quelqu'un ose faire plus que ça, il aura affaire à moi. Tu n'as rien à craindre, ajouta-t-il.

L'assurance avec laquelle il s'était chargé de me protéger de la foule était séduisante. Je sentais que je respirais un peu mieux. La matinée semblait plus lumineuse maintenant, comme si l'orage s'était dissipé. Je décidai de profiter de ce moment avant qu'il ne disparaisse.

— Si je fais ce que tu me demandes, tu me laisseras partir ? demandai-je. Je n'étais pas dupe. Le Colonel avait décidé d'être raisonnable ce matin-là, juste parce qu'il avait besoin de quelque chose en retour. Je devais profiter de cette occasion pour clarifier quelques points. D'un seul coup, le sourire disparut de son visage et son expression se figea.

— Tu ne peux pas partir.

Je restai sur mes positions.

— Mais je ne peux pas rester. Si tu insistes, tu me retiendras ici contre ma volonté. Le Comité...

Il gémit, en passant ses doigts dans la fourrure de sa tête.

— Laisse le Comité en dehors de ça, dit-il en sautant du lit et il fit les cent pas devant moi. Tu détestes vraiment tant que ça cet endroit ? demanda-t-il en s'arrêtant brusquement, face à moi.

Je froissai le drap dans mes mains, et le serrai contre ma poitrine. Ce n'était pas l'endroit que je détestais. Ma décision de partir était due à lui, pas à sa maison ou à cette planète.

— Je ne me vois pas passer le reste de ma vie ici, avec toi, dis-je, en étant brutalement honnête. Nous sommes trop...

Similaires, réalisai-je.

J'avais voulu dire que nous étions trop différents, mais j'avais soudain réalisé que le contraire était peut-être vrai. Nous étions trop semblables pour nous entendre. Nous avions tous les deux du caractère. Sauf que je n'avais jamais réalisé que j'en avais un jusqu'à maintenant. Le Colonel l'avait fait ressortir. Il avait prouvé qu'il était capable de me faire bouillonner avec un seul mot ou même un regard. En plus, nous avions tous les deux tendance à agir ou à dire les choses d'abord et à réfléchir après.

— Si tu repars dans les jours qui suivent ton arrivée, expliqua le Colonel, je deviendrai la cible du ressentiment public et très probablement d'une enquête gouvernementale. Bien qu'étant un personnage public, j'ai une vie privée aussi, Daisy. J'aimerais éviter les regards et les intrusions dans ma maison et ma vie.

— Tu comprends que ce n'est pas suffisant pour que je reste mariée avec toi ?

— C'est possible, reconnut-il en inclinant ses cornes dans un signe de tête. Mais est-ce que tu pourrais reconsidérer ton départ immédiat ?

Je réfléchis à sa demande pendant un moment. J'avais toujours eu du mal à dire non à une requête gentille.

— C'est si important pour toi ?

— Oui, répondit-il d'un air franc et sincère.

Je poussai un soupir.

— Pourquoi ne m'as-tu pas parlé comme ça auparavant ? Pourquoi avoir crié et jeté des choses ?

Il détourna les yeux, l'air sinon honteux, du moins plein de remords.

— Dure journée de travail et mauvais caractère naturel, avoua-t-il ensuite, et le manque de compréhension totale de la situation aussi, admit-il.

Je poussai un petit rire.

— Eh bien, j'ai toujours trouvé que l'honnêteté était une qualité admirable chez les gens.

— Tu vas rester alors ?

— Est-ce que tu vas signer le contrat de dissolution du mariage ?

Il marqua une pause, la bouche serrée en une ligne obstinée. Je croisai mes bras sur ma poitrine.

— C'est *ça* le marché. Ta réputation et l'avenir du programme de liaison en échange de ma liberté.

— Combien de temps es-tu prête à rester avec moi ? demanda-t-il à son tour.

Je me sentais toujours mal à l'aise en sa présence. Cependant, cette conversation m'avait donné de l'espoir. L'avenir immédiat ne semblait plus aussi effrayant ou sombre.

— Je pense que je peux rester jusqu'à la fin du mois, date à laquelle le vaisseau de notre délégation doit repartir. Il n'y a pas d'autres vaisseaux en partance pour la Terre d'ici là, de toute façon.

— C'est trop tôt, dit-il en secouant énergiquement la tête. Le contrat stipule au moins un an.

— Ça dépend de comment se passent les choses, dis-je en campant sur mes positions. Des engueulades quotidiennes peuvent faire paraître un mois trop long. Un an comme ça pourrait me pousser à sauter d'un de tes dômes en verre plutôt que de rester un instant de plus sous le même toit.

— Ne saute pas, s'alarma-t-il et son froncement de sourcils s'accentua alors qu'il s'asseyait à nouveau sur le lit, cette fois de mon côté du matelas.

— Je ne préfère pas non plus, répondis-je en remontant mes jambes sous les couvertures, pour lui faire plus de place. Essayons de parler d'abord et de crier ensuite. Toi et moi, tous les deux. D'accord ?

Il inclina ses cornes dans un bref hochement de la tête.

— Viendras-tu au bal ce soir, alors ?

Je poussai un soupir.

— C'est important pour toi que je vienne ?

— Oui. Le Gouverneur n'est pas seulement le chef de notre pays, c'est aussi un très bon ami à moi. Je serais ravi d'honorer son invitation.

— Eh bien puisque cela fait partie de l'accord que nous venons de conclure, je viendrai.

— Merci.

Et il se leva du lit. Il lissa la fourrure de ses tempes avec ses mains, il ajusta après son uniforme et annonça d'un ton plutôt formel :

— Je viendrai te chercher juste après le travail. Il faudra que tu sois prête.

J'AVAIS PENSÉ AU BAL du Gouverneur toute la matinée. Maintenant que j'avais accepté d'y aller, je voulais le faire bien. Après le petit déjeuner, je demandai à Omni de me montrer des photos antérieures du bal.

Apparemment, le chef du gouvernement voranien aimait faire la fête. Il n'y avait pas eu qu'un bal, mais trois, dans son palais, rien que l'année dernière. Celui chez qui le Colonel et moi étions invités ce soir semblait n'avoir d'autre but que d'honorer le Colonel et de présenter sa nouvelle épouse humaine à la société voranienne.

Je comprenais maintenant pourquoi le Colonel avait fait tout son possible pour assurer ma présence. Il ne pouvait pas se présenter à la rencontre d'invités venus spécialement pour voir un Alien d'une autre planète sans cet Alien à son bras.

Cela signifiait que je serais le centre d'attention, peu importe ce que je faisais ou portais. Cependant, si tout le monde devait me dévisager, je voulais qu'ils le fassent au moins pour de bonnes raisons.

J'étudiai les robes des quelques femmes des événements précédents, puis je fouillai dans mon dressing à la recherche de quelque chose de similaire, mais en mieux. Je voulais me faire belle pour l'occasion. Après tout, j'étais invitée en tant que femme de l'homme responsable de toute l'armée voranienne, et j'avais accepté de jouer ce rôle.

Heureusement, mon armoire bien remplie offrait de nombreuses possibilités. Après avoir essayé plusieurs robes superbes, j'optai finalement pour une robe en mousseline de soie rose avec des broderies rose or sur le corsage, des manches à godets et une jupe fluide à plusieurs épaisseurs. Elle était suffisamment élégante pour une occasion aussi prestigieuse que le bal du Gouverneur, mais également assez douce et légère pour répondre à mes goûts personnels.

Vers l'heure du dîner, j'enfilai la robe et me maquillai. Omni réussit à boucler mes cheveux, après lui avoir expliqué exactement la méthode. J'avais même une barrette appropriée couleur or rose incrustée de minuscules cristaux et perles. Et j'avais trouvé une paire de sandales magnifiques, serties de cristaux, sur l'une des étagères à chaussures du dressing. Lorsque Omni m'informa que l'avion du Colonel venait d'atterrir, j'étais habillée et prête à partir.

Après un dernier regard rapide dans le miroir flambant neuf qui avait remplacé le précédent, je me précipitai hors de la chambre.

Une légère sensation de curiosité me remonta le moral. Une fête est toujours synonyme d'amusement, n'est-ce pas ?

Cela pourrait être une nuit excitante après tout.

Grevar

— BIENVENUE À LA MAISON, Colonel Kyr...

— Où est-elle ? demanda-t-il en interrompant le robot dans son élan.

Depuis que Daisy avait élu domicile chez lui, rentrer à la maison n'était plus pareil. Une présence féminine sous son toit, en général, était quelque chose de très inhabituel pour lui. Il avait même programmé son IA en mode masculin. Le fait qu'une femme vivait ici était une expérience entièrement nouvelle.

Avant qu'elle ne s'installe ici, rentrer à la maison signifiait se détendre, se relaxer, et même être paresseux un moment. Maintenant, tout en lui se réchauffait et bourdonnait d'excitation dès qu'il franchissait le seuil.

Bien que Daisy semblait se cantonner à la chambre à coucher, même en son absence, elle laissait des traces de sa présence dans tout son espace - qu'il s'agisse de réarranger les plantes suspendues sur la terrasse du petit déjeuner pour permettre un meilleur ensoleillement de la place où elle devait prendre son thé en fin de matinée, ou d'enregistrer dans la mémoire d'Omni de nombreuses photos de sa vie à Voran.

Même l'odeur des produits de boulangerie dans le garde-manger lui faisait penser à elle.

Et ce sentiment ne s'arrêtait pas au moment où il partait au travail le matin. Ses pensées avaient tendance à dévier vers elle tout au long de la journée.

Il trouvait le travail de bureau irritant, et souvent plus difficile que d'affronter une attaque de *fescods* sur un champ de bataille. Dans l'ensemble, travailler dans un bureau était bien sûr plus sûr que de se battre en première ligne sur Tragul, la planète où les *fescods* étaient toujours présents. Il avait pris en considération la sécurité du bureau lorsqu'il avait accepté la promotion. Il avait une famille, et ses fils avaient besoin d'un père en bonne santé et en vie.

Vivre en ville lui permettait également de rester proche de l'école de ses enfants. Il aimait être à quelques minutes de vol d'eux, à tout moment.

— Je lui ai dit d'être prête, déclara-t-il en entrant dans la pièce principale. L'irritation lui montait à la tête. Cette putain de réunion avait pris plus de temps que prévu. Il n'avait plus le temps d'attendre qu'une femme se repoudre le nez pendant des heures.

— Je suis prête ! annonça la voix claire et mélodieuse de Daisy qui résonna en haut des escaliers.

Il cligna des yeux et ouvrit grand la bouche, quand il réalisa que ce mélange de mousseline de soie rose et ces boucles rebondies qu'était sa femme descendait les escaliers jusqu'à lui.

La jupe de sa robe ondulait autour d'elle dans une vague volumineuse. Le corsage brodé épousait ses courbes attrayantes aux bons endroits. Le décolleté était suffisamment bas pour mettre en valeur les délicats gonflements de ses seins de manière extrêmement séduisante, mais suffisamment haut pour être approprié à l'événement auquel il l'emmenait.

Ses yeux gris-bleu scintillaient d'excitation. Ses cheveux brillants, légèrement orangés, encadraient son joli visage comme un rayon de soleil.

— Je suis prête, répéta-t-elle en s'arrêtant sur la dernière marche pour reprendre son souffle. Est-ce que je suis présentable ?

— Tu es... commença-t-il en laissant son regard parcourir toute sa silhouette avec admiration, puis il lutta contre l'envie soudaine de la prendre dans ses bras. Il voulait connaître la sensation exacte de son corps dans ses bras s'il l'étreignait habillée ainsi, enveloppée dans le tissu de la robe. Alors... essaya-t-il de poursuivre mais les mots semblaient l'avoir abandonné.

Puis, son regard se posa sur ses chaussures. Sur ses *orteils*, en fait. Il se souvint que ces courts appendices humains étaient appelés ainsi. Ils s'avéraient être la chose la plus bizarre chez elle, encore plus que l'absence de cornes.

Proportionnellement plus courts que les doigts, ses *orteils* étaient écrasés par les lanières ornées de bijoux de ses sandales. La couleur rouge vif avec laquelle elle avait peint les ongles - identique à celle sur ses mains – leur donnait encore plus l'air d'être difformes. Grotesques. Effrayants même.

— Hum... bredouilla-t-elle en captant manifestement son regard, elle ramena ses pieds en arrière, et les cacha sous l'ourlet de sa longue jupe. Je devrais probablement me changer... ajouta-t-elle.

— Non, répondit-il en réalisant trop tard qu'il n'avait pas contrôlé son expression en regardant ses pieds. Ne change rien. Tu es très belle.

Il tendit la main vers elle. Elle secoua la tête et recula dans les escaliers, loin de lui. L'étincelle d'excitation joyeuse avait disparu de ses yeux.

— Je reviens tout de suite.

Et elle tourna sur ses talons et courut vers les escaliers.

— Daisy ! l'appela-t-il en se détestant. Tu es éblouissante, je te le jure ! Toute *entière*.

Dans un éclair de mousseline rose, elle disparut derrière les portes de la chambre.

Chapitre 8

Daisy

Daisy, dit le Colonel en se déplaçant par à-coups alors que nous étions tous les deux assis dans l'avion, en train de planer dans le ciel au coucher du soleil.

— Je vais bien, tout va bien.

Le fait de le dire ne rendait pas les choses « bien ». Je le savais. Mais je ne pouvais actuellement pas supporter une autre dispute. Ma capacité à encaisser les cris avait été dépassée depuis longtemps. Mais le Colonel n'avait pas l'air d'être sur le point de hurler à nouveau.

— Ça ne va pas *bien*, dit-il en tapotant quelque chose sur le panneau de contrôle puis il se tourna vers moi. Il prit ma main dans la sienne de manière inattendue et provoqua ainsi un bouleversement total dans ma tête.

— Tu n'as pas… tu sais, besoin de piloter ce truc ? marmonnai-je. Retirant ma main de la sienne, je fis un signe vers les lumières du panneau de contrôle.

— Ça vole tout seul.

— Mais tu l'avais piloté avant, non ? Sur le chemin entre le spatioport et ta maison ? demandai-je en jetant un coup d'œil aux hautes structures en verre de Voran qui flottaient en contrebas. L'avion ne semblait ni perdre d'altitude ni dévier de sa trajectoire.

— J'avais eu besoin de quelque chose pour occuper mes mains ce jour-là.

— Pourquoi ?

— Pour m'aider à gérer le fait que j'étais… il grimaça, en évitant mon regard. Que j'étais nerveux.

J'avais du mal à imaginer que le Colonel puisse se sentir nerveux, il semblait si inébranlablement sûr de lui à tout moment.

— C'est *moi* qui t'ai fait ressentir ça ? demandai-je en le regardant incrédule. Les gens n'ont pas l'habitude d'être nerveux en *ma* présence. On m'a toujours qualifiée de facile à vivre et de terre-à-terre - toutes ces choses que les gens disent de quelqu'un qui les met à l'aise, avec qui ils n'ont pas à surveiller ce qu'ils disent ou font. Tu vois, une personne comme un membre de la famille proche - ce cousin inoffensif et dynamique que tout le monde semble avoir, celui qui ne se vexe jamais longtemps et se contente de sourire...

Il prit à nouveau ma main, interrompant ainsi mon blabla.

— Tu es magnifique, Daisy. Je le pense vraiment.

J'enfonçai mes pieds plus profondément sous mon siège. Chez lui, j'avais remplacé mes sandales à bout ouvert par une paire de bottines blanches à hauteur de cheville. Leurs talons compensés donnaient même à mes pieds une apparence de sabot.

— La robe te va à merveille, insista-t-il.

— Ok. Merci, répondis-je. Je craignais que ma main ne se mette à transpirer d'une minute à l'autre, serrée comme elle l'était dans sa paume grande et chaude. Je tirai dessus, mais il ne voulut pas me lâcher.

— Et les sandales aussi étaient très jolies. Tu n'avais pas besoin de les changer.

— Non. Je suis contente de l'avoir fait, dis-je en levant les yeux vers lui. Tu vois, je n'ai pas honte de mes orteils. Je les ai depuis plus de vingt-cinq ans maintenant, et je les aime tels qu'ils sont. Je les ai peints avec de jolies couleurs et les ai fièrement exhibés dans des sandales à lanières et des tongs toute ma vie. Je n'ai pas honte d'avoir des pieds, quoi que tu puisses en penser. La seule raison pour laquelle j'ai changé de chaussures, c'est que je ne pouvais pas supporter de voir le même regard que le tien sur le visage de chaque Voranien que je rencontrerai ce soir, déclarai-je. Je pris une longue inspiration. Pas ce soir en tout cas. Ces derniers jours ont déjà été très stressants, ajoutai-je.

J'essayai à nouveau de retirer ma main, mais il entrelaça mes doigts avec les siens, puis la recouvrit avec son autre main. Il n'y avait aucun moyen de la reprendre maintenant, et je décidai que je ne voulais pas l'enlever après tout, je la laissai en sa possession. Ma main était plutôt agréablement enveloppée dans la chaleur de ses deux grandes paumes rugueuses.

— Je ne voulais pas t'offenser, Daisy, commença-t-il. Sa voix était profonde et avec un ton toujours aussi bourru. Cependant, une note plus douce s'y glissait. C'est juste que... c'était inattendu.

— Mes orteils effrayants ? demandai-je en roulant des yeux.

— Tu as toujours porté des chaussures fermées jusqu'à ce soir, et je n'ai jamais vu de pieds nus auparavant, expliqua-t-il, l'air un peu sur la défensive. J'ai entendu parler des orteils, mais.... je suis désolé, d'accord ? Tu peux oublier tout ça, s'il te plaît ? Je veux que tu profites de cette soirée.

Je me rappelai ma première rencontre avec les Voraniens, au port spatial. Plusieurs de leurs attributs physiques m'avaient alors choquée, notamment leurs sabots. Même ma sœur avait dit du Colonel qu'il avait « l'air effrayant ».

— Je comprends. Je ne suis pas vexée, dis-je. Je n'avais jamais pu rester en colère contre quelqu'un trop longtemps de toute façon. Moi aussi, j'ai trouvé tes yeux effrayants, au début.

— Mes yeux ? Effrayants ?

— Les humains n'ont pas les yeux rouges. C'était un peu déstabilisant au début.

— Au début, répéta-t-il en penchant la tête sur le côté. Et maintenant ?

Je levai les yeux et rencontrai les siens. Assise si près de lui dans l'espace confiné de l'avion, avec ma main dans les siennes, je réalisai soudain toute la complexité de cette situation, alors je baissai le regard, sans rien dire.

— On m'a dit que j'avais des yeux *féroces*, poursuivit-il d'une voix plus basse avec un ton doucereux inconnu qui me toucha profondément. Tu les trouves toujours effrayants, Daisy ?

Il glissa un doigt sous mon menton, soulevant ainsi ma tête et me forçant à croiser à nouveau ses yeux rouge feu, avec des fentes noires en guise de pupilles.

— Absolument *féroces*, répondis-je doucement. Ma tête tournait légèrement, comme si je tombais. Peut-être était-ce l'effet d'un sort ? Je déglutis difficilement. Intenses, mais pas effrayants, ajoutai-je.

Il se pencha plus près de moi, effleura de son pouce ma lèvre inférieure, que je glissai rapidement entre mes dents. L'avion semblait soudain bien trop petit, les couleurs vives du coucher de soleil se rapprochaient de nous.

— Sommes-nous arrivés là-bas ? demandai-je, incapable de détacher mon regard de ses yeux qui semblaient devenir plus brillants et plus ardents.

— Là-bas ? répéta-t-il comme si on venait de le ramener à la réalité, il cligna des yeux, ses sourcils touffus se rapprochèrent. Oui. Presque. Mais il y a autre chose que je voulais faire avant que nous arrivions.

Il se pencha sur mes genoux, fit glisser un compartiment de l'avion devant moi et en sortit une boîte plate et orange.

— Je veux que tu portes ça ce soir.

Il ouvrit le couvercle de la boîte et en sortit un amas de boules orange vert, chacune de la taille d'une bille.

— Qu'est-ce que c'est ? demandai-je en plissant les yeux et en me demandant ce qu'il voulait dire par « porter ça ».

— C'est la parure que mon père a offerte à ma mère lorsqu'il la courtisait.

Les boules ressemblaient plus à des perles de déguisement pour enfant qu'à quelque chose qu'une femme porterait, mais les couleurs vives et chatoyantes me plaisaient.

— C'est joli.

Il se rapprocha, fit le tour de mon cou avec le collier et boucla le fermoir sur ma nuque. Les nombreux rangs de breloques recouvrèrent toute ma poitrine, et arrivèrent presque à ma taille.

— A-t-elle fini par l'épouser ?

J'avais l'impression d'être un arbre de Noël, avec toutes ces décorations rondes et lumineuses.

— Oui, répondit-il et il sortit deux spirales enfilées avec les mêmes boules oranges, vertes et brunes. C'est du *shalel*, un minerai extrêmement rare extrait uniquement sur la planète Aldrai. Mon père a payé une fortune pour cet ensemble à l'époque. Et ça a vraiment une valeur inestimable aujourd'hui, expliqua-t-il tout en enroulant une spirale autour de chacun de mes avant-bras. Mon père me l'a offert après la cérémonie au Palais du Gouverneur l'année dernière, juste après l'annonce de mon mariage.

J'avais été très excitée par le fait d'être la première mariée sélectionnée pour aller sur Neron. Mais je réalisai qu'aux yeux du Colonel, ce mariage avait une dimension encore plus importante. Sur Voran, notre union était une affaire d'État, une très grosse affaire.

— Je suis le premier fils de mon père à être marié, poursuivit le Colonel. Il voulait que tu aies ça.

— Merci.

J'enlevai mes boucles de perles d'eau douce pour qu'il enfile le long chapelet de boules à mes oreilles.

— Combien de frères as-tu ? demandai-je pendant qu'il le faisait.

— Quatre. Le cinquième est mort à la naissance, avec ma mère.

— Oh, non, soufflai-je. Je suis vraiment désolée, Colonel.

Il fronça légèrement les sourcils et recula une épaule.

— C'est arrivé il y a plus de trente-quatre ans. Suffisamment de temps a passé depuis.

— Le temps aide assurément, dis-je en poussant un soupir. Mais peut-on jamais guérir complètement de la perte d'un être cher ? Ma grand-mère est décédée quand j'avais seize ans, et elle me manque encore tous les jours.

— Et le reste de ta famille ? demanda-t-il après une pause. Est-ce qu'ils vont bien ?

— Oui. Mes parents sont en vie et en bonne santé. Et j'ai une sœur aînée, qui est mariée et a deux enfants, un garçon et une fille, ma nièce et mon neveu, racontai-je avec un sourire en pensant à eux.

Il me fixa du regard intensément.

— Ils te manquent, affirma-t-il, et ce n'était pas une question.

— Oui, acquiesçai-je, en étouffant un autre soupir.

— C'est pour ça que tu veux rentrer chez toi ?

— Quoi ? Non, non. J'ai fait volontairement le choix de quitter ma maison et ma famille pour venir ici.

— Pourquoi es-tu venue à Voran, Daisy ?

Cette question, il aurait dû me la poser il y a longtemps. De préférence avant même qu'il ne prenne la décision de me faire venir ici. Il aurait dû me demander pourquoi j'étais prête à quitter ma planète pour vivre avec lui. Ou mieux encore, il aurait dû lire ma foutue lettre.

J'inspirai profondément puis je le regardai droit dans ses yeux rouge vif. Il n'y avait aucune raison de mentir, ce n'est pas comme si j'avais besoin de m'inquiéter de ce qu'il allait penser de moi, maintenant.

— Parce que j'espérais trouver ma place et mon rôle ici, Colonel. J'avais hâte de m'installer ici et d'élever une famille avec toi.

— Ma famille, répéta-t-il.

— Oui.

J'avais espéré que lui, ses enfants et moi pourrions tous former un jour une famille heureuse, mais cela semblait être loin maintenant - l'époque où j'avais encore des espoirs insensés et avant que je n'aie le « plaisir » de rencontrer le Colonel en personne. Je me détournai de lui, et nous restâmes assis en silence pendant quelques instants. N'ayant jamais aimé le silence, sauf quand j'étais seule, je le rompis en premier :

— Où sont tes frères ? Et ton père ?

— Ils vivent tous à Kixel, la petite ville où j'ai grandi.

— Est-ce qu'ils viendront te rendre visite bientôt ?

— Non.

Il sortit rapidement un autre chapelet de boules de la boîte, et se pencha pour inspecter à nouveau le lobe de mon oreille.

— Combien de trous as-tu à l'oreille ? demanda-t-il, en voulant visiblement changer de sujet.

Je remuai sur mon siège.

— Un seul dans chaque oreille.

— Très bien, dit-il en rangeant les autres boules dans la boîte, puis il remit le tout dans le compartiment. Celles-ci devront faire l'affaire.

LES MAINS POSÉES SUR la vitre de la cabine de l'avion, je contemplai le brillant ensemble de dômes en verre qui coiffaient un immense gratte-ciel. Éclairée de l'intérieur par des lumières multicolores, la structure entière se détachait sur le coucher de soleil mourant comme un énorme bijou précieux.

— Le palais du Gouverneur, annonça le Colonel en montrant d'un geste le magnifique édifice tout de verre, de couleur et de lumière.

L'avion atterrit sur une petite plateforme à ciel libre reliée à une passerelle en verre. Le bord de la passerelle fusionna avec le bord de notre avion, nous protégeant ainsi de l'air froid hivernal. La porte de l'avion s'ouvrit pour nous permettre de sortir tous les deux. La courte passerelle nous mena sous le premier dôme de verre.

—Wow ! m'exclamai-je en me retournant et en admirant les lumières scintillantes sous les grandes arches et les guirlandes de fleurs éclatantes et luxuriantes.

Des Voraniens aux vêtements éblouissants s'attardaient ici en petits groupes. L'attention de tous se porta sur moi dès que je posai le pied sur l'herbe luxuriante sous le dôme. Mais la fête principale semblait se dérouler sous le plus grand dôme, droit devant.

— Allons-y, dit le Colonel en m'offrant son bras dans un geste galant.

Je laissai échapper un souffle inquiet. Une bonne dose d'anxiété se mêlait à mon excitation et à mon impatience.

— Ok, dis-je en attrapant son bras et en affichant un large sourire sur mon visage. C'est parti, ajoutai-je.

Alors que nous nous déplacions sous le dôme de verre principal, l'attention de la foule augmenta. Des regards curieux glissaient le long de mon corps, et faisaient se hérisser ma peau de malaise et se dresser les poils fins de mes bras. Mon cœur s'emballa lorsque je me demandai ce qu'ils pensaient tous de moi, cette rousse pâle, sans cornes et sans queue, qui venait d'une autre planète.

Les Voraniens eux aussi étaient étonnants à observer. Les vêtements richement décorés des hommes avaient manifestement été conçus pour attirer l'attention. La plupart des hommes présents avaient leurs sabots et leurs cornes peints de motifs assortis à leurs tenues. Le Colonel m'emmena vers un groupe d'hommes au milieu de la pièce. Un cercle se forma à notre approche, révélant un grand homme vêtu d'un long manteau doré, vert et blanc. Ses yeux jaune citron brillèrent avec enthousiasme lorsque son regard se posa sur moi.

— Oh, et la voilà ! Tu l'as gardée pour toi tout seul pendant trop longtemps, Kyradus, déclara-t-il en faisant quelques pas vers nous et il prit ma main libre dans les siennes. Madame le Colonel, ajouta-t-il avec un sourire en inclinant ses cornes finement peintes vers moi.

— Gouverneur Ashir Kaeya Drustan, annonça le Colonel pour le présenter.

— Oh, Gouverneur... balbutiai-je et n'ayant aucune idée de ce qu'était le protocole ou même s'il y en avait un, je fis alors une révérence. Je suis très honoré de vous rencontrer.

— N'est-elle pas délicieuse ? s'exclama le Gouverneur en jetant un coup d'œil par-dessus son épaule vers ses amis, comme s'il les invitait à se joindre à son admiration. Polie et charmante. Et si exotique. Il tira sur une mèche de mes cheveux qui était tombée sur mon épaule, observant avec une fascination évidente la boucle rebondir lorsqu'il la relâcha.

— Entre nous, commença-t-il en se rapprochant, comme s'il allait partager un secret avec moi, je trouve le reste de votre délégation humaine exceptionnellement terne et ennuyeuse.

Je ne trouvai rien à dire en guise de réponse et me contentai de sourire davantage et de le fixer comme une parfaite idiote.

— Dites-moi, Madame le Colonel, comment trouvez-vous la vie sur Neron, jusqu'à présent ? me demanda-t-il. Ses yeux citron brillaient de curiosité sous ses cils incroyablement longs.

Sa vivacité et son ouverture d'esprit me mirent à l'aise, et dissipèrent une bonne partie de mon appréhension initiale. Au début, sa façon de parler de moi comme d'un oiseau exotique ne me dérangea même pas.

— Eh bien, je n'ai pas encore bien vu Neron, m'aventurai-je prudemment, en espérant que cela ne ressemblait pas à une plainte.

— Dites quand même, insista-t-il en faisant un signe de la main vers la salle et la foule qui nous entourait complètement maintenant. Tout cela doit être si différent de ce à quoi vous êtes habituée.

— Oh oui, ça l'est, répondis-je en essayant de garder mes yeux sur lui, et d'ignorer le nombre croissant de Voraniens qui se rassemblaient autour de nous. L'attention de toute la salle de bal, qui était pleine de monde, était écrasante. Les différences entre nos deux mondes sont époustouflantes. Mais pour m'aider à me sentir chez moi à Voran, je préfère me concentrer sur les similitudes pour le moment.

Ses sourcils soignés remontèrent jusqu'à ses cornes peintes de vignes vertes et de fleurs dorées.

—Vous trouvez qu'il y a beaucoup de similitudes ? demanda-t-il d'un air un peu incrédule.

— Il y en a pas mal, répondis-je en hochant la tête fermement. Peut-être même plus que les différences.

Il inclina la tête avec une curiosité qui se lisait clairement sur son visage.

— Dites je vous en prie.

— Eh bien, comme les humains, les Voraniens ont deux yeux, deux mains, un nez et une bouche... et je me gardai de dire *deux pieds*.

Le Gouverneur renversa la tête en arrière et éclata d'un rire sonore et chaleureux.

— On ne peut pas dire le contraire ! s'exclama-t-il en secouant la tête et en se tournant vers la foule qui nous entourait.

Les hommes répondirent en riant également et en tapant dans leurs mains.

— Quoi d'autre ? dit-il en m'a regardant à nouveau, avec une excitation qui brillait dans ses yeux.

— Comme vous, nous habitons dans des maisons, construisons des villes et circulons dans des véhicules, poursuivis-je tout en me demandant pourquoi le Colonel avait été récompensé par un mariage et pourquoi il avait insisté pour le maintenir. Nos deux espèces valorisent le courage, la loyauté et l'amitié. Nous tenons tous l'honneur et la gratitude en haute estime. C'est un bon début, je pense.

— Certainement, affirma le Gouverneur qui continuait à sourire et semblait à la fois amusé et impressionné.

L'homme à sa droite baissa la tête jusqu'à l'oreille de son patron :

— Je vous demande pardon, M. le Gouverneur, mais nous avons un emploi du temps chargé ce soir.

Je suivis son regard et jetai un coup d'œil par-dessus mon épaule. Une file d'attente se dessinait derrière nous. Les gens attendaient leur tour pour saluer le chef de l'État.

— Kyradus, dit le Gouverneur à l'intention de mon mari, qui était resté à mes côtés. Veillez à la faire revenir avant que vous ne partiez tous les deux ce soir. Puis il se tourna vers moi et serra à nouveau ma main dans les siennes :

— J'aimerais par la suite avoir votre avis sur notre petite réception.

Chapitre 9

Daisy

J'étais bouche bée devant tout ce qui m'entourait, et j'en oubliai presque que tout le monde au bal me regardait. Un groupe coloré de Voraniens jouait une musique entraînante sur scène, sous des guirlandes de fleurs blanches et dorées. Des présentoirs en chrome brillant chargés de plateaux d'amuse-gueule et de boissons se faufilaient à travers la foule.

Je me sentais comme une étrangère et j'étais reconnaissante au Colonel d'être resté à mes côtés. Les gens n'arrêtaient pas de venir vers nous pour lui parler et pour me regarder.

— Grevar ! retentit soudain une voix aiguë dans les airs.

Un Voranien particulièrement petit apparut devant nous. Une femme, réalisai-je, en remarquant sa robe rose et jaune qui mettait en valeur ses yeux magenta.

— Je suis si heureuse de te voir ! Puis elle attrapa le Colonel par les oreilles, et lui tira la tête vers le bas pour lui faire un baiser sur les lèvres.

Visiblement, les femmes voraniennes étaient encore plus amicales que les hommes, et l'habituelle double poignée de mains ne lui suffisait pas.

— Tu as amené ta femme ? Et elle se retourna vers moi avec un sourire ravi.

— Salut... commençai-je, mais elle ne me laissa pas terminer. S'emparant de mes oreilles, elle déposa un baiser énergique sur ma bouche également.

Est-ce que c'était un truc de femmes voraniennes, donc ? Embrasser les étrangers en guise de salutation ?

Je pouvais sentir le goût de son rouge à lèvres sucré sur mes lèvres. Du coin de l'œil, j'aperçus le Colonel s'essuyer discrètement la bouche avec la fourrure du dos de sa main. Je ne pouvais pas faire de même car mes oreilles étaient toujours fermement serrées dans les doigts délicats de la petite femme.

— Je suis si fière de Grevar ! s'exclama-t-elle. Il a une femme !

— Un homme chanceux, dis-je en haussant les sourcils.

— La chance n'a rien à voir avec ça, répondit-elle en secouant la tête et les petites cloches d'argent au bout de ses cornes tintèrent mélodieusement. Il l'a totalement mérité. Pas vrai, cousin ?

— Cousin ? dis-je en regardant le Colonel.

— Lievoa, annonça-t-il en me présentant la femme. L'un des quatre enfants du frère de mon père.

— Et la seule fille, ajouta Lievoa avec fierté, en lâchant enfin mes oreilles qui étaient maintenant brûlantes.

— Je m'appelle Daisy, et j'inclinai la tête en signe de politesse.

— Je sais. Votre prénom a été annoncé dès que Grevar vous a sélectionnée. Puis elle se pencha un peu plus près. Ça a dû être une tâche difficile. J'ai entendu dire qu'il y avait des milliers de candidates à départager.

— Tout à fait, dis-je, sans cacher le ton sarcastique de ma voix à l'intention du Colonel resté à côté. Le procédé de sélection *aurait dû* prendre des semaines, voire des mois.

— Apparemment, ça lui a pris moins d'une heure ! dit-elle en pressant ses deux mains jointes sur sa poitrine. Il a dû savoir que vous étiez *la bonne* dès qu'il a vu votre photo. C'est le destin.

— Le destin, marmonnai-je tout bas. Ou une jolie robe « porte-bonheur ».

Un groupe d'hommes s'approcha du Colonel, ce qui détourna son attention.

— En parlant de robes, dit Lievoa en me regardant de haut en bas, vous aimez celle-là ?

— Celle-là ? demandai-je en lissant ma main sur le tissu doux et luxueux. Je l'adore !

— Vraiment ? dit-elle avec autre sourire ravi. Oh, je suis si contente. Elle vient de mon magasin de robes.

— Ah oui ?

— Vous ne pensiez tout de même pas que Grevar avait constitué toute une garde-robe tout seul. Dès que vos tailles ont été confirmées, il m'a appelée affolé, en me suppliant de l'aider.

Je glissai à nouveau ma main le long de ma jupe. Paniquer et supplier ne semblait définitivement pas correspondre au style du Colonel. Cependant, quelque chose en moi se réchauffa à l'idée qu'il n'avait pas été complètement indifférent à mon arrivée.

— La garde-robe est exquise. Les robes, les chaussures... J'aurais dû deviner qu'il avait eu de l'aide.

— Bien sûr que oui, et elle jeta un regard compatissant au Colonel, qui parlait au groupe d'hommes et ne pouvait plus nous entendre. Le pauvre n'a porté que des uniformes militaires pendant la majeure partie de sa vie. Il ne savait même pas par où commencer en matière de vêtements féminins. Heureusement, j'ai beaucoup de goût. Je crée moi-même la plupart des robes que je vends dans ma boutique.

— C'est vrai ? C'est aussi votre conception ?

— Oui !

Je touchais la broderie de mon corsage avec une nouvelle appréciation.

— C'est magnifique, Lievoa. Vous avez beaucoup de talent.

— Merci, répondit-elle avec un grand sourire. Il n'y a pas beaucoup de femmes à Voran qui peuvent vraiment apprécier un vêtement bien fait.

— Eh bien, il n'y a pas beaucoup de femmes à Voran tout court, rigolai-je. Vous êtes la première que je rencontre.

— Oh non ! Nous devons corriger ça. Venez. Et elle me tira par la main. Je vais vous présenter aux femmes que je connais ici.

Le Colonel leva les yeux de sa conversation et nous lança un regard inquiet, tandis que Lievoa m'entraînait avec elle.

— Je reviens tout de suite, lui assurai-je, avant de suivre le tintement des cloches en argent qui ornaient les cornes de sa cousine.

— Avez-vous déjà rencontré les jumeaux ? me demanda Lievoa en chemin.

— Vous parlez des enfants du Colonel ?

Elle hocha la tête, et déclencha ainsi une série de vibrations mélodieuses avec ses cloches.

— Non, je ne les ai pas encore vus. Ils ne sont pas à la maison. Il les laisse à l'école, vingt-quatre heures sur vingt-quatre et sept jours sur sept.

J'avais du mal à cacher mon ressentiment dans ma voix. Je n'arrivais pas à me défaire de l'impression que le Colonel considérait ses enfants comme un simple symbole de statut social, au même titre que son épouse.

— Les hommes célibataires n'ont pas le droit d'élever leurs enfants à la maison, lança Lievoa avec désinvolture par-dessus son épaule.

— Vous voulez dire qu'il ne le pourrait pas, même s'il le voulait ?

C'était une information inédite pour moi.

— Nan. Selon la loi, tous les enfants doivent rester dans l'institution sélectionnée pour eux à l'aide de tests d'aptitude génétique, jusqu'à l'âge de neuf ans. Vous ne le saviez pas ?

— Non. Cela ne figurait pas dans la brochure d'information.

— Bizarre, dit-elle en haussant les épaules. Qu'y *avait-il* dans ce livret, alors ?

— Eh bien, les cartes géographiques de Neron et de Voran. Le nombre d'habitants et les formes de gouvernement. Vos principales industries. Les ressources naturelles...

— Que des choses *utiles*, semble-t-il, railla-t-elle avec sarcasme. Grevar n'a-t-il pas quelque chose de mieux dans sa bibliothèque multimédia à la maison ?

— Peut-être, mais nous n'en avons pas encore parlé parce que nous n'avons pas beaucoup parlé, pas du tout même.

Quand j'étais seule, j'avais trouvé une chaîne avec des bulletins d'information quotidiens dans le système de données d'Omni, une chaîne qui diffusait des mises à jour météorologiques et une autre avec diverses informations sur les marchés financiers. Mais j'avais surtout cherché des images de Voraniens vaquant à leurs occupations quotidiennes. J'aimais les regarder, cela me divertissait et m'instruisait, et me faisait aussi me sentir moins seule.

Lievoa me lança un long regard.

— Grevar devrait vraiment mettre à jour sa bibliothèque numérique. Il n'a peut-être pas beaucoup de temps libre pour en profiter, mais cela ne veut pas dire que vous n'en n'aurez pas. Regarder des émissions est aussi un excellent moyen d'apprendre à connaître notre vie ici, à Voran.

Elle se retourna pour continuer, et m'emmena à travers la foule de la pièce.

— Vous parliez des jumeaux... lui rappelai-je, impatiente d'en savoir plus sur eux. Et de la façon dont les enfants sont élevés en Voran, ajoutai-je.

— Eh bien, à de rares exceptions près, la plupart des Voraniens grandissent dans un établissement d'éducation pour enfants, poursuivit-elle en ralentissant un peu sa progression dans la pièce. Les pères travaillent pour subvenir aux besoins de leur famille. Il a donc été décidé, il y a plusieurs générations, que pour le bien de notre société, un système universel était nécessaire pour élever tous les enfants. Après l'âge de neuf ans, les enfants peuvent rejoindre une école de jour et vivre à la maison. Peu de pères peuvent cependant le faire, car la plupart travaillent à l'extérieur de la maison. Personnellement, j'ai vécu à l'école jusqu'à l'âge de seize ans. Tous mes frères y sont restés après l'âge de neuf ans aussi.

— Il n'y a pas de garderies privées ou de baby-sitters, alors ?

— Non. Le système universel est le seul moyen pour le gouvernement de garantir une qualité d'éducation constante et des soins de santé égaux pour tous les enfants. Assurer un repeuplement adéquat de notre pays est une question d'importance mondiale, ce qui fait que chaque enfant est extrêmement précieux, vous comprenez.

— Je vois.

— Voran est aussi un endroit génial pour les femmes. Beaucoup d'opportunités et une tonne d'admirateurs, gloussa-t-elle, puis elle attrapa mon bras pour me pousser devant. Et nous y voilà !

Je me retrouvai face à un groupe coloré composé de quatre femmes, qui s'attardaient près d'un stand de buffet mobile. Trois d'entre elles semblaient être à différents stades de leur grossesse. Toutes les quatre se tournèrent vers nous, et me regardèrent avec intérêt.

— La nouvelle Madame Colonel Kyradus, mesdames, me présenta Lievoa d'une voix chantonnante.

— Juste Daisy, s'il vous plaît, ajoutai-je en souriant, curieuse de rencontrer enfin des femmes voraniennes.

Lievoa me donna rapidement tous leurs noms et les titres de leurs maris, que je ne pouvais pas retenir du premier coup. Personne ne m'embrassa sur la bouche cette fois-ci. Cette forme de salutation devait donc être réservée aux seuls membres de la famille, constatai-je avec soulagement.

— Et Madame le Gouverneur Drustan, en personne, annonça Lievoa avec un geste théâtral en direction de la grande femme qui semblait dominer le groupe.

Sa robe verte et violette flottait sur son ventre de femme enceinte, le tissu avait un éclat irisé, comme des plumes de paon. Des grappes de boules colorées tombaient sur son cou, ses oreilles et ses cornes, et je me rendis alors compte que je n'étais finalement pas trop habillée avec tous ces bijoux dont le Colonel m'avait affublée.

— Les femmes peuvent m'appeler Shula, dit-elle d'une voix grave et veloutée, écartant les formalités de Lievoa d'un geste gracieux d'une main lourdement ornée de bijoux. Comme ceux de son mari, les yeux de Shula étaient jaunes. Mais contrairement à la couleur citron du gouverneur, les siens étaient doré foncé.

— J'espère que votre voyage jusqu'à Neron s'est bien passé ? demanda l'une des femmes qui accompagnait Shula. Lievoa l'avait présentée, il semble, sous le nom d'Iriha.

— Plutôt tranquille, dis-je en en haussant les épaules avec un sourire. J'ai passé pratiquement toute la traversée plongée dans un sommeil cryogénique.

— Qu'est-ce que ça fait ? ajouta l'autre femme, les yeux violets écarquillés d'étonnement.

— Je ne peux pas le dire. Je n'ai rien senti du tout. Mais le réveil a été un peu brumeux au début.

— Ça vous plaît d'être mariée au Colonel Kyradus ? demanda Iriha. C'est un héros de guerre très respecté, mais je ne sais pas grand-chose sur lui. Il n'est pas très sociable.

— Je le trouve un peu trop brut de décoffrage, ajouta la troisième femme.

— C'est tout à fait ça, marmonnai-je tout bas.

Shula grimaça et se frotta le ventre.

— Encore un coup de pied ? demanda Iriha avec sympathie.

— Beaucoup ces derniers temps, acquiesça Shula.

— L'arrivée du bébé est prévue pour quand ? demandai-je gaiement avec beaucoup de joie.

Attendre l'arrivée d'un bébé devait être encore plus excitant que le matin de Noël.

— À n'importe quel moment la semaine prochaine, répondit Shula en se penchant un peu en arrière puis d'un côté à l'autre, pour étirer sa colonne vertébrale. Et c'est trois bébés, pas un seul.

— Trois ? répétai-je en serrant mes mains sur le côté pour me retenir de tendre la main et caresser son ventre. Je savais que beaucoup de femmes n'aimaient pas ça, même si j'avais très envie de sentir un de ses bébés bouger. Vous et le Gouverneur devez être si impatients, ajoutai-je enthousiaste.

— Ce ne sont pas les siens, déclara-t-elle en secouant la tête, ce qui fit onduler le chapelet de bijoux qui ornait ses oreilles et ses cornes.

— Non ?

— Ce sont les triplés du sénateur Phirnic, expliqua-t-elle. Trois garçons. Les nôtres seront peut-être les prochains, mais nous n'avons pas encore décidé.

En effet, j'aurais dû savoir qu'il était possible qu'elle porte les enfants de quelqu'un d'autre. Cela faisait partie de la culture voranienne - les femmes mariées aidaient les hommes célibataires à fonder une famille grâce à l'insémination artificielle.

— Combien d'enfants avez-vous mis au monde ? Si ma question ne vous dérange pas, bien sûr, ajoutai-je rapidement.

— C'est ma troisième grossesse, répondit Shula avec une fierté évidente.

— C'est fascinant, et si gentil de votre part d'aider le sénateur et les autres à fonder une famille.

Elle me scruta du regard et m'évalua de ses yeux jaune d'or.

— N'est-ce pas là le principal devoir et privilège de toute femme ? De porter des enfants et de peupler le monde ?

Eh bien, personnellement, je n'aurais pas dit « toutes les femmes ». Sur Terre, beaucoup de gens des deux sexes avaient trouvé un sens à leur vie en dehors de la reproduction. Le mot « devoir » me sembla aussi un peu bizarre. Cependant, je n'étais pas venue ici pour imposer mes idées, mais pour apprendre les leurs. D'ailleurs, bien qu'elle semblait avoir posé des questions, le ton de Shula n'invitait pourtant pas au débat. Je me contentai alors de marmonner vaguement :

— Je suppose... d'une certaine façon.

— Même avec la mise en place du Programme de Liaison, poursuivit Shula, la croissance démographique de notre pays repose entièrement sur les femmes voraniennes. Les femmes humaines ne peuvent pas avoir d'enfants.

En tant qu'espèces différentes, les Voraniens et les humains ne pouvaient pas se reproduire. Cela avait déjà été prouvé dans un laboratoire. Je ne pouvais pas dire tout de suite si elle avait simplement indiqué un fait ou si elle voulait, en quelque sorte, m'offenser.

— Eh bien, une personne ne se résume pas à sa capacité à faire des enfants, n'est-ce pas ?

— Peut-être, répondit-elle en haussant les épaules.

— Oh, allez, Shula dit Lievoa en roulant des yeux. Nous avons tous beaucoup d'autres centres d'intérêts que les grossesses et le travail. Ce n'est pas ce qui définit une personne, et ce n'est pas pour ça que nous sommes amies.

— Je ne parle pas des amies, dit Shula sans accorder un regard à Lievoa, et en gardant les yeux fixés sur moi. Il s'agit de la valeur d'une femme pour son mari. Quelle est l'utilité d'une femme qui ne peut jamais avoir d'enfants ?

C'était dur. Ses mots et son attitude ne laissaient plus aucun doute : elle voulait m'offenser. Elle avait essentiellement laissé entendre que je serais inutile à un mari voranien, même si nous parvenions à construire une relation amoureuse. J'oubliai toutes mes intentions diplomatiques. Mon sang bouillonna de colère après cette insulte.

— Vous avez un célèbre héros de guerre pour mari, ajouta-t-elle, elle ne voulait rien lâcher. Il a travaillé dur pour arriver là où il est, il a littéralement risqué sa vie pour son statut et sa position. Qu'apportez-*vous* à ce mariage ?

Je me sentais mal équipée pour mener cette bataille - je n'avais pas de relation amoureuse à défendre. À la place, je me concentrai sur le mariage inter-espèces en général.

— Il y a beaucoup d'avantages à avoir quelqu'un avec qui partager sa vie.

Elle pinça les lèvres.

— Vous parlez de sexe ?

— Shula ! C'est pas sympa, dit Lievoa en attrapant mon bras. Allons-y, Daisy.

Peut-être que j'aurais dû l'écouter, mais je ne pouvais pas laisser passer ça comme ça. Une partie de moi ne pouvait pas accepter que quelqu'un soit aussi condescendant avec moi, quelqu'un que je venais à peine de rencontrer et à qui je n'avais donné aucune raison de me détester. Du moins le pensais-je.

— Je ne parle absolument pas de sexe *uniquement* ! m'exclamai-je. Je sentis mes joues s'enflammer d'indignation, mon visage devait refléter tous mes sentiments comme d'habitude.

— Alors, vous m'avez complètement perdue, dit Shula qui restait d'un calme exaspérant, avec sa voix moqueuse.

Soudain, elle se rapprocha de moi, se plaça entre Lievoa et moi, et se pencha vers mon oreille.

— Comment pouvez-vous vraiment partager sa vie si vous ne partagez pas ses origines ou sa culture ? siffla-t-elle tout bas, juste pour que je puisse entendre. Vous devez vous fier à une machine pour comprendre ce qu'il dit. Comment pouvez-vous établir le lien nécessaire à une union réussie pour toute la vie ? La seule utilité d'une femme comme vous est le sexe, tout au plus. Un peu comme les « machines à plaisir » des centres commerciaux.

C'était une insulte pure et simple. Ma vue se troubla à cause de l'offense. Ma respiration devint superficielle et mes mains tremblèrent.

— Vous voulez dire que je ne pourrais être rien d'autre qu'un jouet sexuel pour mon mari ?

— Exactement, dit-elle à voix basse. Je me dis qu'elle devait savoir que son comportement était indigne de son statut et qu'elle ne voulait donc pas de témoins de notre conversation. Ne te fais pas d'illusions, tu n'es rien d'autre qu'un jouet sexuel magnifié pour lui, poursuivit-elle. Enfin, s'il te trouve physiquement attirante. Mais *il* te baisera dans tous les cas. Ce ne serait pas le genre de Grevar de jouer au gentleman quand il y a une femme consentante dans son lit. Il est trop sauvage pour réfréner ses pulsions. D'une beauté dévastatrice, rude, et si délicieusement indomptée... Sa voix s'était transformée en un murmure rêveur avant de s'éteindre tandis que son regard dérivait quelque part.

En suivant son regard, je le vis se poser sur le Colonel à l'autre bout de la pièce. Il parlait toujours au même groupe d'hommes. Ils avaient été rejoints par le Gouverneur Drustan, le mari de Shula, mais son attention était définitivement tournée vers moi.

Comme s'il avait senti le regard de Shula, le Colonel se retourna. Il croisa brièvement son regard par-dessus son épaule et lui adressa un signe de tête profond et respectueux.

Celle avec qui j'étais auparavant m'aimait comme ça, « rude et brutal ». Surtout au lit ! Les paroles qu'il m'avait lancées lors de notre dernière dispute retentirent dans mes oreilles.

Shula serait-elle celle dont il avait parlé ? Elle avait l'air de bien connaître les habitudes du Colonel dans la chambre à coucher, plus que moi en tout cas, alors que j'étais censée être sa femme.

— Quoi ? dit Shula en inclinant la tête, remarquant visiblement mon changement d'expression. Plus que tout, à ce moment-là, j'aurais souhaitais savoir donner à mon visage un air impassible au moins une fois dans ma vie. Il ne t'a pas baisée, n'est-ce pas ? Après tout ce temps passé chez lui, il ne t'a pas touchée, ajouta-t-elle, et un sourire tordu de satisfaction s'étala sur son visage. Il ne t'a pas trouvée à son goût, finalement.

Elle avait deviné juste. Il n'y avait pas eu de véritable intimité entre le Colonel et moi, et il n'y en aurait jamais puisque je le quittais bientôt. C'était un rappel amer de l'imposture qu'avait été mon mariage.

Le plaisir évident de Shula me blessa, ce fut la goutte d'eau qui fit déborder le vase pour moi.

Ma colère explosa.

— Oh, on a baisé, dis-je, haut et fort, pour que toutes les femmes autour de nous puissent entendre. Nous avons tellement baisé et si violemment que je n'avais même plus la force de quitter la maison pendant tout ce temps - la *poupée sexuelle* magnifiée que je suis, comme tu l'as dit. C'est une bête sauvage, en effet, qui vaut vraiment la peine d'attendre pendant des années. Et crois-moi, je me penchai en avant comme pour révéler un secret, aussi génial qu'il ait pu être avant, il ne fait que s'améliorer - rude, sauvage, insatiable, et toujours aussi indomptable.

Shula plissa ses yeux sur moi, en serrant sa bouche si fort que ses lèvres disparurent presque entièrement. Puis son regard remonta par-dessus mes épaules, et son expression se radoucit.

— Tout va bien, Daisy ?

Et je sentis la main du Colonel sur le bas de mon dos.

— Salut, dis-je en levant les yeux sur lui. Pour une fois, son apparition soudaine me soulagea au lieu de me crisper. J'étais vraiment heureuse de le voir, même s'il avait l'air toujours aussi grincheux.

Il fronça les sourcils et déplaça son regard de moi vers Shula, et je me demandai s'il avait entendu mes mensonges. J'étais mortifiée rien qu'en y pensant.

— Grevar, murmura Shula dans un souffle, trahissant à quel point elle le désirait encore. Quel plaisir de te revoir. Madame le Colonel nous racontait comment tu étais tombé amoureux en quelques jours. Je suis si heureuse pour vous.

Sa main sur mon dos sursauta légèrement, et je me raidis en attendant qu'il réponde et me trahisse.

— Merci, dit-il, et son bras glissa autour de ma taille et il m'attira à ses côtés. Daisy s'est montrée irrésistible, je n'avais aucune chance.

Il se pencha vers moi et déposa de manière inattendue un baiser sur ma tempe.

— Mesdames, le Colonel inclina la tête pour saluer les femmes. Madame le Gouverneur, il se tourna vers Shula qui se tenait là, sans voix. J'ai bien peur de devoir vous voler ma femme. Le Gouverneur insiste pour la revoir avant notre départ ce soir.

Une foule de picotements chauds dansèrent sauvagement en moi tandis qu'il m'emmenait avec lui.

Chapitre 10

Daisy

Prends un châle ! cria le Colonel en bas des escaliers. Il neige dehors.

— Le Colonel Kyradus voudrait que vous preniez un châle, me dit Omni dans la chambre.

— J'ai entendu, répondis-je, et je me précipitai vers le dressing pour attraper une écharpe blanche pelucheuse sur l'une des étagères. Tout Voran a dû l'entendre crier, avec sa voix tonitruante, marmonnai-je en descendant les escaliers en trottant.

— Prête ? demanda le Colonel qui me prit le châle des mains et l'enroula autour de mes épaules.

Une semaine s'était écoulée depuis mon arrivée à Voran. Ma première réunion de suivi avec le Comité de Liaison était prévue pour ce matin.

Le Colonel s'était porté volontaire pour m'accompagner, peut-être juste pour s'assurer que je n'allais pas parler de notre arrangement avec qui que ce soit. Malgré tout, j'étais contente de l'avoir avec moi pour me soutenir. Être interrogée sur ma vie privée ne serait pas amusant, même s'il ne s'était pas passé grand-chose de très *personnel*.

— Allons-y, dit-il en posant sa main sur le bas de mon dos, et il me guida jusqu'à la plateforme d'atterrissage.

— Oh, c'est tellement beau ! m'exclamai-je en penchant la tête en arrière pour regarder les gros flocons de neige duveteux voltiger sur les vitres du dôme au-dessus de nous. Comme je m'étais précipitée pour me préparer à l'étage plus tôt ce matin, je n'avais pas eu l'occasion d'admirer le paysage.

— Tu n'as jamais vu de neige auparavant ? demanda le Colonel, en me regardant pendant que je contemplais la neige qui tombait doucement.

— Si. Mais n'est-ce pas toujours si fascinant ? Presque magique, comme dans un conte de fées ?

— Magnifique, approuva-t-il, en continuant à regarder vers *moi*, et non pas la neige.

L'expression chaleureuse de ses yeux n'était pas totalement nouvelle. Je l'avais surpris en train de me regarder avec le même intérêt et la même attention à une ou deux occasions récemment. Cette fois, cependant, ce n'était pas un simple regard. Il me fixait ouvertement, et je n'avais aucune idée de ce que je devais faire face à la sensation chaude et agréable qui montait dans ma poitrine en réaction.

— Bon, on ferait mieux d'y aller, marmonnai-je en me dirigeant vers l'avion. Nous ne devons pas faire attendre Nancy et Alcus.

C'était étrange et merveilleux de regarder la neige tomber à travers la vitre de l'avion alors que j'étais habillée d'une robe estivale sans manches sous mon châle. Les Voraniens, comme je l'avais appris très tôt, aimaient l'herbe verte et les fleurs. Ils ramenaient l'été à l'intérieur pour en profiter toute l'année, et ignoraient complètement l'hiver. Tous les lieux de vie et les espaces publics étaient abrités sous d'immenses dômes de verre. Il n'était même pas nécessaire d'avoir des vêtements d'hiver, puisque l'on n'avait pas besoin de sortir. Partout, la température était maintenue à peu près au même niveau.

Je portais cependant mes bottines, pour ne pas choquer les Voraniens à la vue de mes pieds.

— C'est l'Académie militaire, dit le colonel en désignant les structures arrondies en verre qui ornaient le sommet d'un vaste bâtiment que nous survolions. L'école où sont mes garçons, ajouta-t-il.

Je me rappelai ce que Lievoa m'avait expliqué à propos des lois voraniennes concernant les enfants.

— Tu n'as pas l'occasion de les voir souvent.

— Au moins un week-end par mois. Parfois plus souvent, en fonction de leur programme éducatif et de mes obligations professionnelles.

— Ça doit être difficile.

Une famille pour laquelle je faisais du baby-sitting avait déménagé dans une autre ville peu avant mon départ pour Neron. Les enfants avec lesquels j'avais travaillé me manquaient, et ce n'étaient même pas les miens.

Le Colonel ne parlait pas souvent de ses fils cependant. C'était la première fois qu'il les mentionnait depuis ce malheureux dîner.

— Est-ce qu'ils… te manquent ?

Il rejeta ses larges épaules en arrière puis se détourna de moi, comme pour regarder la neige derrière la vitre de l'avion.

— Bien sûr, dit-il la gorge nouée. Sa voix était plus rauque que d'habitude. Je survole toujours leur école pour aller et revenir du travail, même si ce n'est pas sur mon chemin. Cela me prend une heure de plus chaque jour, mais je les aperçois souvent en train de faire leur exercice le matin ou de jouer le soir.

— Pour quand est prévue la prochaine visite ?

— Ce week-end, répondit-il. Il se racla la gorge et reprit le ton de sa voix habituelle. Dans cinq jours.

Je repensai au moment où il m'avait donné leurs noms complets.

« *Olvar Shula Kyradus and Zun Shula Kyradus.* »

Les deux portaient le nom de Shula.

— Est-ce que c'est habituel d'avoir le nom de la mère comme deuxième prénom de l'enfant à Voran ? demandai-je.

— Oui.

— Est-ce que Shula, la femme du Gouverneur, est la mère de tes enfants, alors ?

Il pouvait très bien y avoir plus d'une Shula dans la cité de Voran, mais je savais déjà que c'était elle.

— Oui.

Sur le chemin du retour du Palais du Gouverneur, le Colonel m'avait demandé de quoi Shula et moi avions parlé au bal, et je ne lui avais donné qu'une réponse très vague.

Je pensais qu'il m'avait entendue lui mentir au sujet de notre vie sexuelle inexistante, et j'avais peur qu'il ne remette ça sur le tapis si je lui parlais des commentaires de Shula. J'étais aussi franchement gênée pour elle, et je n'avais aucune envie de répéter ses paroles, ni à lui ni à personne d'autre.

Maintenant, tout s'assemblait.

— Laisse-moi deviner, dis-je avant une longue inspiration. Tu n'as *pas* conçu tes fils par insémination artificielle ?

— Non. Shula et moi étions amants.

Mon cœur se serra d'une douleur soudaine. Pourquoi l'histoire du Colonel avec une autre femme me dérangerait-elle ? Ce n'étaient pas mes affaires. Cela ne me concernait pas du tout.

— Était-elle déjà la femme du Gouverneur ? demandai-je. Je n'avais pas pu m'en empêcher, j'avais besoin d'en savoir plus sur tout ça. Quand tu... ajoutai-je.

— Bien sûr que non, répondit-il en me regardant d'un air indigné. Drustan est mon ami depuis l'académie. Je n'aurais jamais couché avec Shula si elle avait été sa femme. En fait, je l'ai connue en premier.

— Ah oui ?

Son torse se souleva quand il inspira profondément.

— C'est moi qui la lui ai présentée.

— Alors, le Gouverneur a fini par te voler ta femme ? lâchai-je de but en blanc.

Ayant rencontré Shula, je me demandai si le Colonel n'avait pas eu de la chance de *lui* échapper. Mais peut-être qu'il souffrait encore à cause d'elle... Il me fit de la peine.

— Il n'y a pas eu de *vol*, corrigea le Colonel en secouant la tête. Drustan s'y est pris de manière loyale et honnête, c'est pourquoi nous sommes toujours amis. Il a demandé Shula en mariage la même année que moi. Elle l'a choisi.

— Pourquoi ?

J'avais trouvé le Gouverneur Drustan charmant, mais je me rappelais comment Shula avait regardé le Colonel au bal, avec nostalgie et peut-être même avec un certain regret.

— C'était il y a presque six ans, Daisy. J'étais capitaine de l'armée, sur le point d'être envoyé dans une guerre dont je pouvais ne pas revenir. Drustan était une étoile montante de la politique, avec de brillantes perspectives de carrière devant lui. Shula a fait son choix.

— Je parie qu'elle le regrette, maintenant que tu es bien vivant et que tu es Colonel de l'armée par-dessus le marché, dis-je, non sans une pointe de malice.

— Shula est heureuse avec Drustan, répondit-il fermement. En tant qu'épouse, elle est la femme la mieux placée de Voran. Il lui a donné tout ce qu'elle a toujours voulu et même plus encore.

— Si tu le dis.

Pourquoi regarderait-elle le mari d'une autre avec tant de désir, alors ? Si elle avait obtenu tout ce qu'elle avait toujours voulu du sien ?

Je ne lui dis rien de tout ça, bien sûr. À la place, je cherchai autre chose à raconter, quelque chose qui, de préférence, lui ferait oublier cette femme. Seulement, il ne pouvait pas l'oublier. C'était la mère de ses enfants, et qui avait refusé d'être sa femme.

— Je suis désolée Colonel.

— Ne le sois pas. C'est tout à fait normal à Voran, dit-il calmement. Shula a reçu onze demandes en mariage cette année-là, y compris celle de Drustan et la mienne. Peu importe qui elle a choisi, dix hommes ont été rejetés. Un Voranien moyen fait de nombreuses demandes en mariage au cours de sa vie et risque de rester célibataire à la fin.

— Combien de demandes as-tu fait ?

Il jeta à nouveau un coup d'œil par la fenêtre.

— Une seule m'a suffi.

Ne sachant pas trop quoi dire d'autre pour le réconforter à ce moment, je pris silencieusement sa main dans la mienne. Le fait qu'il m'avait tenu la main auparavant avait été agréable et réconfortant. J'espérais qu'il sentirait mon soutien maintenant, lui aussi.

LA RÉUNION DU COMITÉ s'avéra plus ennuyeuse et moins stressante que prévu.

Le Colonel avait tenu ma main comme le ferait un mari aimant. J'avais battu des cils devant lui, pour convaincre les humains et les Voraniens que nous nous entendions à merveille.

Cependant, j'avais essayé de ne pas trop en faire, puisque dans trois semaines à peine, le Colonel et moi viendrions dans le même bâtiment pour demander au même groupe de personnes de dissoudre notre mariage et de me ramener sur Terre. Avec le soutien du Colonel, cependant, je pensais qu'il serait possible d'y arriver.

Le reste de la semaine se déroula sans problème. Le Colonel et moi avions trouvé une routine qui semblait nous convenir tous les deux. Il partait au travail alors que j'étais encore au lit. Je passais la journée à explorer la bibliothèque multimédia d'Omni, mise à jour et enrichie grâce aux efforts de Lievoa, qui m'envoyait de nombreuses photos intéressantes, des émissions amusantes et des documentaires instructifs sur la vie voranienne. J'avais également appris avec Omni la technique aldraienne pour prendre soin des plantes. Les habitants de la planète voisine, Aldrai, étaient considérés comme les plus grands experts en horticulture de cette partie de la galaxie. Les Aldraiens vivaient littéralement dans leurs jardins - ils ne construisaient pas de maisons.

Chaque fois que je le pouvais, je continuais également à faire des expériences dans la cuisine. Le Colonel refusait toujours de me laisser sortir seule de la maison, ce qui m'agaçait énormément. Je ne pouvais pas commander tous les ingrédients par l'intermédiaire d'Omni. Il était impossible de déterminer ce dont j'avais besoin sans que je puisse toucher, goûter et sentir les choses pour savoir ce que je pouvais leur substituer dans mes recettes.

Il refusait obstinément de comprendre cela, ce qui avait donné lieu à quelques disputes de plus entre nous. Cet homme pouvait me faire bouillonner de colère en ne disant presque rien.

Heureusement, il avait fait des efforts manifestes pour se contrôler, ce que j'appréciais, et j'essayais de surveiller mes propres humeurs en retour. Cela avait rendu nos disputes plus courtes, moins explosives, et moins pénibles pour nous deux.

Le week-end suivant, le Colonel était en congé et il s'était arrangé pour passer une journée entière à l'Académie militaire avec les jumeaux

Le jour précédent, nous avions dîné tous les deux dans sa magnifique salle à manger.

— Qu'est-ce que c'est ? demandai-je en regardant fixement le bol profond qu'Omni avait placé devant moi dès que j'avais pris place.

Une douzaine de vers gris ressemblant à des sangsues grouillaient dans l'eau noire à l'intérieur du bol, ce qui me donna des haut-le-cœur.

— On appelle ça des *recols*, Madame Kyradus.

— J'avais envie de faire la fête ce soir, dit le Colonel en souriant de l'autre côté de la table, un bol identique posé devant lui.

— Faire la fête ? Avec ça ? répliquai-je en essayant de ne pas regarder les choses gluantes qui s'étiraient et s'enroulaient dans mon bol. Comment ? Qu'est-ce que tu vas faire avec ça ?

Les jeter dans les toilettes, voilà ce que j'en ferais, moi.

— Tu les manges, annonça le Colonel avec un sourire encore plus grand.

— Les *recols* sont un mets rare provenant des grottes sous-marines d'Aldrai, expliqua Omni. J'aurais juré avoir entendu une note de plaisir dans sa voix mécanique. Extrêmement difficile à attraper et d'un prix exorbitant, précisa-t-il.

— La dépense en vaut la peine, ajouta le Colonel qui semblait être d'une exceptionnelle bonne humeur ce soir, et je supposais que cela était entièrement dû au fait qu'il allait voir ses enfants demain.

Je comprenais son désir de fêter ça. Mais avec des vers ? Pourquoi des vers ?

— Bon appétit, déclara-t-il et il en sortit un du bol avec ses doigts. La chose s'étira et enroula son corps mou autour d'une des griffes du Colonel alors qu'il la portait à sa bouche.

— Oh mon Dieu... dis-je en le fixant du regard, choquée. Tu ne vas pas...

Mon estomac se retourna quand il mit la sangsue pâle dans sa bouche. J'écartai alors ma chaise de la table et me précipitai vers les toilettes les plus proches.

— Daisy ? Et les sabots du Colonel claquèrent contre le sol carrelé tandis qu'il accourait derrière moi.

Je réussis à lui fermer la porte de la salle de bains au nez, et je tombai à genoux devant les toilettes avant que mon estomac ne s'y vide complètement.

— Mon Dieu, c'est dégoutant, gémis-je, en essayant de me sortir de la tête l'image du ver qui se tortillait dans les doigts du Colonel.

— Daisy ! Et il écrasa quelque chose de lourd contre la porte de la salle de bains - son poing ou bien son sabot, peut-être les deux.

— Donne-moi... juste une minute, dis-je avant de me rincer la bouche, puis je me lavai le visage.

— Tu vas bien ? appela-t-il de derrière la porte. Dis-le-moi ou je vais entrer par la force !

— Bien. Je vais bien, répondis-je. Puis je bus un peu d'eau au robinet et j'ouvris la porte, me sentant enfin prête à l'affronter à nouveau.

— Daisy, dit-il, et il m'attrapa par le haut des bras, en fixant mon visage intensément. Que se passe-t-il ? Tu es malade ? Il fit glisser ses mains vers le haut et prit mon visage. Tu as l'air plus pâle que d'habitude.

— Merci. Et je souris à la façon dont il m'avait parlé.

La fourrure du dos de ses mains chatouilla doucement la base de mon cou tandis qu'il inspectait mon visage. L'inquiétude dans ses yeux était sincère, et j'aimais ça beaucoup trop - il se souciait vraiment de moi.

— Je vais bien, maintenant, je te jure.

Mon sourire atténua l'inquiétude sur son visage.

— Quelque chose n'allait pas avec les *recols* ? demanda-t-il.

Y avait-il quelque chose de bien dans ces trucs ? Même leur nom me faisait penser au mot « recul ». Très approprié.

— Désolée, je ne voulais pas gâcher ta fête, mais je ne pense pas pouvoir un jour manger ces... et je préférerais ne pas te regarder les manger non plus. Un frisson parcourut tout mon corps. S'il te plaît ?

Il laissa retomber ses mains de mon visage jusqu'à mes épaules mais ne les retira pas, et j'appréciais cela plus que je ne le devais. J'aimais la sensation de ses mains chaudes et larges sur moi.

— Les Terriens n'ont pas d'aliments de ce genre ?

— Oh mon Dieu, non ! répondis-je en secouant rapidement la tête, puis je réfléchis plus attentivement. Il y a bien des grillons frits, mais ils sont déjà morts quand on les mange. Les homards sont bouillis vivants, ce qui est un peu dégoûtant quand on y pense. Oh, et les huîtres crues. Certains les trouvent vraiment dégoûtantes... On les mange vivantes, mais elles ne remuent pas.

— Donc, c'est le fait que les *recols* bougeaient qui t'a dérangé ?

Je touchai sa main sur mon épaule et caressai sa fourrure comme j'avais l'habitude de faire avec mon chat. C'était tout aussi réconfortant.

— En fait, je pense que c'est le tout - leur forme, leur couleur, et oui, leur tortillement aussi.

— Je n'ai pas commandé ces *recols* pour te contrarier, expliqua-t-il, et je le crus. Je ne m'attendais pas à ce que tu réagisses de cette façon.

— Je comprends. Je promets de ne pas t'en tenir rigueur, dis-je en souriant à nouveau.

Je n'étais pas en colère contre lui, pas du tout, mais je ne m'approcherais plus de ces choses.

Il me fixa des yeux un bref instant, et son regard intense s'attarda sur mes lèvres souriantes.

— Viens, on va manger autre chose, dit-il en retirant enfin ses mains de moi. Il fit un pas en arrière et je me penchai après lui involontairement, comme attirée par un champ gravitationnel. Je veux qu'on dîne ensemble, ajouta-t-il.

— Bien sûr. À condition que ce soit quelque chose de moins remuant, s'il te plaît. Et je le suivis jusqu'à la salle à manger.

Les bols contenant les créatures gluantes avaient été heureusement retirés de table. Les plateaux habituels avaient pris leur place.

— Je suis désolée. Et ces choses sont très chères ! J'espère que tu ne les a pas jetées à la poubelle.

Il pouffa de rire.

— Ne t'inquiète pas. J'aurai un déjeuner des plus somptueux au travail, la semaine prochaine. Le bureau entier va baver dessus.

— Sont-ils vraiment si délicieux ?

Il haussa un sourcil et me fit un sourire en coin.

— Follement.

— Je suis désolée de ne pas avoir pu apprécier ça.

— Arrête de t'excuser, dit-il en haussant les épaules après avoir jeté un morceau de viande dans sa bouche. Je suis sûr qu'il y aurait plus d'une chose que je trouverais repoussante sur Terre moi aussi.

— Eh bien, comme ces orteils humains, par exemple ! dis-je en riant et il se joignit à moi.

— Les orteils ne sont pas si terribles que ça, répondit-il en secouant la tête. Je pourrais tout à fait m'y habituer.

Je croisai mes pieds dans leurs ballerines rose pâle sous la table.

— Est-ce que ça veut dire que je peux me mettre à courir pieds nus partout ? le taquinai-je.

— Hum, marmonna-t-il avec sa barbe qui cachait son sourire, mais je remarquai la lueur joyeuse de ses yeux. Commençons quand même par des sandales.

— J'ai des chaussures à bout ouvert dans le placard, gloussai-je. Je peux commencer par montrer un orteil à la fois.

Malgré un début difficile, ce dîner s'avéra être le meilleur que j'avais eu dans la maison du Colonel jusqu'à présent. C'était probablement dû à sa bonne humeur en raison de la visite prochaine à ses enfants.

— Colonel, est-ce que je peux venir voir les garçons moi aussi, demain ? demandai-je avant même d'y réfléchir.

Le chemin que prenaient mes propos, depuis leur apparition dans ma tête, jusqu'à leur sortie par ma bouche, avait toujours été exceptionnellement court, ce qui m'avait valu des moments plutôt embarrassants par le passé. Je n'avais pas le droit d'exiger de rencontrer sa famille - je le quittais dans quelques semaines. Mais il semblait détendu ce soir et plus accessible que jamais, et je n'avais pas pu m'en empêcher.

— Tu veux voir mes enfants ? demanda-t-il, avec un air devenu sérieux.

— Oui, répondis-je sincèrement. J'en serais ravie. Si ça ne te dérange pas.

Les jumeaux étaient une des raisons principales de ma venue à Neron. J'aurais été incroyablement triste de partir d'ici sans les avoir rencontrés. Il sembla y réfléchir pendant un moment.

— Nous les aurons pendant environ sept heures, dit-il, après le petit déjeuner et jusqu'avant le dîner.

— Alors, je peux venir ? m'écriai-je pleine d'excitation, prête à éclater.

— Si ça te fait plaisir...

— Oh, mais oui ! Je sautai de ma chaise et me précipitai vers son côté de la table. Merci ! Et je lançai mes bras autour de son cou de façon impulsive.

Comme le Colonel était assis, sa tête se retrouva plaquée contre ma poitrine lorsque je le serrai dans mes bras - ses cornes se dressaient juste devant mon visage et sa joue s'écrasait contre mes seins. Le bruit crispé qu'il fit en se raclant la gorge me ramena à la raison, et je le libérai rapidement de mon étreinte.

— Hum... murmurai-je en me frottant l'oreille et en reculant maladroitement vers mon siège.

La sensation persistante de sa barbe enfoncée dans mon décolleté se répandit comme une onde sur ma peau. Je frottai ma poitrine et il suivit mon geste de ses yeux rouges vifs. De quoi parlions-nous ? J'avais du mal à rassembler mes pensées. Bien sûr, ses enfants, pour l'amour de Dieu !

— Donc, hum... Serons-nous autorisés à emmener les garçons en dehors de l'école ?

Il cligna des yeux, leva une main vers sa joue, celle qui venait d'être poussée entre mes seins, puis la retira rapidement.

— Oui. Où aimerais-tu aller ?

Je repensai à l'époque où je faisais du baby-sitting. À cette période de l'année, les enfants aimaient jouer dans la neige, et il y en avait beaucoup à Voran depuis les récents épisodes neigeux. Je me demandais si les Voraniens faisaient des bonhommes de neige ou s'ils savaient faire des anges dans la neige.

— Les garçons ont-ils des vêtements chauds, pour aller dehors ?

— Pourquoi ?

— Je pensais que nous pourrions les emmener dans un parc extérieur quelque part. Avez-vous des endroits en plein air, où les enfants peuvent courir et jouer librement ? Nous pourrions tous jouer dans la neige. Ou alors les Voraniens ne sortent jamais de leurs dômes de verre ?

— Non. Nous sortons l'été, tout le temps, m'assura le Colonel.

— Et en hiver ?

— Seulement si nous le devons. L'Académie militaire a des cours en plein air dans son programme. J'ai eu plusieurs cours de survie en pleine nature, dans toutes les conditions...

— Oh, mais on peut *profiter* du plein air, pas seulement y survivre, expliquai-je en serrant mes mains sur ma poitrine. Même si on ne pratique pas de sports d'hiver, la neige peut être tellement amusante.

Il me regarda fixement pendant un moment, avec un léger sourire caché dans les profondeurs de sa barbe.

— Ok, dit-il en répétant mon mot préféré. Allons dehors.

Chapitre 11

Daisy

Je sautillais sur les talons de mes bottes fourrées, debout sur le toit verdoyant du bâtiment principal de l'Académie militaire. Il faisait bon ici, sous le dôme géant, mais un manteau d'hiver duveteux m'attendait dans l'avion du Colonel, ainsi qu'une fourrure débraillée pour lui et les vêtements d'hiver des enfants.

— Où sont-ils ? marmonnai-je avec impatience. On doit attendre combien de temps encore ?

Au milieu du grand groupe de parents - principalement des papas - le Colonel et moi étions alignés le long du toit, en attendant que les enfants nous soient remis.

— Qu'est-ce qui leur prend tant de temps ? demandai-je avec impatience, en faisant de mon mieux pour ignorer les regards des pères et du personnel.

Comme je faisais partie de la petite poignée de femmes présentes sous le dôme et qu'en plus j'étais humaine, j'attirais beaucoup l'attention. Ces regards indiscrets m'auraient mise mal à l'aise si je n'avais pas eu la perspective de rencontrer bientôt les deux petits garçons. Cela me permettait de ne pas penser à la foule et aux regards curieux.

— Bientôt, répondit le Colonel en tapotant mon bras dans un geste apaisant. Ils ont un certain nombre de protocoles à suivre avant que les enfants ne puissent être libérés. Il déplaça son poids sur son autre sabot. Puis-je te demander quelque chose ?

— Bien sûr. Qu'y a-t-il ? demandai-je en lui lançant un coup d'œil.

Son expression, encore plus sérieuse que d'habitude, me donna à réfléchir.

— Je préfère ne pas te présenter à mes enfants comme ma femme, dit-il. Je ne veux pas qu'ils sachent que nous sommes mariés.

Je n'avais pas l'intention de leur en parler de toute façon, bien sûr, mais quelque chose en moi fléchit en entendant sa requête. Comme si une partie de mon excitation s'était effritée face à cette évocation de la réalité des choses entre nous.

— Mais les enfants ne le savent-ils pas déjà ? Le pays tout entier est au courant.

— Selon les règles du ministère de l'Éducation et du Bien-être des enfants, toutes les nouvelles familiales doivent être transmises aux élèves par des membres de leur famille proche, sauf instructions contraires.

— Et tu ne leur as jamais dit ? Cela faisait des mois qu'il était au courant pour moi.

— Non. Je voulais d'abord te rencontrer en personne.

Je ne lui en voulais pas de vouloir protéger ses enfants.

— Savent-ils que je suis ici, au moins ?

— Non. J'allais leur dire plus tard, après... Il s'arrêta. Eh bien, après que tu te sois installée.

Mais je ne l'avais pas fait. Je n'avais pas pris mon rôle de femme et de belle-mère des enfants comme le monde entier l'attendait de moi. Actuellement, je n'étais même pas leur nounou. Aux yeux des enfants, je n'étais personne, une étrangère venue d'une autre planète, qui aurait disparu de leur vie lors de la prochaine visite de leur père.

Tout cela était d'une tristesse insoutenable.

Oui, mon mari était... difficile parfois. Sans compter cet élan initial de désir, et les seuls sentiments qu'il avait exprimés envers moi étaient basés sur le devoir et l'obligation. Ce mariage n'était rien de plus qu'un symbole de statut social pour lui et des espoirs vains et illusoires pour moi. Mais je me demandais ce qui se serait passé si nous avions essayé de faire en sorte que ça marche.

Pour l'instant, j'avais l'impression que nous n'avions pas essayé du tout.

— C'est bon, lui dis-je. Je comprends. Tu n'as pas à t'inquiéter. Je suis seulement de passage ici.

Il me regarda attentivement encore un moment, puis ouvrit la bouche comme s'il allait dire quelque chose.

Les larges portes coulissantes à l'extrémité opposée du dôme s'ouvrirent enfin, et plusieurs rangées de petits Voraniens en sortirent. Disposés par taille, du plus petit au plus grand, une centaine d'enfants occupèrent l'espace herbeux sous le dôme.

Ils marchaient de façon synchronisée et maintenaient un ordre parfait, comme une véritable parade militaire. Jusqu'à environ la moitié du parcours. Lorsque les enfants commencèrent à distinguer leurs pères dans la foule de parents, les rangées et les colonnes vacillèrent puis se séparèrent.

— Papa ! Papa ! Ces cris semblaient venir de partout à la fois, tandis que les enfants couraient vers leurs parents.

— Les voilà ! s'exclama le Colonel qui sourit de toutes ses dents et fit un pas en avant puis partit en trottant vers les enfants qui approchaient.

Deux petites boules de poils en uniformes gris se détachèrent de la foule et se précipitèrent sur lui.

— Papa !

Il les attrapa, chacun dans un bras, puis leur fit faire quelques tours. Leurs petits bras s'enroulaient autour de son cou épais, ils gloussaient et couvraient son visage de baisers.

Mon cœur fondit d'attendrissement et se serra en les voyant ensemble comme ça et je pressai mes mains sur ma poitrine, peinant à tenir le coup.

— J'ai amené quelqu'un qui veut vous rencontrer, annonça-t-il en posant les garçons au sol, et il tourna ses cornes dans ma direction.

Les enfants le lâchèrent et me fixèrent avec leurs deux paires de grands yeux écarquillés.

— Qu'est-ce que c'est ? demanda l'un d'entre eux, en faisant un pas hésitant vers moi.

— Olvar, on ne dit pas qu'est-ce que *c'est*, où sont passées tes manières ? le gronda le Colonel l'air mortifié, et je ris.

— Je m'appelle Daisy, dis-je en me baissant pour me mettre au niveau de leurs yeux.

— Tu es une fille ? demanda l'autre qui avait glissé ses sabots à côté de ceux de son frère.

Leurs petits uniformes étaient presque identiques à celui de leur père, gris avec des garnitures dorées et rouges. Au lieu des impressionnantes épaulettes, cependant, ils avaient d'étroites bandes dorées sur les épaules.

— Une femme, corrigea le Colonel. Et j'exige que vous soyez respectueux avec Daisy.

— Oui, père, répondirent-ils à l'unisson.

Comme ils étaient deux copies exactes, il était impossible de les distinguer. Cependant, je remarquais que la couleur de leurs yeux était différente. Ceux d'Olvar étaient rouge vif, comme ceux de son père. Alors que ceux de Zun étaient orange vif, un mélange du rouge du Colonel et du jaune doré de leur mère.

— Je suis si heureuse que votre père m'ait emmenée aujourd'hui, dis-je en souriant et en tendant la main à Olvar, qui se trouvait un peu plus près de moi. Il semblait être un peu plus audacieux que son frère. Ravie de faire ta connaissance.

Avec une expression sérieuse sur le visage, le garçon prit ma main dans les siennes et baissa la tête dans une révérence formelle parfaitement exécutée.

— Ravi de faire votre connaissance également, Madame... Et il lança à son père un regard interrogateur, comme s'il voulait savoir comment s'adresser à moi.

— Daisy, dis-je précipitamment. Appelle-moi Daisy, s'il te plaît.

— Ça veut dire quoi *daisy* ?

— C'est le nom d'une fleur sur la Terre, la planète d'où je viens. Mais c'est aussi mon prénom.

— Vous êtes un adulte ? Parce qu'il n'est pas correct de s'adresser à un adulte par son prénom, sauf s'il s'agit d'un membre de la famille. Êtes-vous de notre famille ?

La brève toux du Colonel résonna sur le côté.

— Je suis une amie, répondis-je rapidement à Olvar. Les amis s'appellent par leur prénom, n'est-ce pas ? Tu m'appelles Daisy, et je t'appelle Olvar. Ça marche ?

Il cligna des yeux, jeta un coup d'œil à son père puis me regarda à nouveau.

— Ça marche, dit-il. Il hocha la tête d'un air anxieux et me serra la main entre les siennes.

— Et tu dois être Zun ? dis-je en tendant la main au deuxième garçon, qui était resté derrière son frère.

— Ouais... Il se gratta l'épaule.

— Zun ! s'exclama Olvar qui enfonça un coude dans le flanc de son frère.

— Oh, hum, bégaya Zun en s'approchant de moi, et il saisit ma main entre les siennes dans le geste de salutation voranien. Je suis très heureux de vous rencontrer... Daisy.

— Super, dis-je en ébouriffant la fourrure du dos de sa main. La fourrure de Zun était beaucoup plus fine que celle de son père. Elle se dressait sur le dessus de sa tête et s'enroulait au-dessus de ses oreilles, comme celle de son frère. Devine ce qu'on va faire, maintenant ?

— Quoi ? demanda Zun qui pencha sa tête sur le côté en tirant sur son oreille. La curiosité brillait dans ses yeux orange vif.

— On va sortir dehors, annonçai-je en souriant.

— Où dehors ? demanda Olvar qui s'approcha en sautillant. Si près que je dus reculer dans ma position accroupie, de peur qu'il ne me transperce de ses petites cornes dans son excitation.

— Vous verrez, répondis-je. Comparées à celles du Colonel, leurs cornes étaient minuscules, un peu moins de dix centimètres de long. Je remarquai un cercle de caractères gravés sur la corne droite d'Olvar. Son frère avait aussi un motif similaire. Que signifie l'écriture sur vos cornes ? demandai-je.

— *Olvar Shula Kyradus. Cadet #397576-H de l'Académie Militaire de Voran,* récita-t-il fièrement, sans se tromper sur la longue suite de chiffres.

— Papa en a beaucoup plus, fit remarquer Zun.

Avec une expression de gentillesse dans les yeux, le Colonel ébouriffa la fourrure duveteuse sur la tête de son fils.

— Ceux qui sont choisis pour une carrière militaire reçoivent leur première sculpture peu après leur naissance, expliqua-t-il et il prit la main de Zun dans sa main droite, et celle d'Olvar dans la gauche, puis nous conduisit tous vers le parking du hangar. Au fur et à mesure que la carrière et le grade avancent, les gravures s'agrandissent, ajouta-t-il.

En marchant à ses côtés, j'étudiai la longue spirale de sculptures sur sa corne droite. Elle partait à environ dix centimètres du sommet et descendait en tourbillon jusqu'à la base, avec à peine un petit espace libre visible au-dessus de la fourrure de sa tête.

— Que se passe-t-il s'il n'y a plus de place ?

— Les cornes poussent. Mais beaucoup plus lentement avec l'âge. L'astuce consiste à gravir les échelons au même rythme que les cornes, je suppose, répondit-il en rigolant. Le son profond de son rire résonna agréablement dans ma poitrine.

— Pourrait-il y avoir des enregistrements informatiques, à la place ?

— Il y en a. C'est juste une vieille tradition d'afficher publiquement ses exploits, dit-il, puis il ajouta négligemment : et un bon moyen d'identifier le corps mort d'un soldat tombé sur un champ de bataille.

Surtout si le reste de son corps a été endommagé au point d'être méconnaissable.

— Mort ? répétai-je en le regardant fixement puis je jetai un coup d'œil aux enfants.

Il intercepta mon regard.

— Mes fils sont de futurs soldats, Daisy. Ils sont conscients des risques liés à leur métier.

— Es-tu à l'aise avec ça ?

— S'ils devaient mourir prématurément, je ne peux qu'espérer que ce soit dans l'honneur et la dignité. Nous mourons tous, tôt ou tard. Une mort honorable sur un champ de bataille vaut mieux que beaucoup d'autres morts.

— OH NON ! M'EXCLAMAI-je en me baissant pour éviter une boule de neige lancée dans ma direction. J'ai besoin d'une pause, déclarai-je.

À bout de souffle après avoir couru à travers les congères du parc désert, je me laissai tomber sur le banc de neige le plus proche. J'avais tellement ri ce matin que j'en avais des crampes aux muscles du visage.

— Daisy ! crièrent les garçons en me fonçant dessus à toute vitesse et en me faisant reculer. On n'a pas encore fini.

— Dix minutes, les garçons, s'il vous plaît, suppliai-je. Je viendrai terminer votre fort avec vous juste après avoir repris mon souffle. Promis.

— Venez, messieurs. Et le Colonel les arracha de moi. Nous allons construire un autre mur pour le fort pendant que la dame récupère ses forces.

Dès que leur père les posa, Olvar leva son sabot et éclaboussa son frère de neige.

— Hé ! s'écria Zun qui fit un bond sur le côté, en ajustant son chapeau qui glissait sur ses yeux, même s'il était maintenu par ses cornes qui dépassaient à travers deux trous au sommet.

Puis Zun tira la langue à son frère. Maaah !!

J'étais bouche bée :

— Ouah !

Rouge foncé et effilée au bout, sa langue devait être au moins deux fois plus longue que la mienne.

— C'est une sacrée langue que vous avez là, jeune homme... Mais je m'arrêtais rapidement, en réalisant que ce n'était pas ce sur quoi je devais me concentrer. Ce n'est pas une façon de traiter ton frère d'ailleurs, ajoutai-je.

— J'ai une langue comme ça, moi aussi ! dit Olvar qui sauta sur l'occasion pour ouvrir la bouche et tirer la langue. Et je me rendis compte que je ne savais pas que les Voraniens avaient des langues aussi longues.

— Montre-nous la tienne ! s'écrièrent les garçons en sautant autour de moi. Montrez-nous !

— Eh bien, ce n'est pas vraiment poli de montrer sa langue aux gens.

— S'il te plaît ! S'il te plaît !

— Ok, juste pour cette fois alors.

Je déglutis, puis j'ouvris la bouche pour leur montrer mon piètre organe. Je l'étirai au maximum et en remuai le bout.

— C'est rose ! s'exclama Olvar.

— Et si court, dit Zun en portant son regard de ma langue vers moi, et son petit visage s'emplit de compassion. Quelqu'un te l'a coupée ?

— Non ! rigolai-je. Je suis née comme ça. Tous les gens sur Terre ont la langue plus courte que les Voraniens, apparemment.

— La langue de papa est la plus longue, m'informa Olvar avec fierté. Montre-lui, papa.

Visiblement décontenancé par cette requête, le Colonel se racla la gorge.

— Oh, ce n'est pas la peine… commençai-je à protester.

Mais il avait déjà ouvert la bouche et déroula sa langue qui atteignit sa poitrine.

— Tu vois ? Tu vois ? dirent les garçons en me donnant des coups de coude. La langue de papa n'est-elle pas la plus longue jamais vue ?

— Eh bien, oui, c'est… Et mon sourire s'effaça lorsque l'idée de ce que cela pourrait faire de l'embrasser me vint à l'esprit.

C'est à partir de ce moment-là que tout commença à se gâter. Vraiment, vraiment *mal*. Je bougeai dans la neige, en me forçant à ne pas penser à toutes les choses merveilleuses qu'il pouvait probablement faire avec sa langue.

— Bon, très bien les garçons, dis-je. Le Colonel les poussa vers la zone enneigée que nous avions à peine touchée. Une bonne partie du parc avait déjà été recouverte d'anges et de bonshommes de neige.

— Je vais les retenir pendant dix minutes. Sois prête, ils vont revenir te chercher après, me dit-il avant de partir dans le sillage de ses fils.

Je les regardai tous les trois piétiner la neige le long du périmètre de la nouvelle section du fort que nous avions commencé à construire ensemble. Ils commencèrent ensuite à ériger les murs avec des boules de neige qu'ils faisaient rouler pour les agrandir. Le Colonel en plaça deux énormes à chaque extrémité du mur. Il entreprit ensuite d'arranger soigneusement les boules beaucoup plus petites que ses enfants avaient fabriquées pour lui. Il avait une patience infinie avec ses fils, leur expliquait et leur montrait comment faire les choses autant de fois que nécessaire jusqu'à ce qu'ils y arrivent.

Connaissant son tempérament explosif, je fus étonnée de voir qu'il n'avait pas élevé la voix une seule fois sur eux. Non pas qu'ils en avaient eu besoin. Ses enfants semblaient bien le comprendre. Ils arrêtaient tout de suite de chahuter dès qu'il leur jetait un regard sévère.

— Les dix minutes se sont écoulées ! annonça Olvar en courant en arrière et il s'effondra dans la neige devant moi. Son frère tomba juste au-dessus de lui.

— On y va, alors ? dis-je en tapant dans mes mains pour secouer la neige de mes moufles. Vous avez fini ce fort ?

— Non, j'en ai marre de construire des forts. Zun roula sur le dos et écarta les bras pour faire un autre ange de neige.

—Allez, viens. Olvar poussa son frère avec ses cornes. Je vais te rouler en boule ! Il attrapa Zun et le fit rouler dans la neige. Je vais te transformer en tour pour notre fort.

— Hum... murmurai-je en me levant pour intervenir.

— Il va s'en sortir. Le Colonel m'arrêta en posant sa main sur mon épaule.

—Tu es sûr ? Je les regardai dévaler une petite colline en riant et en se donnant des coups de sabots.

—Absolument. Et il s'assit dans la neige à côté de moi. Que peut-il arriver de pire ?

— Eh bien...

— C'était une question rhétorique, dit-il en m'empêchant de répondre. En tant que père, j'ai une liste aussi longue que ma queue de toutes les choses horribles qui pourraient arriver à mes enfants à tout moment. J'essaie juste de ne pas m'en inquiéter ou de ne pas projeter mes peurs sur eux. Laisse-les être des enfants.

Je m'installai dans la neige en croisant mes mains sur mes genoux.

— Quel est le rôle de la mère dans l'éducation des enfants à Voran ? demandai-je.

— Un rôle minime. Sauf s'il s'agit des enfants de son mari. Il posa ses avant-bras sur ses genoux pliés. Tous les droits parentaux reviennent au père s'il n'est pas marié à la mère. Cela permet à une femme d'avoir plus d'enfants si moins de responsabilités sont liées à chacun d'entre eux.

— Je vois.

Je balayai un peu de neige de mon manteau blanc sur mon genou.

— Colonel...commençai-je, en sentant le besoin de m'excuser. Je suis désolée de t'avoir accusé d'être un mauvais père.

Il pouffa de rire.

— Ce n'est pas la seule chose dont tu m'as accusé.

Je jetai un regard furtif dans sa direction, soulagée de voir qu'il ne semblait pas offensé. Son visage gardait une expression détendue, heureuse même.

— Eh bien, une partie était vraie. Tu n'es pas d'accord ? Je haussai un sourcil. Admets-le, Omni a dû nettoyer une quantité folle de verre brisé les deux premiers jours.

— C'est vrai, répondit-il. Il eut la décence d'avoir l'air honteux. Moi aussi, je suis désolé, ajouta-t-il.

— J'aime entendre ces mots dans ta bouche, déclarai-je en tournant mon visage vers lui avec un sourire. C'est une musique agréable pour mes oreilles.

Il renversa sa tête en arrière et rit à gorge déployée. Avec un son profond et chaleureux. Il s'avéra très contagieux car je ne pus me retenir de rire moi aussi. Après être resté assis dans la neige un bon moment, je sentis le froid se faufiler sous mes vêtements chauds. J'enlevai mes mitaines et frottai mes mains pour les réchauffer.

— Tu as froid ? demanda-t-il, en enlevant aussi ses gants.

— Un peu.

— Viens ici, dit-il. Il se rapprocha de moi et prit mes mains froides dans ses grandes mains encore étonnamment chaudes.

— Merci. J'aimerais aussi avoir de la fourrure sur le dos de mes mains. Ça doit garder tes mains au chaud, en plus des gants ?

Il sembla distrait et ne répondit pas tout de suite.

— Daisy, dit-il en frottant mes mains entre les siennes. Est-ce que tu pourrais reconsidérer ton départ à la fin du mois ? Tu as dit le plus tôt que tu pourrais.

— Eh bien, je... Sa demande me prenait au dépourvu.

Beaucoup de choses avaient changé depuis que j'avais négocié avec lui les conditions de mon départ de Voran. Vivre sous le même toit que le Colonel était clairement devenu moins stressant. Pourrais-je rester plus d'un mois ? Un an, comme je l'avais prévu ? Mais qui pouvait dire ce que l'année à venir nous réservait ? Je récupérai mes mains et remis mes mitaines.

— Mon travail ne me permet pas d'avoir les garçons à la maison tous les week-ends, continua le Colonel avant que je ne puisse trouver une réponse.

— Tu m'as dit que c'était aussi à cause de leur programme éducatif.

— Aussi, oui, acquiesça-t-il. Cependant, certaines familles obtiennent la permission de ramener leurs enfants à la maison tous les week-ends.

— Comment ?

— Les parents peuvent suivre un cours sur les besoins nutritionnels et éducatifs de leurs enfants. S'ils réussissent l'examen et suivent les cours de remise à niveau réguliers pour s'assurer qu'ils maintiennent les normes de l'école à la maison, ils sont autorisés à emmener leurs enfants chaque week-end.

— Pourquoi n'as-tu pas suivi ces cours alors ?

— Je les ai suivis. Mais il est beaucoup plus difficile pour moi d'obtenir une permission. Dans mon poste, on peut m'appeler au travail ou même venir me chercher à la maison, en cas d'urgence, à tout moment de la journée. La loi n'autorise pas à laisser de jeunes enfants sans surveillance, bien que je ne le ferais pas de toute façon.

— Je comprends, répondis-je. Ceci était illégal dans de nombreux pays sur Terre également.

On pourrait dire que le Colonel gagnerait à avoir une nounou à domicile. Sauf que la loi voranienne ne le permettait pas.

Il se tourna vers moi en cherchant mes yeux.

— Daisy, accepterais-tu de suivre le cours et de rester toute l'année ? dit-il dans un seul souffle.

Avec les enfants maintenant impliqués, mon séjour ici prenait tout son sens. Le Colonel ne me faisait plus peur. Cependant, une certaine tension demeurait entre nous.

Je ne me sentais plus effrayée ou mal à l'aise en sa présence, mais je ne pouvais pas non plus me détendre complètement. Chaque fois qu'il entrait dans une pièce, mon attention se portait sur lui, à l'écoute de ses moindres mots ou mouvements.

Le fait qu'il soit mon employeur clarifierait les choses, car nous aurions tous deux des rôles clairs pour définir notre relation. Dès à présent, je serais la nounou, et lui mon patron.

Je regardais les garçons se courir après dans la neige, avec leurs petites queues qui fouettaient le vent dans leur dos et leurs rires qui résonnaient dans l'air froid.

— Je pourrais très bien suivre le cours, acceptai-je en hochant la tête et en regardant les enfants qui jouaient dans la neige, deux paires de cornes qui brillaient sous le soleil de midi. J'adorerais t'aider à t'occuper de ces deux-là.

Le Colonel libéra une longue expiration.

— Je n'arrive pas à croire que mes enfants viennent de réussir là où j'ai échoué, dit-il avec un sourire sur sa voix grave.

Je glissai un regard suspicieux vers lui.

— Tu as utilisé tes enfants pour me faire rester ?

— Et ça en valait la peine ! répondit-il en me faisant un sourire sans l'ombre d'un remords. Hé les gars ! Olvar, Zun, devinez quoi ?

— Quoi ? Et ils sautèrent vers nous.

— Daisy va rester une année entière avec nous, annonça-t-il avec éclat, en me faisant un clin d'œil.

— Une année ! Et ils se tournèrent vers moi.

— Moins les deux semaines qui sont passées, ajoutai-je rapidement.

Le Colonel ignora ma remarque.

— Nous vous ramènerons à la maison tous les week-ends.

Les yeux des enfants, aux couleurs précieuses, brillèrent d'un plaisir qui me réchauffa le cœur.

— On pourra faire des bonhommes de neige chaque semaine ? demanda Olvar.

— Eh bien, tant qu'il y a de la neige, je suppose que oui, répondis-je en écartant mes mains de part et d'autre.

— Super ! Ils se précipitèrent tous les deux sur moi en même temps et me repoussèrent dans la neige.

Ils gloussèrent et me firent rire tandis que je me roulais dans la neige avec eux. Le Colonel avait raison. Ça en valait vraiment la peine.

Chapitre 12

Daisy

Où est ce putain de truc ? La voix grave du Colonel retentit depuis l'étage inférieur. Le bruit de ses sabots qui claquaient résonna dans tous les dômes de sa maison.

Après avoir jeté un dernier regard à mon reflet dans le miroir, je lissai la jupe évasée de ma robe bleu poudré, enfonçai mes pieds dans une paire d'escarpins couleur crème et je sortis en courant de la chambre.

Plus d'une semaine s'était écoulée depuis notre journée de jeux dans la neige. Mon cours d'éducation parentale au ministère de l'Éducation et du Bien-être des enfants avait commencé la veille. Le Colonel allait me déposer pour mon deuxième cours sur le chemin du travail.

— Qu'est-ce que tu cherches ? demandai-je, en descendant les escaliers jusqu'à la salle principale.

— Ma putain de tablette personnelle, grogna-t-il en écartant les guirlandes de fleurs pour chercher derrière les pots près du mur. Je la mets toujours là ! Il tapa du poing sur l'une des jardinières. Tous les putains de matins. Et maintenant je vais être en retard au travail !

— Oh, mais non. Je lui fis signe. Tu es toujours en avance de toute façon. Omni, demandai-je en me tournant vers le cadre monté sur bâton qui ronronnait tranquillement à proximité. Sais-tu où est passée la tablette du Colonel ?

— Malheureusement, cette unité n'est pas connectée à mon système. Je ne suis pas en mesure de la localiser, dit l'IA d'un air découragé.

Je savais que le robot n'avait pas d'émotions, qu'il ne faisait que reproduire les intonations des individus, mais je me sentais quand même désolée pour lui.

— Le Colonel Kyradus ne m'a pas informé de l'emplacement de la tablette lorsqu'il l'a égarée, ajouta Omni en s'excusant.

— Si j'avais *su* où elle se trouvait pour t'en informer, elle ne serait pas perdue, s'emporta le colonel. Non ?

— Tu n'es pas allé aux toilettes, après le petit déjeuner ? Je me précipitai dans la salle de bains du rez-de-chaussée.

En effet, la tablette se trouvait juste là, derrière le pot de fleurs oblong à côté du sèche-mains près du lavabo. De retour dans la salle principale, je la déposai dans les mains du Colonel.

— Tiens. Arrête de trépigner et de crier sur ce pauvre robot. Et n'oublie pas de la charger dans l'avion en allant au travail.

Il grogna, en fixant des yeux la tablette dans ses mains, puis il déplaça son regard vers moi.

— Pourquoi est-ce que je te laisse t'en tirer en me réprimandant comme si j'étais un enfant, devant mon IA domestique de surcroît ?

Je mis mes mains sur mes hanches.

— Parce que je suis à peu près la seule personne sur cette planète qui n'a pas peur de te dire les choses telles qu'elles sont.

Je n'avais pas besoin d'avoir peur de lui, je savais que le Colonel ne me ferait jamais de mal. Je sentais aussi qu'il appréciait d'entendre la vérité de ma bouche. J'attrapai le sac, contenant ma tablette et le nécessaire pour écrire, accroché près de la porte.

— Oh, et parce que tu *m'aimes bien*, de toute évidence, le taquinai-je, en souhaitant diminuer la tension qui planait encore sur lui comme un nuage orageux.

Son regard s'attarda sur moi et devint plus intense. La tension dans l'air ne se dissipa point mais elle sembla changer de nature et elle chassa mon sourire.

— Hum, on devrait y aller, dis-je doucement, en faisant tourner la poignée de mon sac dans mes mains. Maintenant, tu risques vraiment d'être en retard.

Il ne bougea cependant pas de sa place et continua à me fixer.

— Comment te sens-tu par rapport au cours d'aujourd'hui, Daisy ? demanda-t-il.

Hier, avant que les cours ne débutent, je m'étais sentie nerveuse.

J'avais appris qu'au moins la moitié des étudiants de ma classe seraient des femmes. Ma rencontre avec les femmes voraniennes au bal du Gouverneur ne s'était pas très bien passée, à cause de Shula, bien sûr. Elle m'avait donné un aperçu de la façon dont les femmes terriennes pouvaient être perçues à Voran, et je n'avais *pas* envie d'entendre d'autres insultes de la part de qui que ce soit.

Heureusement, mes pires craintes ne s'étaient pas réalisées. La journée d'hier s'était plutôt bien passée. Bien sûr, il y avait eu des regards et même quelques chuchotements dans mon dos, mais personne n'avait osé m'insulter en face. La plupart avaient même fait un effort visible pour être gentils avec moi.

— Es-tu sûre que tu ne veux pas que j'aie une discussion avec l'instructeur ? Le Colonel lança un regard furieux sous ses sourcils broussailleux. Je peux trouver du temps pour visiter la classe ce matin. Une fois que je me serai occupé d'eux, personne n'osera même pas songer à te maltraiter.

— Oh, je sais qu'ils ne le feront pas. Je me mis à rire en m'imaginant arriver en classe au bras du grand et méchant Colonel. La plupart feraient probablement pipi sur eux en te voyant. Je ne plaisantais même pas sur ce point. Le Colonel, dans ses accès de rage, était terrifiant. Je le savais très bien.

— Tous ceux qui te manquent de respect me manquent de respect à moi, grogna-t-il.

— Calme-toi, dis-je en tapotant sa main qui tenait toujours cette satanée tablette. Personne ne m'a manqué de respect. Tout le monde était courtois et poli. Oh, et une femme, qui s'appelle Diecrie, mais l'instructeur l'appelait Madame le Juge Cistridus, m'a même dit à quel point elle était heureuse que le Gouvernement voranien poursuive le Programme de Liaison. Son père est décédé récemment. Il était seul et solitaire. Elle espère que ses trois frères auront un jour l'honneur d'avoir des femmes humaines à aimer et avec qui vieillir. Le Colonel fit un pas de plus vers moi.

— Tu vois, ça ici, et il agita la main entre nous, c'est plus grand que toi et moi. C'est un espoir pour beaucoup d'hommes de mon pays. Il posa sa main sur mon épaule puis la fit glisser vers le bas pour entourer mon bras nu.

Son regard se réchauffa lentement tandis qu'il dessinait de petits cercles sur ma peau avec son pouce.

Mon bras picotait là où sa main l'avait touché et la sensation se propageait vers le bas. La tension qui régnait dans l'air crépitait d'une énergie dont je ne savais que faire. J'avais envie tantôt de le fuir, tantôt de me jeter sur lui et de l'embrasser fougueusement.

Aucun de ces deux scénarios ne convenait à ce que nous étions devenus maintenant - un patron et son employée. J'avais espéré que la définition des rôles simplifierait notre relation. Mais au contraire, ça n'avait fait que compliquer les choses.

Un employeur ne devait pas caresser les bras de sa nounou, et elle ne devait pas apprécier chaque petit contact physique avec lui comme je le faisais.

Alors, je gérai la situation de la seule façon que je connaissais, en faisant une blague stupide.

— Eh bien, si les hommes voraniens espèrent avoir des épouses humaines, ils feraient mieux de commencer à s'habituer à voir des pieds humains. Plus vite ils accepteront le fait que nos femmes ont des orteils, moins ils risqueront de paniquer comme tu l'as fait.

— Hé, dit-il et son visage s'illumina d'un sourire puis il gloussa. Tes orteils ne me dérangent pas. Tu sais que je ne dirais rien si tu courais entièrement pieds nus.

— Vraiment ? Mais ça m'enlèverait une occasion de te taquiner. En plus, les chaussures que tu m'as achetées sont trop mignonnes pour que je marche pieds nus. Oups... je jetai un coup d'œil à l'écran d'Omni à proximité. Maintenant, nous devons vraiment nous dépêcher. Je l'attrapai sous le bras et le tirai vers la plateforme de stationnement. Ou nous serons tous les deux en retard, ajoutai-je.

Une fois dans l'avion, je décidai qu'il était d'assez bonne humeur ce matin pour aborder un autre sujet. Encore une fois.

— Colonel, j'ai commencé à préparer quelque chose dans la cuisine, commençai-je, prudemment.

— Oui. Qu'est-ce que tu as essayé de faire ? demanda-t-il en connectant sa tablette au panneau de contrôle pour la recharger.

— De la pâtisserie. Je veux trouver comment faire mes recettes à la maison, en utilisant des ingrédients voraniens.

— Pourquoi ? Tu n'aimes pas nos desserts ?

Ce n'était pas le sujet, mais il avait été si têtu à propos de tout ça depuis le début.

— Non, tout ce que j'ai mangé à Voran jusqu'à présent était délicieux. Sauf les *recols*, bien sûr. Comme mon cours se termine à midi, je n'ai rien à faire de toute l'après-midi.

— Tu aimes cuisiner autant que ça ? demanda-t-il en me regardant avec curiosité.

Pas de crise de colère, notai-je, jusqu'ici tout allait bien.

— Ça me détend, expliquai-je. Je fais de la pâtisserie depuis que je suis toute petite. Ma grand-mère m'a appris à cuisiner, et ça me rend heureuse. J'aime aussi la créativité qui entre dans la décoration. J'ai travaillé dans une boulangerie pendant des années avant qu'elle ne ferme définitivement. J'ai même rêvé d'ouvrir un jour ma propre boulangerie, sauf que mon salaire ne m'a jamais permis d'épargner beaucoup pour lancer ma petite entreprise. Quoi qu'il en soit, c'était amusant.

— Eh bien, tu sais que tu as ma permission pour utiliser tout ce qui est dans la maison. Fais cuire ce que tu veux. Dis à Omni de te procurer tout ce dont tu as besoin.

Et voilà, ça recommençait. J'avais le droit de faire tout ce que je voulais, tant que je restais sous le dôme de sa maison, comme une mouche piégée sous un verre.

— Tu vois, c'est là que réside le problème. Je ne peux pas commander ce que je ne connais pas. Je dois parler à quelqu'un qui cuisine à Voran, qui vend les ingrédients pour qu'il m'indique leur bonne utilisation.

— Tu veux aller au marché aux épices, alors ?

Cela semblait encourageant.

— Est-ce qu'il y en a un ?

— Oui, au centre commercial. Mais je ne peux pas t'y accompagner, pas avant la fin de la semaine prochaine.

— Je ne peux pas y aller toute seule ? Je souris aussi gentiment que possible, en battant des cils pour le regarder innocemment.

Au lieu de répondre, il ouvrit un compartiment sous le panneau de contrôle de l'appareil et en sortit une petite boîte.

— Qu'est-ce que c'est ? demandai-je quand il me l'offrit.

En soulevant le couvercle, je découvris deux pâtisseries voraniennes rondes que je prenais souvent au petit déjeuner. Leur texture me rappelait toujours l'argile. Cependant, leur goût légèrement sucré me plaisait de plus en plus.

— Tu n'as pas mangé grand-chose au petit déjeuner ce matin, répondit le Colonel à mon regard interrogateur. Tu as tendance à t'énerver plus vite quand tu as faim.

— Tu vas m'énerver, alors ? dis-je en sortant l'un des deux gâteaux.

Il avait raison, dans la précipitation de ce matin, j'avais laissé presque tout mon petit déjeuner intact. Cependant, je ne m'attendais pas à ce qu'il le remarque ou, encore moins, à ce qu'il me prépare une collation.

— Merci. Je pris une grande bouchée de la pâtisserie. Alors, je peux aller faire du shopping ?

— Toute seule ? En aucun cas.

Comme il l'avait prédit, un sentiment d'irritation m'envahit. Je me défoulai alors sur la pâtisserie que je tenais dans ma main et j'en avalai un autre morceau avant de répondre.

— Pourquoi ? Ce n'est pas dangereux. Ce n'est pas comme si nous étions dans une zone de guerre ou je ne sais quoi. Voran est une ville civilisée.

— Sauf que tu te feras remarquer partout où tu iras. Son expression se figea, inflexible.

Je savais que j'attirais beaucoup l'attention, mais cela ne signifiait pas que je risquais d'être agressée ou de subir ce dont le Colonel avait peur. D'après tout ce que j'avais appris sur Voran, c'était un endroit paisible. Ses habitants ne se bagarraient pas sans raison, et je n'avais certainement pas l'intention de donner à quiconque une raison de m'attaquer.

— Je me suis habituée à attirer l'attention à présent, lui assurai-je. Les regards et les chuchotements ne me dérangent plus trop.

— J'ai peur que quelqu'un ne fasse plus que cela, répondit-il d'un air sombre.

— Comme quoi ? Me kidnapper pour une rançon ?

— Par exemple.

— Ça arrive souvent dans cette ville ?

— Non.

— Alors, quelles sont les chances que ça m'arrive à moi ?

— Je ne sais pas ! dit-il en élevant la voix finalement. Mais je ne veux pas prendre le risque. De plus, tu ne connais pas très bien la ville, ni la configuration du centre commercial.

— Vraiment ? Je gémis, incapable de retenir la frustration plus longtemps. Allez, je suis sûre que je serai capable de trouver mon chemin dans un centre commercial. De plus, j'aimerais voir un peu plus de Voran. Si je suis venue à Neron, c'est en partie pour découvrir une nouvelle culture, et je ne peux pas apprendre grand-chose sur la ville en la survolant seulement.

Il inspira un peu d'air, et je me préparai à une autre dispute.

— Bien, concéda-t-il, si soudainement que je pensai avoir mal entendu. Laisse-moi y réfléchir. Je trouverai peut-être une solution.

Eh bien, ça s'était bien mieux passé que je ne l'avais prévu cette fois. N'ayant plus de raison de discuter, je mangeai ma pâtisserie en silence. Peut-être était-il possible pour nous de trouver un terrain d'entente sur d'autres choses aussi ? En fin de compte ?

Chapitre 13

Daisy

L e lendemain de ma première semaine complète de cours, le Colonel avait une matinée de libre. Une de ses réunions matinales avait été annulée, et il n'avait pas de travail jusqu'en fin de journée.

Après un petit déjeuner ensemble. Il descendit dans la salle d'exercice pour s'entraîner, et je décidai d'aider Omni à planter les fleurs gris-bleu, des lilas, que le Colonel voulait dans la salle à manger.

— Elles sont plutôt simples, comparées aux autres qui se trouvent ici. Je posai le plateau avec les mottes de terre contenant les plantes délicates sur la table à manger qu'Omni avait recouverte d'une feuille de plastique. Pourquoi le Colonel les a-t-elles commandées ?

— Il n'en a pas donné la raison.

— Eh bien, ça ne me surprend pas. Il n'explique pas souvent ses actes, n'est-ce pas ? Je grimpai sur la table et soulevai une motte pour la placer dans le bouquet des jardinières tubulaires qui faisaient partie du lustre.

Un des drones d'Omni planait au-dessus de mon épaule.

— Assurez-vous de couvrir l'extrémité de la feuille du bas avec de la terre également. Ça fera pousser des racines et rendra le système racinaire plus sophistiqué. L'IA était très à cheval sur les règles, elle suivait à la lettre les processus de jardinage de la planète Aldrai.

Je suivis les instructions et j'enfouis soigneusement le bout de la feuille vert pâle dans la terre.

— Intéressant, dit la voix d'Omni qui résonna depuis son cadre près de la table cette fois.

Je jetai un coup d'œil dans cette direction. L'image de mon visage, avec la fleur fraîchement plantée à côté, apparut à l'écran. Deux cercles zoomèrent vers nous, l'un sur mon œil, l'autre sur la petite fleur de la plante.

— La couleur des fleurs de *lilas* est presque identique à celle de vos yeux. Je me demande si ce n'est pas pour cela que le Colonel les voulait ici.

Je pouffai de rire, en tapotant doucement la terre autour de la motte et du plant que je venais de placer dans la jardinière.

— Ce n'est certainement pas la raison pour laquelle il les a commandées. Le Colonel n'en a rien à foutre de mes yeux.

— Madame Kyradus, un tel langage est indigne d'une dame, me gronda Omni.

— Eh bien, tant mieux alors que je ne sois pas une *dame*, répondis-je toujours en riant.

— Vous êtes la femme d'un des plus hauts fonctionnaires du pays...

— Le *haut fonctionnaire* jure aussi comme un charretier, au cas où vous ne l'auriez pas remarqué. Et ne me dites pas que c'est normal parce que c'est un homme.

— Il y a assurément une différence claire entre ce qu'on attend des hommes et des femmes à Voran...

— Ok, ok, répondis-je avec un signe de la main. Je ne vais pas discuter avec toi des rôles genrés socialement acceptables par ici. Je ne veux pas défier la culture voranienne. Je ne suis pas venue ici pour commencer une révolution culturelle. Mais si je laisse échapper un ou deux gros mots en privé, personne ne va en souffrir, n'est-ce pas ? Le Colonel n'y voit plus d'inconvénient en plus. Il a cessé de faire des commentaires sur mes jurons occasionnels depuis longtemps. Et tu ne le diras à personne de toute façon, n'est-ce pas ? demandai-je en haussant les sourcils vers le cadre.

L'image sur son écran se brouilla, puis un bip sonore se fit entendre.

— Qu'est-ce qui se passe ? Omni, tu vas bien ?

— Avion en approche, m'informa-t-il.

— Où ? Et je sautai de la table. Pourquoi ?

Durant les nombreuses semaines que j'avais passées dans la maison du Colonel, nous n'avions eu aucun visiteur.

— Qu'est-ce qu'ils veulent ? demandai-je en enlevant la terre de mes mains.

— La raison de cette visite ne m'a pas été communiquée.

— Qu'est-ce qui t'as *été* communiqué alors ? Le Colonel a-t-il dit quelque chose ? Attend-il quelqu'un ?

— Il n'y a pas de visiteurs prévus pour aujourd'hui dans son agenda.

— Que dois-je faire ? J'enlevai le tablier à froufrous que je portais pour protéger de la terre ma robe jaune à jupe bouffante bordée de dentelle blanche. Est-ce que je les laisse entrer ? Est-ce que je dois jouer les hôtesses ? Et s'il s'agissait de hauts fonctionnaires venus voir le Colonel ? Je ferais sûrement une erreur de protocole en les recevant. Je ferais mieux d'aller chercher le Colonel.

Je filai vers les escaliers latéraux menant à la salle d'exercice du niveau inférieur.

— Qui cela peut-il être ? murmurai-je doucement en allant vers les escaliers.

— La cousine du Colonel Kyradus, m'informa soudain Omni. Madame Lievoa Kyradus.

En tant que femme célibataire, Lievoa se faisait encore appeler par son prénom et le nom de famille de son père, l'oncle du Colonel.

— Omni ! Je m'arrêtai dans mon élan avant d'atteindre les escaliers. Pourquoi ne pas l'avoir dit tout de suite ?

— Vous ne l'aviez pas demandé jusqu'à maintenant.

Je poussai un soupir contrarié en me tournant vers la plateforme de stationnement.

— Avec toute la technologie que tu transportes dans ton boîtier, on pourrait penser que tu devrais être capable d'annoncer les visiteurs par leur nom avant que je ne perde complètement la tête.

— Daisy ! s'exclama Lievoa en sautant de son petit avion rose métallisé et en courant vers moi alors que j'entrais dans le parking.

— Salut Lievoa. Je souris en me préparant à son accueil, en plaignant déjà le sort de mes oreilles.

Elle les attrapa et m'attira pour m'embrasser.

— Je suis si heureuse de te revoir ! Tu es prête, on y va.

— On va où ? demandai-je en la regardant confusément.

Après avoir relâché mes oreilles, Levoa lissa sa robe rose imprimée de guirlandes de fleurs violettes. Ses cornes, ses sabots et le bout de sa queue étaient peints de fines spirales argentées.

— Au centre commercial. Grevar a dit que tu voulais faire du shopping. Elle bavardait avec tant d'énergie que les chapelets de perles multicolores et de coquillages peints qui étaient drapés sur sa poitrine cliquetaient avec force. Nous pouvons passer toute la journée ensemble et même déjeuner au centre commercial. Je dois juste m'arrêter un moment chez mon tailleur, et j'ai un rendez-vous de polissage cet après-midi.

— Quoi ? Attends. J'agitai mes deux mains vers elle toujours autant confuse. Quand t'a-t-il parlé ? Il ne m'a rien dit. C'est au marché aux épices que je voulais aller. Omni ? appelai-je vers la pièce principale. Est-ce que le Colonel a-t-il ajouté des rendez-vous à mon agenda aujourd'hui ?

— Non. Madame Kyradus, répondit la voix calme de l'IA.

— Le marché aux épices est juste à côté du centre commercial, Lievoa parlait un peu plus lentement, probablement pour me laisser le temps de me mettre à jour. Grevar m'a appelé il y a quelques jours, pour me demander de t'emmener faire des courses, car il ne voulait pas que tu y ailles seule. J'ai dit que je devais regarder mon emploi du temps, mes journées sont assez chargées, tu comprends.

Elle se frotta le menton, et fit une pause un instant.

— En y réfléchissant, je ne crois pas l'avoir rappelé pour confirmer. Elle haussa les épaules. En tout cas. Il se trouve que j'ai un peu de temps aujourd'hui. Et me voilà. Tu veux venir ou pas ?

— Oh oui je le veux ! Donne-moi une minute, je serai prête en un rien de temps. Je tournai les talons pour courir jusqu'à la chambre, puis me retournai vers elle. Est-ce que je dois me changer ? Qu'est-ce que tu en penses ?

Lievoa me regarda d'un œil attentif.

— Non. Cette robe est très jolie. Une de mes préférées. Tu pourrais juste ajouter quelques bijoux, elle fait un peu dépouillée sinon.

— Ok, viens attendre dans la grande salle. Je lui fis signe de me suivre à l'intérieur. Veux-tu un peu de thé en attendant peut-être ?

— Non. Nous mangerons au centre commercial. Dépêche-toi, s'il te plaît. Je suis une femme très occupée et j'ai des tas de choses à faire.

Je la laissai dans la salle principale et courus à l'étage. Dans le placard, je troquai mes confortables ballerines contre une paire de sandales fermées plus habillées. En fouillant dans la boîte à bijoux que j'avais apportée avec moi, je cherchais quelque chose de plus approprié pour Neron.

Mes fines chaînes en argent et mes perles d'eau douce semblaient bien trop discrètes pour cette planète. Et je n'osais pas porter la parure que le Colonel m'avait offerte - son inestimable héritage familial - au centre commercial.

Enfin, je sortis un long chapelet de grosses perles de verre brillantes que je trouvais jolies mais trop grosses et trop bruyantes pour être portées dans la plupart des endroits sur Terre. À Voran, elles devraient faire l'affaire.

J'enroulai le collier de perles autour de mon cou plusieurs fois, puis je descendis en courant.

— Je vais prévenir le Colonel que je pars ! criai-je à Lievoa en me dirigeant vers les escaliers menant à la salle d'exercice du niveau inférieur.

Une odeur vivifiante chaude et masculine - celle du Colonel - me parvint avant même que je n'arrive à la dernière marche.

Il s'entraînait au milieu de la pièce en s'affrontant avec l'un des mannequins électroniques rembourrés.

Vêtu d'un simple short moulant, le Colonel attaquait le mannequin tout en esquivant gracieusement ses manœuvres. N'étant pas limité par son uniforme rigide, ses mouvements étaient à la fois doux et puissants. Sa fourrure, couverte de sueur, était collée à ses muscles saillants.

Je le regardai fixement, hypnotisée par cette démonstration criante de virilité. Que l'on juge le Colonel beau ou non, personne ne pouvait nier son inéluctable attractivité animale. Mon corps y avait répondu dès les premiers instants de notre rencontre. Le connaître davantage n'avait fait qu'affaiblir mes défenses contre lui à présent.

Je n'avais plus peur de sa puissance brute, j'avais envie de la ressentir d'une autre manière. J'imaginais ses bras m'envelopper dans une étreinte écrasante, sa bouche dévorant la mienne avec abandon. Je voulais qu'il me prenne avec la même passion qu'il mettait dans le combat.

Depuis cette première nuit où il avait essayé avec acharnement de me prendre pour épouse, il n'y avait plus rien eu entre nous, à part quelques poignées de main occasionnelles. Et maintenant, j'avais peur qu'il n'y ait plus jamais rien. Cette pensée m'emplit d'un profond sentiment de vide.

Sa queue se balançait en arrière pour garder l'équilibre. Le Colonel s'accroupit, pour esquiver une nouvelle attaque du mannequin. Il donna ensuite un coup de sabot qui atterrit sur le flanc du robot.

Un écran holographique s'anima au-dessus de la tête du mannequin, sa voix impassible lut à haute voix le score obtenu en termes de force et de nombre de coups.

Il tira la serviette rangée dans une poche du mannequin et essuya la sueur de son visage et de son cou. Puis, en se retournant, il me vit.

— Daisy ? Il s'approcha de moi, et j'oubliai soudain comment on respirait.

De près, sa présence était encore plus écrasante, elle submergeait tous mes sens. Son odeur chaude et enivrante m'enveloppait comme une caresse. Sa silhouette, grande, large et forte, envahissait tout mon champ de vision. La fourrure sur son ventre était beaucoup plus courte que sur ses bras et sa poitrine, ce qui donnait l'impression que ses abdominaux de granit étaient recouverts par du velours fin.

Je serrai les poings sur les côtés, luttant contre l'envie intense de le toucher et de le caresser.

—...quelque chose ne va pas ?

Je réalisai soudain que le Colonel me parlait alors que je le reluquais.

— Désolée... Je clignai des yeux en essayant de me rappeler pourquoi j'étais venue ici.

— Tout va bien ? demanda-t-il avec inquiétude, et je me sentis stupide.

Le blush chauffa instantanément sur mes joues et dévoila ainsi mes émotions.

— Non... Je veux dire si. Je vais bien. J'arrachai mon regard de ses hanches et de ses abdominaux avec beaucoup de peine, pour le diriger vers la pièce derrière lui. Désolée...hum, Lievoa est là.

— Lievoa ? Elle ne m'a jamais rappelée. Il jeta la serviette sur le mannequin.

— Elle a oublié. Mon regard revint vers lui, attiré par son corps comme un aimant. Je fixai son large torse couverte d'une fourrure grise et ondulée. Elle a le temps de m'emmener faire du shopping là maintenant, ajoutai-je.

— Quand est-ce que tu rentres ? Il se rapprocha. Si près que la chaleur qu'il dégageait frôla mes bras nus.

— En fin d'après-midi. Je savais que je devais faire un pas en arrière, pour garder la distance, mais je restai, volant ainsi une autre occasion d'être aussi intimement proche de lui.

— Elle va te donner à manger à midi alors ? demanda-t-il comme si j'étais un enfant qui allait chez quelqu'un pour jouer.

Je ne pus retenir un petit sourire à cette comparaison.

— Nous déjeunerons au centre commercial.

— Omni, lança le Colonel par-dessus son épaule à un drone qui planait à proximité. As-tu un bracelet de crédit pour Daisy ?

Un autre drone descendit silencieusement les escaliers avec un large bracelet doré serré dans une de ses pinces.

— Achète tout ce que tu veux. Le Colonel ferma le bracelet autour de mon poignet gauche, et laissa ses doigts s'attarder sur mon bras pendant quelques instants. Et sois prudente dehors.

— Merci.

— Prends ta tablette avec toi et appelle-moi immédiatement si tu as le moindre problème.

Je hochai la tête et un chaleureux sentiment de gratitude m'enveloppa. C'était vraiment agréable d'avoir quelqu'un comme le Colonel juste au bout du fil, prêt à se précipiter au moindre souci.

— TU DEVRAIS ABSOLUMENT prendre ça ! Lievoa lissa la jupe volumineuse de la robe de cocktail en mousseline que j'essayais dans sa boutique. Cette couleur vert pâle met si bien tes cheveux en valeur.

— J'ai déjà dépensé une grande partie de l'argent du Colonel, expliquai-je.

Nous avions fait du shopping pendant plus d'une heure au marché aux épices et discuté avec des dizaines de vendeurs. Chacun d'entre eux avait des conseils à donner à la Terrienne adepte de la pâtisserie que j'étais. J'avais pris beaucoup de notes et acheté un tas de trucs que nous avions envoyés dans l'avion de Lievoa avec les drones du centre commercial.

— Pourquoi est-ce que tu l'appelles le Colonel ? demanda-t-elle, de façon inattendue. Les proches d'une famille s'appellent normalement par leur prénom. Et un mari et sa femme sont on ne peut plus proches.

— Oh. C'est... hum, c'est un truc de Terrien, dis-je rapidement en cherchant désespérément un autre sujet. Je peux voir cette écharpe, s'il vous plaît ?

La boutique de vêtements de Lievoa s'avéra être un immense magasin à plusieurs niveaux, avec des drones à chaque recoin et des vendeurs à chaque étage. Lievoa m'avait convaincue d'essayer quelques robes. Je ne pouvais pas dire non. Les vêtements étaient magnifiques, et j'avais toujours aimé jouer à faire des essayages. Cependant, je n'avais pas l'intention d'acheter.

— Celui-là ? Elle noua un foulard doré autour de ma tête en guise de serre-tête. C'est parfait ! Il faut que tu l'achètes aussi. Je te ferai une remise familiale, bien sûr, et ne t'inquiète pas pour l'argent de Grevar. Qu'est-ce qu'il t'a dit quand il t'a donné ce bracelet de crédit ?

— Achète tout ce que tu veux.

— Tu vois ? Elle haussa les épaules avec désinvolture. C'est un bracelet pour femme, il a dû le faire concevoir spécialement pour toi. C'est le rêve de tout homme d'avoir une femme à adorer. Grevar sera ravi de savoir que tu t'es amusée et que tu as trouvé quelque chose qui te plaît. Dis-lui juste « merci » quand tu porteras tes nouveaux vêtements pour la première fois. Ça le rendra très heureux.

Sauf que je n'étais pas la femme du Colonel. Pas dans le vrai sens du terme. Mon cours de parentalité se terminait dans deux semaines. Après cela, Olvar et Zun passeraient régulièrement deux jours par semaine à la maison. J'avais l'impression que j'étais enfin sur le point de réaliser le véritable objectif de ma présence ici. Mon véritable emploi était sur le point de commencer.

Est-ce qu'un employeur était censé faire des folies de la sorte pour sa nounou ? Même si elle se faisait passer pour sa femme ?

Une vraie nounou aurait-elle ce désir intense de passer ses mains sur les abdominaux de son patron comme je l'avais fait ce matin ?

Le rôle de nounou s'accompagnait de restrictions et je commençais à comprendre que je ne pouvais pas les respecter. C'est de là que venait toute cette confusion au départ. Ma tête, mon corps - et oui, mon cœur aussi - n'étaient pas d'accord sur ce que je devais ou ne devais pas désirer.

Je fermai les yeux un instant en m'efforçant de rassembler mes pensées et mes émotions.

Une nounou négociait pour qu'un salaire lui soit versé, au lieu d'acheter une robe. L'argent définissait une relation mieux que les mots.

Une épouse achetait les vêtements sans trop y penser.

Laquelle des deux voulais-je vraiment être ?

— Je vais les prendre, déclarai-je à Lievoa.

— Super ! Laisse-moi trouver des chaussures assorties aussi. Nous devrons les commander sur-mesure, tu sais, tes pieds sont la seule paire de pieds humains de tout Voran, dit-elle en gloussant puis elle prit sa tablette.

Après avoir acheté la robe, l'écharpe, les chaussures, et aussi quelques bijoux de mode pour aller avec le tout, je réussis enfin à quitter le magasin.

Lievoa et moi prîmes le déjeuner sous l'un des kiosques intérieurs drapés de guirlandes de fleurs du centre commercial. Nous avions rendez-vous après au salon de beauté où Lievoa devait faire son polissage l'après-midi. Le « polissage », comme elle me l'avait expliqué en chemin, comprenait une série de procédures destinées à rendre ses cornes, ses sabots et ses griffes plus lisses et brillantes. Ce service comprenait également la peinture de motifs.

Contrairement à beaucoup d'autres endroits à Voran, il y avait presque le même nombre de femmes que d'hommes dans le centre commercial. Personne ne semblait pressé. Des groupes de personnes étaient rassemblés sous ces kiosques recouverts de fleurs et de vignes installés entre les magasins, ils savouraient des rafraîchissements servis par des drones et discutaient avec leurs amis.

Comme prévu, j'avais eu droit à beaucoup de regards. Un peu partout, la nouvelle de mon arrivée avait été diffusée. Mes photos au bras du Colonel lors du bal du gouverneur avaient été publiées dans tous les journaux et tabloïdes en ligne.

La plupart des gens savaient qui j'étais, mais cela ne les empêchait pas de me regarder avec curiosité. Ceux qui connaissaient Lievoa s'étaient approchés de nous pour lui dire bonjour et pour me regarder de plus près, ce qui avait considérablement ralenti notre progression dans le centre commercial.

— Écoute, me dit Lievoa en arrivant dans le salon de beauté. Tu n'as pas de cornes ou de sabots à polir. Ça va être ennuyeux pour toi.

— Oh, ça va aller. Ça ne me dérange pas d'attendre.

— Ça va prendre au moins une heure. C'est bien trop long à attendre sans rien faire. Elle jeta un coup d'œil autour d'elle. Je ne peux pas non plus t'envoyer faire du shopping toute seule.

— Je peux me débrouiller toute seule, protestai-je.

— Oh, je n'en doute pas, mais Grevar me soulèverait sur ses cornes s'il apprenait que je t'ai laissée toute seule en plein centre commercial bondé. Viens ici ! Elle m'entraîna vers une haute arche de fleurs rose pâle qui marquait l'entrée d'un magasin surmontée d'une enseigne lumineuse.

Une IA qui ressemblait à une copie en fête d'Omni, drapée de tissus transparents et chatoyants et décorée de peinture et de fleurs, sortit pour nous accueillir.

— Bienvenue au Dream Spa, dit-elle d'une voix mélodieuse et féminine.

— Salut, et Lievoa me tira vers elle par la main. Un massage pour la dame, s'il vous plaît ?

— Pour excitation ou relaxation ? demanda l'écran.

— Relaxation. Combien de temps dure un massage complet du corps ?

— Une heure.

— Parfait. Lievoa se tourna vers moi. Tu vas te faire masser pendant mes soins. Quand tu auras fini, je serai là pour te récupérer.

Elle décolla sur le champ et me laissa entre les mains de l'IA. L'écran mobile me conduisit vers un vestiaire. Les murs étaient recouverts de la même matière rose chatoyante et de fleurs.

— Veuillez vous changer ici. La flèche sur l'écran indiquait la robe en soie de couleur crème sur le mur. Et laissez vos vêtements dans cette pièce.

Dès que l'IA me laissa seule et que la porte du vestiaire se referma, j'enlevai ma robe et mes chaussures. Je ne trouvai aucune pantoufle de spa nulle part comme il fallait s'y attendre. Enveloppée dans mon peignoir, je sortis de la pièce pieds nus.

— Je suis prête, dis-je à l'écran. Et maintenant ?

— Excellent ! s'exclama l'IA d'un air excité. Suivez-moi jusqu'à la machine, s'il vous plaît.

Elle m'emmena dans une pièce plus grande cette fois. Au milieu se trouvait un curieux engin en métal doré et en verre noir. En forme de long cylindre, il me rappelait vaguement les cabines de bronzage terrestres. Sauf que contrairement à eux, ce cylindre était complètement fermé, comme une capsule.

— C'est comme ça qu'on se fait masser sur Neron ? dis-je en me demandant comment cela fonctionnait exactement.

— Oui. Il a été programmé une heure pour vous, mais vous pourrez ajuster les réglages au fur et à mesure. La machine est très intuitive. Elle utilise vos données pour vous concevoir le meilleur programme personnalisé.

— Ça a l'air excitant.

— Passez un bon moment. L'IA roula hors de la pièce, et la porte coulissante se referma derrière elle.

Le couvercle de la machine cylindrique devant moi s'ouvrit en silence, révélant un intérieur rembourré. Il semblait douillet comme un cocon, avec des ouvertures rondes à cadre doré placées à des endroits apparemment aléatoires sur les côtés de la capsule et à l'intérieur du couvercle.

Je caressai la surface rembourrée de velours gris, pensant soudain à nouveau aux abdominaux du Colonel.

Cette année allait être très longue aux côtés de cet homme qui avait un tel effet sur moi. Cependant, le quitter était la dernière chose que je voulais faire à présent.

Mon attirance physique pour lui n'était en rien criminelle ou interdite. Le Colonel était mon mari bon sang. Tout Voran pensait déjà que nous faisions l'amour autant que nous le voulions.

Le problème, c'est qu'il ne semblait plus vouloir de moi pour ça.

« *Une seule m'a suffi* », avait-il dit en parlant du rejet de sa demande en mariage par Shula.

En homme fier qu'il était, je craignais qu'il n'oublie jamais mon rejet initial, non plus. Je ne regrettais pas mon comportement cette première nuit. Le moment était mal choisi, et nous ne nous connaissions pas du tout. Mais maintenant, si le Colonel me faisait de nouveau des avances, je ne le rejetterais pas.

À présent, j'avais appris à le connaître suffisamment pour l'apprécier et le respecter en tant que personne. C'était un homme fort et fiable comme un roc, avec un côté doux qui me faisait fondre. Je le voulais. Dans tous les sens du terme. S'il m'avait ne serait-ce que touchée dans sa salle de gym ce matin, je ne serais pas ici, seule et terriblement frustrée sexuellement.

« *Tôt ou tard, tu voudras être baisée par un homme. Alors, tu me supplieras de le faire.* »

Ses paroles semblaient prophétiques maintenant. Cette fois, même l'idée de le supplier ne semblait plus si terrible.

« *Et ça ne pourra être que moi.* »

Eh bien, je ne voulais personne d'autre. Je poussai un profond soupir. Ce mouvement provoqua le frottement de mes tétons contre la soie lisse de la robe. Des ondes de désir jaillirent de ma poitrine jusqu'à mes cuisses. La douce caresse du peignoir de soie contre ma peau ne faisait qu'empirer les choses.

J'arrachai le peignoir et je montai dans la machine de massage.

— Bienvenue, annonça une voix apaisante au moment où le couvercle s'abaissa en douceur dès que je m'allongeai. Veuillez fermer les yeux et vous concentrer sur le champ de vision de votre esprit.

Le champ de vision de mon esprit ?

Qu'est-ce que ça peut bien vouloir dire ?

Je fis ce qu'on me dit et je fermai les yeux. Avec la lumière tamisée à l'intérieur de la capsule, je ne pouvais presque rien voir de toute façon.

Une bande de métal froid se pressa contre mon front et fit le tour de ma tête. Je sursautai à son contact.

— Ne vous inquiétez pas, dit la voix pour me rassurer alors qu'une musique apaisante commençait à jouer en fond sonore. Vous êtes en sécurité et calme.

Calme ? Je n'en étais pas si sûre.

Une fine brume recouvrit ma peau d'une huile chaude et parfumée, puis une série de choses molles et caoutchouteuses roulèrent le long de mon corps, massant chaque muscle sous ma peau.

— C'est vraiment bien, murmurai-je.

— Veuillez sélectionner un programme.

Une série d'images défila dans ma tête. Ma chambre dans la maison de mes parents quand j'étais petite. Une plage de sable blanc où nous étions allés en vacances. Un gros rocher dans la vallée derrière la vieille maison de ma grand-mère. Le luxueux lit rond, celui du Colonel, mais qui était maintenant le mien pour les dix mois et demi à venir.

— Celui-là, chuchotai-je.

L'image n'était plus devant mes yeux, mais autour de moi. La machine semblait avoir disparu, et j'étais allongée sur le lit de la chambre du Colonel, le ciel étoilé au-dessus du baldaquin fleuri scintillant au-dessus de moi.

Alors que les objets massaient et frottaient mon corps, mes pensées allèrent une fois de plus vers le Colonel. L'illusion d'être dans sa maison était si réaliste que je commençai à me demander où, sous les dômes de verre, se trouvait-il pendant que j'étais étendue sur son lit, nue. Était-il en train de lire les nouvelles en bas ? Ou de travailler sur sa tablette ? Ou peut-être en train de s'entraîner dans sa salle de sport ? Brûlant et transpirant dans son short à peine décent...

— Pouvons-nous vous suggérer un autre programme ? demanda la voix de la machine.

Mon esprit flottait toujours ailleurs et se concentrer n'était pas facile.

— Ok, répondis-je.

— Le mode relaxation a été sélectionné. Cependant, nos capteurs indiquent que le mode excitation serait plus bénéfique pour vous en ce moment.

— Excitation ?

— Préférez-vous un seul partenaire ou plusieurs pour cette session ?

— Un partenaire de massage *excitant*, vous voulez dire ? J'ai peur de ne pas comprendre...

— Vous n'avez pas besoin de répondre vocalement aux questions, continua la voix, apaisante et agréable. Laissez votre esprit faire la sélection.

Une autre série d'images traversa mon esprit comme un diaporama.

Le visage de la voisine sexy de ma grand-mère pour laquelle j'avais le béguin quand j'étais encore au lycée. Deux de mes ex-petits amis. Plusieurs célébrités masculines de la Terre - deux acteurs de cinéma, un mannequin et quelques athlètes olympiques.

Puis le visage du Colonel envahit le champ de vision de mon esprit. L'habituelle expression grincheuse sur sa bouche dure. Les yeux rouges étranges sous ses longs cils épais.

Mon cœur sauta dans ma poitrine à cette image. Je croyais même pouvoir sentir à nouveau son parfum capiteux et son grand corps dur qui dégageait chaleur et énergie après une séance d'entraînement vigoureuse.

Contrairement au reste des images, la sienne ne disparut pas. Son visage se déplaça juste un peu plus loin, révélant ainsi son torse musclé. Le Colonel se tenait à genoux au-dessus de moi, chevauchant mes cuisses tandis que j'étais allongée dans son lit. Je pouvais même sentir son poids qui me pressait vers le bas. Et il était nu. Complètement.

— Oh, non... Un souffle s'échappa de ma poitrine quand il se pencha plus près.

— Ouiii, siffla-t-il.

La pointe de sa langue incroyablement longue longea le bord de mon cou.

Une vague de chaleur me submergea, m'inonda de plaisir et me coupa le souffle. Les sentiments que j'avais réprimés remontèrent à la surface.

Ses grandes mains saisirent mes seins, elles étaient chaudes et rugueuses contre ma peau. Il frotta mes tétons avec ses pouces, puis écrasa mes seins l'un contre l'autre, et enfouit son visage entre eux.

Quelque chose se glissa entre mes cuisses - sa queue, réalisai-je, en me tortillant en dessous de lui.

Il tourna la tête et aspira un de mes tétons dans sa bouche, tandis que l'extrémité pointue de la flèche de sa queue glissait en moi.

— Oh mon Dieu... gémis-je et il grogna en guise de réponse, puis passa à mon autre téton, l'aspira et fit tournoyer sa longue et habile langue dessus.

La pointe de sa queue tournoyait juste à l'intérieur de mon ouverture et tirait sur mon point le plus sensible qui était chaud et gonflé.

— S'il te plaît, s'il te plaît, baise-moi, suppliai-je avec des notes de désir pitoyables dans ma gorge.

Dans un grognement, il me retourna sur le ventre, me tira les hanches vers le haut et se plaça derrière moi. Une bite incroyablement grande et chaude pénétra en moi et m'étira autour d'elle sur son passage.

— Oh oui... gémissais-je. J'en ai tellement besoin.

Sa main dans mes cheveux et son autre bras autour de mes hanches pour me maintenir en place, il enfonça toute sa longueur en moi, d'un seul coup.

Je criais de plaisir, mes genoux tremblaient de désir.

Il tira ma tête en arrière, la douleur à la racine de mes cheveux se répandit avec des frissons dans tout le reste de mon corps.

Je serrai mes mains autour des draps, en essayant de ne pas tomber du lit alors qu'il frappait fort par derrière. Chaque pénétration de sa verge en moi s'accompagnait d'un claquement de sa chair contre la mienne, mes tétons gonflés traînaient sur la literie avec une sensation de volupté supplémentaire.

— Oui, oui, s'il te plaît... scandais-je, tandis que le bout de sa queue s'agitait inlassablement entre mes jambes et me transportait de plus en plus loin.

La passion brûlante atteignit son apogée dans une vague. Puis l'orgasme s'abattit sur moi, fort et furieux. Le plaisir explosa en moi en faisant trembler mes membres.

— Oh mon Dieu, je n'en peux plus... J'enfouis mon visage dans la literie alors que des vagues d'extase me parcouraient. Encore et encore.

— Nous espérons que vous avez apprécié votre expérience avec Dream Spa, annonça une voix de quelque part - d'une autre dimension, semblait-il. Toute recommandation sera appréciée au plus haut point.

La sensation de la magnifique bite à l'intérieur de moi disparut. Recroquevillée sur le côté, j'étais allongée à l'intérieur de la capsule de plaisir et le luxueux rembourrage était imbibé de ma sueur et des vestiges de mon excitation.

Je venais d'avoir la meilleure expérience sexuelle de ma vie.

Et tout ça s'était principalement passé dans ma tête.

— C'ÉTAIT BIEN ? LIEVOA m'accueillit lorsque je sortis enfin du spa, toute habillée mais les jambes tremblantes.

Tout ce que je pouvais faire était de hocher la tête en guise de réponse. Elle arrangea mes cheveux, ajusta ma jupe pour moi.

— On dirait que tu viens d'être ravagée par une bête sauvage, s'inquiéta-t-elle.

Si elle savait...

Chapitre 14

Grevar

Avec le retour des garçons à la maison prévu pour le week-end, Daisy semblait devenir de plus en plus anxieuse.

Elle avait nettoyé et décoré la chambre des jumeaux, insisté pour faire le plus gros du travail elle-même et refusé son aide ou celle d'Omni. Même quand tout fut prêt pour eux, elle continua à agir différemment.

Elle était inhabituellement silencieuse pendant les repas, et montait à l'étage juste après le dîner. Il savait qu'elle se couchait tard, car il l'entendait bouger dans la chambre jusqu'à ce que son heure de coucher soit passée. Pourtant, elle ne restait pas en bas avec lui, comme si elle l'évitait volontairement.

Le temps qu'ils passaient ensemble avant lui manquait.

Il avait essayé de trouver la force de garder ses mains loin d'elle depuis cette tentative désastreuse du début. À la place, il avait appris à apprécier sa nouvelle femme autrement. Il avait découvert qu'il y avait tellement plus que le sexe dans la vie avec une femme.

Avant sa visite au centre commercial, il pensait qu'ils avaient fait de bons progrès. Il aimait rentrer à la maison avec elle après une longue journée de travail. Leurs conversations étaient devenues plus longues, leurs disputes rares et espacées. Elle avait accepté de rester une année entière, et il avait même commencé à espérer que leur mariage pourrait être un jour un véritable mariage.

Maintenant, il avait l'impression qu'il y avait eu un retour en arrière, mais il n'arrivait pas à comprendre pourquoi.

Daisy avait parlé de sa famille qui lui manquait. Il n'aimait pas qu'elle sorte toute seule, mais peut-être qu'elle se sentait seule, en restant à la maison tous les jours après la fin de son cours éducatif ?

Pour tenter de lui remonter le moral, il avait décidé d'organiser un dîner le premier soir où les garçons seraient rentrés. Ce serait un tout petit événement, agréable et pas trop compliqué.

Il avait invité Lievoa. Daisy semblait bien s'entendre avec elle et cela lui faisait plaisir. Il ne comprenait pas toujours la façon de penser de sa cousine et n'était pas d'accord avec certaines de ses actions, mais Lievoa était de la famille. Elle avait bon cœur et il l'aimait beaucoup.

Le Gouverneur et Shula avaient convenu de venir prendre un verre après le dîner, juste avant que les garçons n'aillent se coucher. Depuis son dernier accouchement, Shula était en convalescence pour plusieurs semaines à la maison.

Au lieu d'être enthousiaste, Daisy sembla encore plus troublée lorsqu'il lui annonça la présence des deux invités.

En plus de planifier le menu du dîner avec Omni pour le soir, elle s'était également levée très tôt le matin pour préparer les desserts qu'elle voulait faire, avec ses recettes terriennes.

Ce matin-là, elles avaient emmené les garçons au musée d'histoire naturelle de Neron. Zun et Olvar avaient participé à toutes les expositions interactives possibles. Ils avaient couru, grimpé, et exploré le musée de toutes parts. Après toutes ces activités, les jumeaux avaient à peine pu garder les yeux ouverts dans l'avion sur le chemin du retour.

Dès que les garçons étaient allés faire une sieste dans l'après-midi, Daisy s'était ruée dans la cuisine. Malgré ce qu'elle prétendait, la cuisine ne semblait pas la détendre aujourd'hui. Des odeurs incroyables s'échappaient de la cuisine, mélangées à des bruits de vaisselle et à des jurons lancés de temps en temps. Contrairement aux femmes vorani-ennes, elle ne se retenait pas lorsqu'elle était irritée ou contrariée.

— Putain ! Le juron vint de la cuisine alors qu'il regardait une vidéo sur sa tablette sur le canapé du salon. Le *chocolat* n'est pas vraiment du *chocolat* s'il ne fond pas. Non ?

Il n'avait aucune idée de ce que cela signifiait, mais cela le dérangeait qu'elle ait l'air contrariée. Il aimait voir ce sourire heureux sur son visage. Il lui rappelait le lever du soleil dans sa luminosité grandissante.

Sa robe avait peut-être d'abord attiré son attention sur sa photo de candidature. Mais c'était son sourire ensoleillé qui l'avait fait se sentir proche de l'étrange femme extraterrestre sur la photo avant même qu'il n'ait la chance de la rencontrer. Dès qu'il avait vu le sourire de Daisy sur cette photo, il avait su qu'il la voulait dans sa vie.

— Colonel, dit Daisy en entrant dans le salon, un tablier à pois rouges noué sur sa robe à carreaux bleus - tous deux saupoudrés de poudre blanche et maculés de rose, de brun et de crème. Nous allons avoir un dessert en moins aujourd'hui. La mousse a tourné au désastre.

Il mit sa tablette de côté. Son air découragé lui donna envie de la serrer dans ses bras, et la pointe de glaçage rose qu'il venait de repérer sur son nez lui donna envie de la lécher... Il y avait beaucoup de choses qu'il rêvait de lui faire. Ses efforts de retenue étaient vraiment atroces.

— Combien de desserts y aura-t-il ce soir ? demanda-t-il.

— J'en avais prévu cinq, mais il n'y en aura que quatre finalement. Elle se posa sur le canapé à côté de lui et un nuage de poudre blanche se souleva de ses jupes. La substance que je pensais être la plus proche du *chocolat* terrien s'est solidifiée comme une roche au lieu de fondre sous l'effet de la chaleur.

— N'y a-t-il pas d'habitude un seul dessert après le dîner ? Quatre ça fait trois de plus que ce dont nous avons besoin, dit-il d'un ton neutre. À en juger par ses joues rouges et ses lèvres tremblantes, elle était au bord de la crise de nerfs.

—Tu ne comprends pas ! Elle avait l'air dévastée. Je voulais que les garçons puissent goûter de la nourriture terrestre. Elle se décala pour lui faire face et son genou plié se posa sur sa cuisse. Ne t'inquiète pas, je fais de toutes petites portions. Les garçons peuvent en manger jusqu'à trois chacun tout en respectant la dose de sucre recommandée par le Ministère.

— S'ils ne peuvent en avoir que trois et que tu en as fait quatre, alors il y en a encore un de trop ?

Elle inspira rapidement, semblant prête à argumenter, puis expira lentement, comme si elle se dégonflait en même temps que son argument.

— Je suppose que tu as raison... Elle se frotta le menton. Ils auront toujours le choix, même sans cette stupide mousse. Elle le fixa alors, en inclinant la tête, avec une expression plus détendue. Comment fais-tu pour rester aussi calme alors que j'étais sur le point de craquer ? Toi, surtout ?

Il gloussa.

— On sait tous les deux que tu m'as calmement empêché d'exploser plus d'une fois moi aussi.

— C'est une bonne chose qu'un seul d'entre nous ait tendance à s'énerver à la fois maintenant. Il y a eu beaucoup moins de cris et de hurlements ces derniers temps, tu ne trouves pas ?

Elle souriait maintenant et il expira avec soulagement.

L'atmosphère dans leur maison s'était définitivement apaisée. Au début, ils attisaient les tensions l'un envers l'autre lors des disputes. Mais maintenant, il avait appris à mieux comprendre les humeurs de Daisy et pouvait prédire l'orage avant qu'il ne se produise. Il parvenait à calmer ses accès de colère avant qu'ils ne prennent des proportions démesurées. Il avait remarqué qu'elle avait un effet calmant similaire sur lui aussi.

Son regard se posa sur sa jambe placée sur la sienne, et elle recula rapidement, rompant leur contact. Ses joues rougirent à nouveau, leur couleur vive rivalisait maintenant avec celle de son tablier.

— Bref... Elle poussa une mèche de ses cheveux sous le foulard coloré qu'elle portait pour retenir ses tresses orange vif. Quatre c'est assez, comme tu l'as dit. Je ferais mieux d'aller me changer. Lievoa devrait arriver d'une minute à l'autre.

Il la regarda monter les escaliers, son regard s'attarda sur ses pieds qui couraient rapidement dans des sandales ouvertes. La vue de ses orteils ne le choquait plus. Rien chez Daisy ne pouvait le dégoûter. Au contraire, chaque petite chose de son corps était extrêmement attirante. Sa bite devint douloureusement dure à la simple pensée de la façon dont sa jambe avait touché la sienne.

Il gémit doucement et changea de place sur le canapé pour faire plus de place dans son pantalon à son érection croissante pendant qu'il se calmait.

Daisy n'avait pas été aussi pétillante que d'habitude ces derniers temps, elle hésitait dans ses propos et rougissait violemment. Chaque fois qu'il l'interrogeait à ce sujet, elle se montrait encore plus décontenancée, niait que quelque chose n'allait pas et s'enfuyait à la première occasion.

Avait-il fait quelque chose de mal ?

La seule autre relation qu'il avait eue avec une femme était celle avec Shula, et elle avait commencé et s'était terminée dans la chambre à coucher. La plupart des interactions en dehors d'un lit étaient nouvelles pour lui.

Avec Daisy, il avançait prudemment en apprenant au fur et à mesure. Il avait peur qu'elle s'enfuie vers la Terre s'il faisait une autre erreur. Et il savait déjà qu'elle lui manquerait terriblement si cela arrivait.

Aussi heureux qu'il fût quand elle avait accepté de rester pour l'année, une année n'était pas suffisante. Il avait besoin d'elle pour la vie. Et il lui restait un peu plus de dix mois pour trouver comment la convaincre qu'il valait la peine de passer toute une vie avec lui.

— EST-CE QUE J'AI RATÉ le passage de ton père en ville ? demanda Lievoa avec désinvolture, en mettant un morceau d'*esculi* farci dans sa bouche. Je pensais que sa visite était prévue dans deux semaines.

— Grand-père va venir ? s'exclama Olvar qui sauta immédiatement sur ses paroles.

Zun et Daisy se tournèrent également vers lui pour le fixer du regard.

— Non, il a annulé.

En fait, Grevar l'avait annulé *pour* lui. Son père avait prévu de venir lui rendre visite dans l'intention de rencontrer sa nouvelle belle-fille bien sûr. Grevar ne doutait pas que son père aimerait Daisy dès la première rencontre. Alors, si Grevar la laissait le quitter comme il lui avait promis, il aurait à faire face à une conversation très désagréable avec son père, en plus de tout ce qu'il aurait à gérer.

Une pression supplémentaire alors qu'il en subissait déjà beaucoup pour tout ce qui concernait Daisy - c'était lourd à porter pour ses épaules. Sans parler de la torture que son pénis endurait depuis qu'elle avait emménagé. Avec elle dans les parages, il était dans un état d'excitation constant, peu importe combien de fois il se faisait jouir tout seul la nuit.

— Ton père a-t-il prévu de venir ? demanda Daisy en penchant la tête avec intérêt.

— Il n'a pas pu, marmonna-t-il rapidement. Il avait d'autres plans.

— Oh, c'est dommage. Elle le regarda avec ses grands yeux, de la même couleur que les fleurs de *lilas*.

Il avait également ordonné d'en planter dans son bureau. Non pas parce qu'il avait besoin que quelque chose d'autre lui rappelle Daisy pendant la journée - il pensait constamment à elle de toute façon - mais parce que ces *lilas* autour de lui faisait en sorte qu'elle lui manquait un peu moins. Elle lui manquait au travail, beaucoup. Il avait même fait encadrer sa photo de candidature la semaine dernière, qui était désormais posée sur son bureau.

Que diable allait-il faire quand elle repartirait sur Terre ?

Elle ne pouvait pas partir. C'était la seule réponse à cette question.

— On peut aller chez grand-père, alors ? demanda Zun.

— Non, lâcha Grevar, en jetant un regard agacé à Lievoa, contrarié par le fait qu'elle ait abordé le sujet.

— Quel moment lui conviendrait le mieux pour nous rendre visite ? commença Daisy à planifier. Est-ce que le week-end prochain l'arrangerait ? Ce serait bien pour tout le monde - les enfants seront là. Et c'est Noël ce week-end-là, c'est un jour de fête familiale sur Terre. Non pas que cela ait de l'importance sur Neron, bien sûr... Sa voix faiblit et une ombre se dessina sur son joli visage.

— Un jour de fête ? répéta Zun en rebondissant sur sa chaise.

— Faisons la fête alors ! s'exclama Olvaren tapant l'épaule de son frère avec excitation.

— La célébration de *Noël* est un grand évènement sur Terre ? demanda Lievoa, avec intérêt.

— Oui, enfin, c'est surtout un dîner familial, expliqua Daisy en posant un petit pain de viande fumée non entamé, une expression chaleureuse brillait dans ses yeux. Souvent, toute la famille se réunit - oncles, tantes, cousins, grands-parents. C'est le moment idéal pour rattraper le temps perdu avec tout le monde. Les gens échangent aussi des cadeaux, mangent beaucoup de desserts et... passent généralement un bon moment.

— Oh, c'est comme le Jour de la Victoire ? s'écria Olvar avec joie. N'est-ce pas, papa ?

— En effet, répondit-il mollement. Sans le défilé militaire et l'hommage aux soldats tombés au combat.

— Eh bien, oui, mais mis à part le défilé, c'est pareil, argumenta Lievoa. Les Voraniens se réunissent dans les parcs extérieurs et font des pique-niques en famille, avec des desserts. Elle se tourna vers Daisy. Le jour de la Victoire est en plein milieu de l'été, il fait généralement beau et chaud à cette époque.

— Noël tombe en hiver, quand beaucoup de pays sont sous la neige. Comme ici, expliqua Daisy.

— J'adore la neige, déclara Zun. Surtout construire des forts. On pourra le refaire ?

Olvar éclata de rire.

— Tu n'as jamais aimé construire des forts.

— Si !

— Ton chez-toi te manque beaucoup ? demanda Grevar à Daisy, en remarquant son expression mélancolique.

— Oui, répondit-elle, ce qui lui fit chavirer le cœur. Mais il n'y a pas que ça. Les fêtes de Noël que nous organisions lorsque grand-mère était encore en vie me manquent aussi. Avec elle, toute la saison de Noël était une immense fête. Ensemble, nous commencions à tout décorer un mois à l'avance. Chaque pièce de la maison était ornée de branches de pin et de décorations. Dans le salon, nous avions construit une petite ville de Noël entière, avec des maisons en porcelaine qui avaient de vraies lumières à l'intérieur. Oh, et il y avait un chemin de fer, avec un train qui roulait sur des rails électriques. Il pouvait même siffler.

Il observa son visage s'illuminer pendant qu'elle parlait. La tête appuyée sur sa main, Lievoa regardait aussi Daisy. Les enfants s'étaient calmés, et écoutaient ces contes d'un autre monde avec une attention soutenue.

— Grand-mère m'emmenait faire les courses de Noël, chaque année, poursuivit sa femme. Il y avait un marché en plein air dans sa ville chaque week-end de décembre. Même maintenant, chaque fois que je sens l'odeur du chocolat chaud, je pense à cette époque. Nous achetions des cadeaux faits à la main pour tout le monde. Ensuite, nous décorions les arbres de Noël. Nous en avions toujours deux, un chez elle et un chez nous. Nous faisions un dîner chez nous le soir de Noël. Ensuite, ma sœur et moi passions la nuit chez Grand-mère et ouvrions tous les cadeaux le lendemain matin. Les siens étaient toujours les plus amusants. Elle aimait offrir aux gens des cadeaux personnels, mais aussi uniques et même fantaisistes. Et bien sûr, c'était toujours une grande surprise. La poitrine de Daisy se souleva dans une grande inspiration. Depuis le décès de Grand-mère, Noël n'a plus jamais été le même. Toujours agréable certes, mais ce n'était plus pareil. Elle jeta un coup d'œil autour de la table. Lievoa et lui étaient restés silencieux. Même les garçons semblaient calmes.

— Bref... Daisy toussota et haussa les épaules comme pour se débarrasser de la tristesse persistante de la nostalgie d'un temps révolu. C'est le moment du dessert ! Elle saisit leurs plateaux vides et se précipita vers la cuisine.

Lievoa la suivit du regard.

— Humaine ou quoi que ce soit d'autre, Daisy est géniale, conclut-elle.

— Je l'aime bien aussi, dit fermement Zun. Daisy est une vraie amie.

— Eh bien, elle est plus qu'une amie, non ? Lievoa se tourna vers le garçon. C'est votre...

— Lievoa, l'interrompit Grevar avec une légère menace dans sa voix.

— J'aime bien Daisy, déclara Olvar. Et elle va rester avec nous une année entière !

— Une année ? répéta Lievoa et elle le fixa du regard. De quoi parlent tes fils, cousin ? Tu peux m'expliquer ?

Il se sentit mal à l'aise. Il aurait dû prévoir la possibilité que son arrangement avec Daisy ne reste pas éternellement secret. Il aurait peut-être dû au moins envisager de mettre sa famille et ses amis les plus proches au courant. Au fond de lui, cependant, il pensait qu'il pouvait arranger ça d'une manière ou d'une autre. Que tôt ou tard, Daisy resterait avec lui - pour la vie et pas seulement pour une année.

— Qu'est-ce que tu as fait ? Lievoa fronça les sourcils et croisa ses bras sur sa poitrine.

— J'y travaille, marmonna-t-il.

— J'espère que vous allez aimer ! Un plateau de desserts dans chaque main, Daisy se précipita vers eux, ce qui lui évita une longue explication. Bien que, connaissant sa cousine, l'explication avait juste été reportée à plus tard, pas annulée.

— Dites-moi ce que vous pensez de chaque dessert, ajouta Daisy en se déplaçant autour de la table et en mettant devant chacun ces étranges petits morceaux présentés dans des assiettes individuelles. Vous n'en aurez que trois, prévient-elle aux garçons. Mais vous pouvez choisir ceux que vous voulez.

Lievoa se pencha vers lui par-dessus la table et lui siffla au visage :

— Je l'aime plus que beaucoup de femmes voraniennes que je connais. Je me fiche de ce que tu as fait, Grevar. Répare-le !

Il prit une grande gorgée de son verre et manqua de s'étouffer avec son vin.

— Un dessert ? proposa Daisy en s'approchant de lui avec son plateau. Lequel veux-tu ?

Elle était si proche. Son parfum doux et fleuri se mélangeait à l'arôme de son vin, plus enivrant que n'importe quel alcool. La chaleur irradiait de l'endroit où son bras nu touchait son épaule. Elle se pencha et tendit le plateau pour qu'il fasse son choix. Tout ce qu'il avait à faire était de glisser son regard un peu sur le côté pour entrevoir la vue alléchante de ses seins dans son décolleté... Sa bite frémit douloureusement et son cœur se serra de désir. Y aurait-il un jour une fin à cette torture ? Comment survivrait-il si elle partait ?

— Colonel ? souffla-t-elle, la voix un peu rauque.

— Celui-là. Et il montra du doigt quelque chose de marron.

Il mit tout dans sa bouche au moment où elle déposa le dessert dans son assiette. Il s'avéra être délicieux - doux, avec juste une pointe d'amertume - même s'il n'aimait pas trop les aliments sucrés.

— Celle-là est ma préférée, je crois. Lievoa désigna la pâtisserie ronde décorée d'une fleur rose crème. Bien que, c'est vraiment difficile à dire. Tout est si bon.

— J'aime bien celle-là aussi. Et Olvar enfonça dans sa bouche le dernier des trois morceaux de son assiette.

— Moi aussi. Zun mangea les trois simultanément, en prenant une bouchée de chacun à la fois. Mais c'est celle-là que j'aime le plus. Il mordit dans la chose ronde et brune, la même que Grevar venait de prendre.

— C'est un cupcake au chocolat, expliqua joyeusement Daisy. Contrairement à la mousse, je l'ai fait avec l'équivalent du chocolat en poudre. C'est pour ça qu'il est plutôt bon. Miss Goodfellow, mon ancienne patronne à la boulangerie, avait l'habitude de dire que mes cupcakes étaient les meilleurs. Ses clients en demandaient toujours.

Lievoa tapa dans ses mains.

— Daisy, tu pourrais aussi trouver un emploi dans une boulangerie ici. Et elle lui lança un regard noir.

Pensait-elle que Daisy voulait partir parce qu'il ne la laissait pas sortir de la maison toute seule ? Évidemment, Lievoa allait l'accuser d'un million de choses maintenant. Mais est-ce que le fait que Daisy trouve un travail à Voran l'aiderait à la garder ?

— Les gens achètent-ils au moins des pâtisseries ici ? demanda Daisy. Tout le monde a une IA, n'est-ce pas ?

— Ils en achètent, répondit Lievoa. Une IA est peut-être très douée pour reproduire des recettes, mais rien ne vaut le goût d'un plat préparé par une vraie personne. Les boulangeries ne divulguent pas non plus leurs recettes au public. Donc certaines choses ne peuvent être achetées que chez eux et nulle part ailleurs. Ton cours d'éducation parentale est fini maintenant, non ? Et Lievoa lui jeta un autre regard plein de reproches.

Sa cousine semblait vraiment être après lui maintenant, mais elle se trompait. Il n'était pas contre le fait que Daisy ait un travail en dehors de la maison, tant que l'endroit était sûr. Si trouver un emploi permettait à Daisy de rester à Voran, il ferait tout pour que cela se réalise.

— Tu pourrais travailler à la boulangerie quelques matins par semaine, proposa Lievoa, poursuivant ainsi sa campagne « *Libérez Daisy*
», et être avec les enfants le week-end, ajouta-t-elle. Il y a une très bonne
boulangerie au Eastern Mall. Le propriétaire, Scurad, est un gars très
gentil. Je peux lui parler si tu veux. Je suis sûre qu'il aimerait ajouter un
peu de *saveurs terrienne*s à ses pâtisseries. Puis elle gloussa, en remuant
les sourcils.

— Non, Grevar secoua la tête avant que Daisy n'eut le temps de
répondre. L'idée qu'elle passe du temps en compagnie d'un autre mâle,
même à un titre strictement professionnel, faisait se dresser la fourrure
de son dos. Eastern Mall est de l'autre côté de la ville, expliqua-t-il
lorsque les deux femmes le fixèrent. C'est trop loin. Lievoa le regarda
d'un air soupçonneux.

— Ou tu peux toujours ouvrir ta propre boulangerie, dit-elle à
Daisy, sans le quitter du regard. Cela te donnera un peu de liberté et
d'indépendance pour profiter pleinement de la vie à Voran.

Chapitre 15

Daisy

Quand tout le monde eut fini son dessert, le Colonel, Lievoa, les enfants et moi allâmes nous installer dans le grand salon principal.

Le coucher du soleil avait dessiné une brume ardente rouge et orange dans le ciel. Omni avait réglé l'éclairage de la pièce à un niveau faible, ce qui créait une atmosphère douce et confortable.

Je jetai un coup d'œil vers l'écran d'Omni, tout près.

— C'est bientôt l'heure d'aller au lit, les garçons.

— Mais nous attendons d'autres invités ! objectèrent les deux enfants à l'unisson.

— Le Gouverneur de Voran, Ashir Kaeya Drustan, et Madame le Gouverneur, annonça Omni à ce moment-là, avec un air formel dans la voix.

Mon estomac se noua à l'annonce du nom de Shula, comme lorsque le Colonel m'avait informé qu'elle et son mari viendraient après le dîner ce soir.

Shula m'avait clairement fait comprendre qu'elle me détestait. Elle m'avait aussi donné de bonnes raisons de la détester en retour. Mais le Colonel les considérait, elle et son mari, comme des amis très chers, et je n'avais pas d'autre choix que d'être polie et de tolérer sa présence. Avec un peu de chance, puisque tout le monde était à portée de voix cette fois-ci, elle n'essaierait pas de m'insulter à nouveau.

Les portes de la plateforme de stationnement s'ouvrirent, et le couple présidentiel de Voran entra.

Le Gouverneur était vêtu d'un costume vert qui mettait en valeur ses yeux jaune citron. Sa femme portait une robe longue dorée étincelante, tout aussi luxueuse que celle de couleur pourpre qu'elle portait au bal. N'étant plus enceinte depuis l'accouchement des triplés du sénateur, elle était plus mince et semblait même plus grande.

— Oncle Ashir ! Tante Shula ! Les jumeaux bondirent sur eux.

Apparemment, ils étaient plus que de simples amis du Colonel. Les enfants considéraient manifestement le Gouverneur et sa femme comme des membres de leur famille.

— Ahh, vous voilà, petits coquins ! Le Gouverneur attrapa chacun des garçons, un par un, et les lança en l'air en guise de salut.

— Bonjour, bonjour, mes chéris, roucoula Shula en ébouriffant la fourrure de leurs têtes. Elle se pencha et déposa un baiser sur le front de chacun d'entre eux. Ça vous plaît d'être à la maison plus souvent maintenant ?

— C'est chouette ! Olvar se dégagea de ses bras pour sauter avec son frère, leurs petits sabots battant à un rythme staccato contre le sol carrelé.

— Papa et Daisy nous ont emmenés au musée aujourd'hui, annonça Zun. Et le week-end prochain, nous irons au zoo.

Shula glissa son regard vers moi. L'espace d'un instant, mon cœur se figea. Comment les enfants devaient-ils s'adresser à moi si j'étais effectivement leur belle-mère et la femme de leur père ? Je me maudis de ne pas l'avoir vérifié plus tôt. Constaterait-elle le mensonge que le Colonel et moi avions créé autour de sa vie de famille ? Je me sentais comme un imposteur.

Bien que vivant actuellement dans le mensonge, je n'avais généralement pas l'habitude de mentir. Tôt ou tard, les mensonges avaient tendance à vous rattraper, et je n'étais pas assez bonne comédienne pour maintenir longtemps une histoire inventée, même pour les meilleures raisons du monde. À présent, toute cette mascarade commençait vraiment à m'épuiser.

Le Colonel embrassa brièvement chacun de ses nouveaux invités, puis leur offrit un verre.

— Alors, Madame le Colonel, me dit le Gouverneur tandis que les drones apportaient les boissons et que nous prenions place. Comment trouvez-vous la vie à Voran maintenant ? Nous n'avons pas parlé depuis un moment. Cherchez-vous toujours des similitudes dans nos deux cultures ?

— Les similitudes sont assurément très utiles, mais apprendre à connaître les différences l'est tout autant. Plus j'en apprends, plus c'est facile, répondis-je en souriant.

— Je pense que vos bonnes dispositions et votre tolérance sont la clé. Il fit tournoyer sa boisson dans son verre et croisa son sabot droit sur sa jambe gauche. Nous savons tous que Kyradus n'est pas facile à vivre.

— Oh, non, il est... dis-je en commençant à défendre le Colonel qui était assis à côté de moi sur le canapé. Je me tournai vers lui et je vis qu'il souriait, pas du tout offensé par les paroles du Gouverneur. Amis de longue date, ils se connaissaient visiblement bien. Je n'avais pas besoin de le défendre, mais je poursuivis quand même : Il n'est pas du tout difficile de s'entendre avec lui, une fois qu'on a appris à le connaître. Tout le monde sait qu'il est courageux, loyal et fort, et il est également gentil, protecteur et attentionné.

Je baissai les yeux et le Colonel prit ma main dans la sienne. Je serrai ses doigts, reconnaissante envers lui pour ce soutien que m'apportait toujours ce geste.

Zun s'installa sur le canapé à côté de moi. Je remarquai Olvar s'adosser sur les jambes de Lievoa tout en s'asseyant au sol, les paupières baissées. Nous avions tous eu une longue journée bien remplie. Malgré leur sieste d'aujourd'hui, les enfants commençaient à être fatigués.

Je jetai un coup d'œil au Colonel puis m'adressai aux convives.

— Si ça ne vous dérange pas, je vais emmener les enfants en haut. C'est l'heure de les coucher.

Je sentis le regard de Shula sur moi pendant que les enfants se levaient. Son attention pesait sur mes épaules comme un lourd fardeau.

Me réfugier dans la chambre des garçons me permit de reprendre un peu mon souffle. La routine de leur coucher n'était pas nouvelle, je l'avais étudiée en détail dans mon cours. Une fois Zun et Olvar calmés, après l'excitation de la journée, ils ne cherchèrent pas à se disputer, ce qui me laissa le temps de suivre toutes les étapes de leur programme.

Après les avoir bordés dans leur lit et les avoir embrassés pour leur souhaiter bonne nuit - ce qui était en fait une des étapes de leur routine, mais je les aurais embrassés même si ça n'avait pas été le cas - je pris une longue inspiration et je quittai leur chambre pour retourner en bas.

— Oh, allez, Shula ! La voix agitée de Lievoa me parvient d'en bas alors que je descendais. Même moi, je sais que tu ne te soucies pas du programme, ajouta-t-elle.

— Je l'ai soutenu, le ton de Shula était tendu.

— Pour la galerie ! s'emporta Lievoa. Parce que tu savais que c'était populaire auprès de la majorité des gens et que cela donnait une bonne image de ton mari. Mais tu n'as rien fait pour que les Terriennes se sentent les bienvenues ici. Daisy n'a reçu pratiquement aucune information sur la vie à Voran. C'est comme si vous l'aviez condamnée à l'échec. Et Grevar ne laisse même pas sa femme sortir de chez lui de peur qu'elle soit harcelée en public.

— Je n'ai pas... commença le Colonel.

Mais Lievoa était lancée, elle pivota alors vers lui avant qu'il n'ait le temps de terminer :

— Sais-tu ce que Shula pense vraiment des femmes humaines qui doivent venir ici pour épouser nos hommes ? Tu sais comment elle appelait Daisy ?

— Lievoa ! s'écria Shula en guise d'avertissement.

Je me précipitai dans les escaliers, pour empêcher ce qui allait arriver.

— Une poupée sexuelle ! s'exclama Lievoa en me désignant du doigt dès que je mis le pied dans la pièce.

Je me figeai sur place. Shula inspira violemment. Son mari cligna des yeux, déplaça son regard de moi vers elle, puis revint vers elle. Le Colonel se leva de son siège - avec une lenteur menaçante.

—Tu t'oublies, Lievoa, grogna-t-il.

— Ce n'est pas moi ! Son intrépide cousine se leva de sa chaise, elle aussi, pour se retrouver face à face avec lui. Plutôt *face à son torse*, puisqu'elle était beaucoup plus petite que lui. C'est vrai, pour Shula, le sexe est la seule chose à laquelle une femme humaine est bonne pour son mari voranien, ajouta-t-elle.

— Oh, mon Dieu. Je me couvris les yeux des mains.

Même si je voulais demander des comptes à Shula pour ses propos, je ne voulais pas impliquer le Colonel dans cette affaire. C'était entre Shula et moi, et je pensais que j'avais déjà bien géré la situation au bal. Lievoa avait également eut l'air satisfaite de ma réponse à l'époque. Je soupçonnais les deux verres de vin qu'elle avait bus ce soir-là de l'avoir rendue particulièrement vindicative et bagarreuse.

Ou peut-être que quelque chose d'autre l'avait mise en colère ?

— Est-ce que c'est vrai ? tonna la voix du Colonel, me poussant à ouvrir rapidement les yeux.

Il surplombait Shula maintenant. L'expression terrifiante, que je n'avais pas vue depuis si longtemps, déformait ses beaux traits.

— Grevar... couina Shula.

— Kyradus ! Le Gouverneur bondit finalement sur ses sabots, lui aussi. C'est à ma femme que tu parles !

— Elle a insulté *ma* femme, dit le Colonel en serrant les dents. Et j'exige des excuses immédiates.

L'atmosphère dans la pièce se chargea d'une tension que je ne pouvais pas supporter.

— Colonel... dis-je en faisant un pas vers lui.

Soudain, Shula leva la main pour réclamer le silence.

— Je m'excuse, dit-elle haut et fort, en se levant lentement de sa chaise. J'ai émis des conclusions hâtives par souci pour mon ami proche, et je le regrette profondément.

Je n'avais jamais vu d'excuses présentées d'une manière aussi digne. Shula n'était pas née sous le nom de Madame le Gouverneur, mais elle avait bien su s'adapter à sa position. Elle la portait avec aisance et style. Cependant, aussi bien qu'elles avaient été faites, ses excuses soulevèrent plus de questions, j'imagine, qu'elles n'apportèrent de réponses. Le Colonel fronça encore plus les sourcils.

— De quoi parles-tu exactement ? demanda-t-il.

— Je regrette et je retire ce que j'ai dit à ta femme ce jour-là. En l'insultant, je t'ai insulté. Accepte mes excuses.

— C'est auprès de Daisy que tu devrais t'excuser, remarqua Lievoa d'un ton sévère.

— Daisy, dit Shula en pivotant dans ma direction. Puis-je avoir une minute de ton temps, s'il te plaît ? En privé ?

Oh, bon sang. La dernière chose que je voulais était une discussion en tête-à-tête avec Shula. Aurait-elle d'autres insultes à me lancer à la figure quand il n'y aurait personne d'autre que moi ? Le Colonel s'approcha de moi et prit ma main dans la sienne.

— Dis-le ici, devant moi. Et il baissa ses cornes dans sa direction.

Elle jeta un coup d'œil à nos mains jointes puis me fixa à nouveau.

— Je t'en prie ! ajouta-t-elle avec insistance.

Il semblait y avoir de la sincérité dans sa voix. Quel mal y avait-il à l'écouter finalement ? Je pouvais tout simplement partir si ses propos ne me plaisaient pas. Ici, dans la maison du Colonel, je me sentais bien plus à l'aise qu'au palais du Gouverneur.

— Ok. Nous pouvons aller parler dans le salon de la cuisine. Je tapotai le dos de la main du Colonel de manière apaisante. Je reviens tout de suite, promis-je.

— EST-CE QUE TU VEUX t'asseoir ? Je fis un geste maladroit vers l'un des nombreux fauteuils confortables du petit coin salon.

Shula secoua la tête en guise de réponse, la lumière de la pièce scintillant le long des tourbillons dorés peints sur ses cornes. Elle prit une gorgée de vin dans le grand verre qu'elle tenait à la main et resta debout.

Au milieu des longues jardinières avec de hauts treillis de vignes et de fleurs, ce n'était même pas une pièce séparée, juste un espace entre la cuisine du Colonel et le patio fermé du petit déjeuner.

Les jardinières ici présentaient des cascades complexes et élaborées de plantes. Le son apaisant de l'eau qui ruisselait étouffait nos voix. La distance qui séparait cet espace de la salle principale et des autres garantissait également que notre conversation reste privée, comme Shula l'avait demandé. J'espérais seulement que je ne regretterais pas de lui avoir accordé cette requête.

— J'accepte tes excuses, dis-je timidement. Si c'est de cela que tu voulais parler.

Elle baissa son verre de vin et me fixa du regard.

— Crois-le ou non, je le pense vraiment. Je suis désolée de t'avoir parlé comme je l'ai fait la dernière fois.

— Ok.

— C'est vrai. J'avais des réserves sur le programme de Liaison. J'ai même exhorté Ashir de ne pas le mettre en œuvre, malgré l'accueil globalement favorable qui lui a été réservé par le public.

— Quand est-ce que ton « opposition » au programme a commencé ? Je croisai mes bras sur ma poitrine. Laisse-moi deviner. Quand mon mari a été sélectionné comme premier mâle à se voir attribuer une femme humaine ?

Elle me lança un regard perçant. Je pris une longue inspiration et m'installai sur l'une des chaises, sans me soucier de savoir si j'enfreignais le protocole en m'asseyant en sa présence alors qu'elle était debout.

— Tu l'as repoussé il y a des années, poursuivis-je. Tu as épousé un autre homme, mais tu voulais que le Colonel reste célibataire. Pourquoi ? Pour qu'il soit là pour toi si jamais tu changeais d'avis ?

— Je n'ai pas... Elle leva la main en secouant la tête. Je n'ai jamais pensé *changer d'avis*, Daisy. Je ne regrette pas ma décision d'avoir épousé Ashir.

— Pourquoi, alors ? Pourquoi détestes-tu l'idée que le Colonel et moi soyons ensemble ?

— Je ne *déteste* pas ça. Elle écarta une volumineuse boucle de sa fourrure qui était tombée sur son front.

En soufflant, elle s'installa brusquement sur la chaise à côté de la mienne, d'une manière moins digne cette fois.

— Pour être tout à fait honnête, j'ai peut-être eu des raisons personnelles et égoïstes de m'y opposer. Grevar et moi avons eu une histoire. Nous étions amants... Elle jeta un coup d'œil dans ma direction. Il te l'a dit, n'est-ce pas ?

Je hochai la tête d'un air grave.

— Ça s'est terminé lorsque j'ai accepté la proposition d'Ashir au lieu de celle de Grevar. Cependant, même après mon mariage, en tant qu'amie de Grevar, je suis restée la femme la plus importante de sa vie. L'idée d'être remplacée par quelqu'un d'autre dans ce rôle était difficile à accepter au début.

— Eh bien, c'est juste... J'inspirai profondément après avoir momentanément perdu mes mots.

— Je sais. J'ai dit que c'était égoïste. Elle balaya de la main devant elle. Tu vois, en tant qu'amie, je me soucie de lui peut-être même plus que lorsque nous étions en couple. Et quand je t'ai vue la première fois... je ne pensais pas que tu t'intéressais autant à lui.

Je voulus protester, mais elle m'arrêta d'un autre geste de la main.

— Tu es arrivée au bal, habillée à la dernière mode que Grevar t'avait payée, ornée des précieux bijoux de sa famille, et tu ne semblais ni comprendre ni apprécier ce que tu avais. Du moins, je n'en ai rien vu. Ce que j'ai perçu, c'est un petit chercheur d'or humain, déversant ses mensonges...

— Ok, tu sais quoi, ça suffit ! Je me levai d'un bond de ma chaise. Tu peux avoir ton opinion et tout ce que tu veux, mais je n'ai pas envie d'entendre d'autres insultes. Et je n'ai pas à le supporter. Ici, tu es dans *ma* maison...

— Exactement, dit-elle en souriant de manière inattendue et en posant sa main sur mon bras dans un geste apaisant. C'est ta maison, ta famille, et ton mari. Je n'ai aucun doute là-dessus maintenant. Tu prends soin de ses enfants, et je crois que vous êtes vraiment amoureux. Il le mérite.

Je clignai des yeux et m'assis sur ma chaise.

— Et tu as constaté tout ça en quelques minutes depuis ton arrivée ?

Elle leva un sourcil bien soigné.

— Je n'ai pas besoin de plus de temps, je connais suffisamment Grevar pour voir la différence en quelques secondes. Il ne donne pas son affection facilement. Avec lui, il faut la mériter, et c'est ce qui est arrivé. Et toi... je vois que tu essayes vraiment de le rendre heureux, ce qui est louable. Ça me fait me sentir mieux à propos de tout ça.

— Eh bien, merci. Je roulai maladroitement une épaule en arrière, ne sachant pas si je devais me réjouir ou m'irriter de ces éloges que je n'avais pas demandés.

Shula continua entre-temps :

— Je sais que tu ne me considères pas comme une amie...

— Ce titre se mérite aussi, dis-je d'un ton cassant.

— Bien. Elle baissa la tête en signe de respect. Et le gagner prendra du temps. En attendant, je te demande de ne pas m'exclure de votre vie de famille.

Je scrutai son visage à la recherche d'une quelconque hypocrisie, mais son expression semblait sincère.

— Daisy, je sais que tu as le pouvoir et probablement l'envie de me fermer ta maison, après la façon dont je t'ai traitée. Je te demande de ne pas le faire.

— Pourquoi ?

— Eh bien, je n'ai aucun sentiment maternel envers les enfants auxquels j'ai donné naissance. Les bébés sont immédiatement enlevés à leur mère biologique pour s'attacher à leur père. Mais je me sens liée aux garçons de Grevar. Ils sont les enfants d'un de mes amis les plus proches et sont comme des neveux pour moi. J'ai de l'affection pour eux et j'aime les voir grandir. J'aimerais continuer à faire partie de leur vie.

Je serrai mes mains sur mes genoux, en repensant à la façon dont les garçons avaient accueilli Shula à son arrivée ce soir. Ils avaient certainement une sorte de relation avec elle, et je ne voulais pas les en priver.

— Ok, très bien, gardons les choses comme elles sont alors, déclarai-je. Tu as dit quelque chose que tu n'aurais pas dû, tu t'es excusée et je t'ai pardonnée. C'est bon maintenant. Tant que tu me traites, moi et ma famille, avec respect, tu peux rester l'amie de la famille. Marché conclu ?

Je lui offris ma main.

— Un marché ? répéta-t-elle en me regardant confusément.

— Ouais, bon, serrons-nous juste la main. Je pris sa main dans la mienne et la serrai brièvement. Cela signifie que notre accord verbal est maintenant scellé.

— Intéressant. Elle serra ma main en retour. Marché conclu, alors.

— Et pendant qu'on y est, ajoutai-je en relâchant sa main, nous pourrions mettre en place une sorte de programme d'accueil pour les femmes humaines qui viennent sur Voran, c'est une bonne idée. Déménager sur une autre planète peut être très éprouvant au début.

Elle hocha lentement la tête, avec une expression pensive dessinée sur son visage.

— Je crois que le Comité de Liaison avait quelques propositions à ce sujet. C'est peut-être le bon moment de les examiner. Elle croisa mon regard droit dans les yeux. Je ne promets pas d'être parfaite, Daisy, mais je ferai de mon mieux pour y arriver.

Chapitre 16

Grevar

Lorsque les invités partirent enfin ce soir-là, Daisy voulut s'asseoir un peu sur le grand patio fermé à côté de la salle à manger.

Il réalisa que la fête avait été tout sauf relaxante pour elle. Après qu'elle et Shula étaient revenues de leur entretien privé, l'atmosphère s'était heureusement améliorée. La conversation était devenue beaucoup plus fluide. Il avait même entendu Daisy rire plusieurs fois.

Il savait qu'elle devait être fatiguée, surtout après s'être réveillée si tôt ce matin.

— Tu es sûre que tu ne veux pas aller te coucher tout de suite ? demanda-t-il, la surprenant en train d'essayer d'étouffer un bâillement.

— Bientôt. Elle hocha la tête et prit place dans un fauteuil confectionné à partir de vigne *rollu*, séchée et tissée en chaise longue. Je veux juste regarder les étoiles pendant quelques minutes. Elle leva les yeux vers lui alors qu'il rôdait tout près. Viens, s'il te plaît. Elle tapota le coussin du fauteuil à côté du sien.

— Connais-tu les noms des constellations là-haut ? Et elle montra le ciel nocturne lorsqu'il s'assit.

— Les principales, répondit-il en hochant la tête. Nous les utilisons pour la navigation lorsque nous n'avons pas le choix. Cela fait partie de la formation. Le *Staidus Sauteur* est la plus grande. Tu vois ces trois étoiles brillantes là-bas ? Il les désigna, et elle approcha sa tête, pour regarder dans cette direction le ciel sombre de l'hiver derrière la vitre.

Ses cheveux lui chatouillaient l'oreille. La douce odeur fleurie de son parfum caressait ses narines, un soupçon de la chaude odeur de sa peau lui fit de l'effet directement à l'aine. Il déplaça ses jambes et étouffa un gémissement.

— Oui ! s'exclama-t-elle, excitée. Je les vois.

— Maintenant, si tu suis cette ligne de petites étoiles vers la gauche, il y a une autre ligne plus courte en dessous qui fait que les deux ressemblent aux pattes avant, levées en l'air, d'un grand animal.

— Waouh, un animal, vraiment ? gloussa-t-elle doucement. Tout ce que je vois, ce sont deux rangées d'étoiles.

— Moi aussi, avoua-t-il en riant. Celui qui a inventé ces noms devait avoir une imagination débordante.

— Et probablement bu quelques verres par-dessus le marché ! rit-elle aussi, en s'éloignant de lui, tristement.

Il avait réussi à dompter son érection, mais maintenant c'était son cœur qui souffrait. S'il ne pouvait pas supporter qu'elle s'éloigne de quelques centimètres, comment pouvait-il survivre à la distance entre deux planètes qui menaçaient de les séparer l'année prochaine ?

— Comment utilisez-vous les constellations pour la navigation ? demanda Daisy.

Il se débarrassa de ces pensées maussades pour l'instant.

— Ces trois étoiles sont orientées d'est en ouest, expliqua-t-il. La plus brillante de ces trois étoiles pointe toujours vers l'est. Quand le ciel est dégagé comme ce soir, il est facile de s'orienter. Sur Neron, en tout cas. Les constellations des autres planètes sont complètement différentes, bien sûr.

— Es-tu allé sur d'autres planètes ?

— J'en ai vu deux. Aldrai et Tragul.

— Les deux durant la guerre ?

— À Aldrai dans le cadre d'une délégation pacifique. À Tragul lors de missions de combat et pour des rencontres avec des officiels de Ravie. Le pays de Ravie, sur Tragul, est notre allié dans la guerre contre les *fescods*.

— La guerre n'est-elle pas terminée ?

— L'invasion de Neron par les *fescods* est terminée, mais ils refusent de coexister pacifiquement avec les autres nations sur Tragul. Ils ont envahi Ravie et ont combattu leur résistance pendant vingt ans. Compte tenu de la nature agressive des *fescods*, ils causeront encore longtemps des problèmes.

— Même leur défaite contre les Voraniens ne les a pas calmés ?

— Rien ne le fera vraiment, j'en ai peur. Il est impossible pour nous de communiquer avec les *fescods*. Ils n'ont pas de langage parlé mais communiquent entre eux par des ondes cérébrales. Ils sont dirigés par une entité appelée le Cerveau Central qui pense à leur place. Elle utilise les *fescods* comme des soldats, une armée bien coordonnée et sans pitié. Il est aussi extrêmement difficile de tuer un *fescod*. Leur peau renvoie tous les faisceaux électriques, même les lasers. Leur corps repousse les balles. Jusqu'à présent, les armes les plus efficaces contre eux sont les lames.

— Ça a l'air terrifiant ! Et un frisson parcourut le corps de Daisy. Les créatures que tu as mises en pièces dans cette vidéo étaient des *fescods* donc ? demanda-t-elle et sa lèvre se retroussa en signe de dégoût. Il ne lui en voulait pas, les *fescods* étaient plutôt laids. Leur comportement les rendait encore plus repoussants.

— Oui. La vidéo a été enregistrée sur Tragul.

— Tu t'es écrasé là-bas ? Ton avion avait l'air d'avoir eu un accident.

— Il a été abattu. J'ai réussi à le faire atterrir juste assez bien pour survivre.

— Oh, non... elle pressa ses mains sur sa poitrine, ses yeux gris-bleu s'arrondirent sous le choc. Je ne savais pas du tout.

— Il s'est avéré que l'unité de *fescods* qui m'avait attaqué protégeait la principale installation de transport *yirzi*. Les *Yirzis* sont une race nomade de Tragul. Ils n'ont pas de pays à défendre et se rangent du côté de celui qui les paie le plus. Ils avaient fourni aux *fescods* des moyens de transport pour l'invasion de Neron. Ma découverte a permis de couper les ressources des *fescods* sur Neron. Ce qui a finalement conduit à leur défaite sur notre planète.

— C'est aussi grâce à cela que tu as décroché ta promotion ?

— C'est exact, répondit-il. En plus de plusieurs années de service irréprochable, cette opération lui avait donné une longueur d'avance pour accéder au poste de Colonel de l'armée voranienne.

Elle resta tranquillement assise quelques instants en taquinant sa lèvre inférieure dodue avec ses dents. Il resta silencieux, lui aussi, se contentant d'admirer son profil, mis en valeur par la lumière de la lune.

— Tu es vraiment fier de cette vidéo, dit-elle, avec une profonde compréhension qui illuminait son beau visage lorsqu'elle le tourna vers lui.

— C'était le point culminant de ma carrière militaire, convint-il. Ou du moins son volet sur le champ de bataille.

— C'est pour ça que tu me l'as envoyée. Tu voulais partager avec moi quelque chose d'important.

— Eh bien, on m'a dit aussi que j'étais bien dessus. Je suppose que je voulais faire bonne impression sur toi, admit-il avec un sourire.

— Oh, dit-elle en se frottant le front. Bien sûr. Tu avais l'air... hum, féroce dans cette vidéo.

— Je voulais que tu m'apprécies, ajouta-t-il. Et il le voulait toujours. Plus que jamais.

— Mais je vous apprécie, Colonel.

Normalement, il ressentait une pointe de fierté quand on s'adressait à lui par son grade. Mais pas quand Daisy le faisait. En entendant son grade prononcé par ses lèvres, il ressentait plus fortement la distance qu'elle avait maintenue entre eux.

Elle plongea son regard dans ses genoux, ses joues prirent leur teinte rose familière. Cela se produisait lorsqu'elle était en colère, avait-il retenu, ou alors mal à l'aise. Pourquoi Daisy se sentait-elle toujours mal à l'aise avec lui ?

— Je suis vraiment heureuse que nous ayons réussi à devenir amis après tout, déclara-t-elle.

Amis...

Ce n'était pas ce qu'il espérait.

— Nous sommes amis, Colonel, n'est-ce pas ? Elle le regarda avec une nouvelle intensité dans ses yeux clairs.

— Oui, gémit-il presque. Nous sommes amis.

C'était un chemin dangereux à emprunter. Il ne voulait certainement pas d'elle comme simple amie. Mais si elle ne se sentait à l'aise qu'en tant qu'amie avec lui ?

— Je ferais mieux d'y aller maintenant. Elle se leva rapidement. Bonne nuit.

Et maintenant elle le fuyait. Encore une fois. Il se leva lui aussi, et écouta le bruit de ses pieds légers qui montaient les escaliers. Tout en lui le poussait à la suivre et l'attraper, presser son corps contre le sien, la réclamer. Mais il avait déjà essayé de le faire la nuit de son arrivée ici, et elle l'avait presque quitté immédiatement.

Il ne pouvait pas prendre ce risque à nouveau. Pas maintenant, ou l'idée de perdre Daisy serait comme lui arracher le cœur. Il devait y avoir un meilleur moyen.

— Omni, dit-il pour appeler son IA qui était toujours dans les parages. Apporte-moi ma tablette, veux-tu ?

Il avait gagné l'admiration de son pays tout entier. Cependant, gagner l'amour et l'affection de cette seule femme s'avérait être l'opération la plus difficile de sa vie.

Peut-être qu'il avait tout faux. Et s'il essayait de considérer cela comme une bataille militaire, avec un plan et une stratégie bien élaborés ? Afin de conquérir Daisy en tant que femme, il devait apprendre exactement ce avec quoi il travaillait et ce contre quoi il se battait. Il devait en apprendre plus sur ses origines.

Lorsqu'un des drones d'Omni lui remit sa tablette, il chercha des informations sur les humains et leur planète Terre. Il ouvrit quelques images et articles sur Noël, la fête dont Daisy avait parlé avec tant de plaisir et de nostalgie ce soir.

Peut-être pourrait-il faire en sorte que la fête soit célébrée pour elle à Voran ? Même si cela ne lui faisait pas gagner son cœur, voir ses yeux pétiller de joie une fois de plus serait une belle récompense en soi.

Il parcourut les photos et les illustrations des célébrations de Noël des différentes nations de la Terre. Il y avait tellement de traditions. La décoration des arbres semblait être un thème commun cependant. Tout comme les réunions de famille et les cadeaux.

La plupart des nations prétendaient recevoir la visite d'un vieux monsieur enchanteur. Connu sous plusieurs noms différents, il était considéré comme gentil et apportait des cadeaux aux enfants obéissants.

Dans certaines cultures, on disait que les enfants désobéissants recevaient la visite du Krampus. À part son visage allongé, cette créature ressemblait étrangement à... un mâle voranien.

Cornes. Sabots. Une épaisse fourrure. Dans certaines illustrations, Krampus avait même une longue langue voranienne rouge foncé qui sortait. Et ses yeux rouges étaient... tout comme les siens.

Selon les histoires, Krampus n'était pas un personnage sympathique. Il volait et torturait les enfants. Et on le disait laid et terrifiant.

La respiration de Grevar devint rapide et superficielle, tandis qu'un sentiment effrayant se propageait sous la fourrure de son dos. Daisy avait grandi avec une réplique exacte de son image utilisée pour effrayer les enfants. Pour elle, il était la réincarnation de ce monstre. En fait, il se souvint même qu'elle l'avait appelé Krampus une fois.

Les frissons se répandirent dans sa cage thoracique. Le fait que Daisy se soit dérobée à son contact avait soudain beaucoup plus de sens.

Il chargea rapidement des photos d'hommes en vue, puis les filtra par âge et par profession. Comme pour Neron, il supposa que les acteurs et les mannequins populaires étaient l'incarnation de la beauté masculine sur Terre.

En faisant défiler les photos de mâles humains, il se rendit compte de l'énorme différence entre lui et eux. Ils n'avaient pas de cornes, pas de queue ni de sabots non plus. Pas de fourrure. De manière générale, toute forme de pilosité semblait inacceptable sur Terre, car même les poitrines des hommes étaient complètement glabres et lisses sur de nombreuses photos.

Tous, bien sûr, avaient des orteils et ça ne les aurait pas dérangés que Daisy en ait aussi. Non pas que les orteils humains le dérangeaient, contrairement à ce qu'elle disait.

Daisy le savait. Elle se sentait suffisamment à l'aise avec lui pour marcher en sandales à lanières ou même pieds nus dans la maison. Il avait de nombreuses occasions de croiser ses orteils, et il ne les considérait plus comme effrayants, même de loin. Il trouvait ses orteils mignons, et il aimait la façon dont elle les peignait dans différentes teintes de rose ou de rouge pour les assortir aux ongles de ses doigts.

Sa plus grande inquiétude maintenant était de savoir comment elle le voyait, *lui*. Il avait toujours été sûr de son apparence. Il savait que les femmes voraniennes le trouvaient beau. Pour Daisy, cependant, il devait être un monstre hideux depuis le début.

Au fond de lui, il avait espéré qu'elle devienne sa femme dans tous les sens du terme avant la fin de l'année. Maintenant, il craignait que Daisy ne le laisse jamais la toucher du tout.

Quelles étaient ses options, alors ? Soit elle quittait son monde pour de bon l'année prochaine, soit il pouvait essayer de la convaincre de rester l'amie qu'elle disait être, sans espoir qu'ils deviennent plus que cela.

Les deux options lui briseraient tout autant le cœur.

Chapitre 17

Daisy

Je t'ai eu ! m'exclamai-je en attrapant l'un des petits garçons qui courait et je le fis tourner sur lui-même.

Olvar donna un coup de sabot en l'air en se tortillant et en gloussant dans mes bras. Son frère fut capturé par son père un instant plus tard.

— Nous avons gagné ! hurla triomphalement le colonel en lançant Zun dans les airs. Le garçon rit et cria de plaisir.

— Encore une fois ! Encore ! Poursuivez-nous encore ! Les enfants se mirent à sautiller autour de nous juste après les avoir posés sur l'herbe du parc couvert où nous étions venus pique-niquer en famille.

C'était leur deuxième week-end à la maison, et il avait été bien chargé, épuisant, et tout simplement merveilleux.

— On déjeune maintenant, dis-je en secouant la tête. Vous avez oublié qu'on a le zoo l'après-midi ?

Les exigences du Ministère étaient assez strictes. Je devais préparer et maintenir un programme quotidien, en utilisant les directives que j'avais apprises pendant le cours d'éducation des enfants. Tout écart important par rapport aux règles pouvait entraîner la révocation par le Ministère du droit du Colonel à ramener les garçons à la maison pour les week-ends, j'avais donc veillé à les respecter scrupuleusement.

Le programme permettait une certaine flexibilité, et je profitais de ce temps pour m'amuser de manière improvisée avec les garçons. Tous les enfants avaient besoin, de temps en temps, de sauter partout et de crier, sans règles ni règlements. C'est ce que nous avions fait dans le parc aujourd'hui. Bien que le fait de courir sauvagement pouvait encore être comptabilisé comme activité physique sur le planning du Ministère.

— Je veux un cupcake ! Olvar bondit vers la couverture que j'avais étalée sur l'herbe à côté de notre panier à pique-nique.

— J'ai trois mini cupcakes pour chacun d'entre vous. Tout ce que vous avez à faire est de finir le repas d'Omni d'abord.

Je retirai les couvercles des plateaux contenant la nourriture, et en donnai un à chacun des garçons, puis au Colonel. Les garçons mirent immédiatement toute la nourriture dans leur bouche sans discuter. Chaque détail de leur programme quotidien profitait finalement aux enfants, ce qui m'avait permis d'adhérer plus facilement au système voranien. D'une certaine manière, cela m'avait aussi simplifié la vie, puisque l'alimentation, l'éducation, les activités physiques et le temps de repos des jumeaux étaient réglementés. En suivant le même horaire depuis leur naissance, les garçons s'étaient également habitués à se coucher à une certaine heure et à prendre leurs repas à intervalles réguliers.

Le fait de courir partout avait dû leur ouvrir l'appétit. Ils terminèrent leur repas en quelques minutes.

— Vous en voulez encore ? Je sortis le plateau supplémentaire que j'avais préparé pour eux, au cas où.

— Non. Ils secouèrent la tête. Cupcakes !

Ils saisirent un mini cupcake dans chacune de leurs petites mains et partirent en sautillant, incapables de rester immobiles trop longtemps.

— Oh, quelle énergie ils ont ces deux-là ! Et je ris, en les regardant sauter et rouler dans l'herbe.

— Je parie n'importe quoi qu'ils vont s'endormir dans l'avion sur le chemin du retour. Le Colonel avait allongé ses longues jambes à côté de moi, et faisait tenir en équilibre son plateau de nourriture sur ses cuisses musclées.

— Ils sont si mignons, ces deux-là. Je sortis mon déjeuner aussi. C'est une bonne chose que le Ministère me surveille. Je les gâterais trop sinon.

— Je suis sûr qu'ils en profiteraient, d'une manière ou d'une autre, dit-il en riant. Quand ils nous regardent avec leurs yeux suppliants, c'est si difficile de dire non.

À mon sens, le Colonel était assez strict avec ses fils. Cependant, l'amour inconditionnel du père pour ses fils était évident. J'inclinai mon menton vers son repas sur ses genoux.

— Tu ferais mieux de tout manger. Je suis sûr qu'ils vont nous faire courir encore quelques kilomètres avant la fin de la journée. J'étirai mes jambes devant moi et je soupirai. Pas sûr que mes pieds puissent en supporter beaucoup plus. J'aurais dû mettre mes chaussures de course. Celles-ci n'ont pas de bonnes semelles. Le Colonel posa son plateau vide sur le côté, et je lui tendis une bouteille d'eau.

— C'est dur de marcher sur des pieds ? demanda-t-il en prenant un verre.

Je haussai les épaules.

— Pas plus difficile que de marcher sur des sabots, je suppose.

— Les sabots ne sont pas douloureux quand on court.

— Veinard.

Je finis mon repas et je rangeai le récipient.

— Est-ce que je peux ? Il attrapa soudain mon pied.

Je ne pus qu'émettre un bref cri de surprise lorsqu'il attrapa ma jambe autour de la cheville, puis plaça mon pied sur ses genoux.

— Qu'est-ce que tu fais ?

— Le massage aide à soulager les douleurs musculaires. Il ôta ma ballerine, puis serra mon pied dans sa grande main. Ça marche aussi pour les pieds, non ?

— Ohh, je me penchai en arrière, en me soutenant avec mes mains, tandis qu'il frottait de manière experte la plante de mon pied et mon talon. En effet, c'est sûrement pareil, répondis-je.

Qui pourrait refuser un massage gratuit des pieds ? J'en oubliai même la gêne que me procuraient mes orteils devant un Voranien.

— Ce sont des appendices très curieux. Il tira doucement sur chaque orteil, en les massant tous à tour de rôle. Si mignons et minuscules.

Je levai un sourcil, amusée.

— Maintenant, tu les trouves mignons ? Pas repoussants ?

— Aucune partie de toi ne pourra jamais me repousser, dit-il avec assurance, en faisant bondir mon cœur.

Cet homme. Comment pourrais-je garder mon calme avec lui pour le reste de notre année ensemble, alors qu'il me réchauffait le cœur et excitait incroyablement mon corps ?

Que ferais-je quand l'année se terminerait ?

Je pris une longue inspiration et je chassai ces pensées inquiétantes. Cette matinée avait été incroyable, et elle promettait d'être encore meilleure. L'humour m'avait aidée à traverser de nombreux moments difficiles dans la vie en général et avec le Colonel en particulier.

— Tu aimes mes orteils ? le taquinai-je, en remuant mes sourcils. Tiens, j'en ai une autre paire pour toi. Je posai mon deuxième pied sur ses genoux, heureuse de le voir rire en enlevant mon autre chaussure.

— Dix fois plus de plaisir !

POUR L'APRÈS-MIDI, le Colonel avait prévu une sortie au zoo.

Les jumeaux en avaient sauté d'excitation à l'avance, et moi aussi, un peu. Je n'étais pas encore allée au zoo voranien. À part quelques petits oiseaux et les jolis insectes volants dans les guirlandes de fleurs du centre commercial, je n'avais vu aucun animal local.

Le zoo était constitué de plusieurs grands hémisphères de verre reliés entre eux par des passages voûtés.

Un drone-guide nous accompagna durant notre visite. Il volait à côté de nous, et racontait, d'une voix monotone et androgyne, des informations sur le zoo et sur chacun des animaux qu'il abritait.

Après environ deux heures passées à parcourir les vastes enclos, j'avais vu tellement d'animaux d'un autre monde que j'avais l'impression que mon cerveau était sur le point d'exploser à cause de la surcharge d'images et de nouvelles données.

« *Bilgro Uchoit* », fredonna le drone, en planant devant l'enclos où se trouvait un animal qui me faisait fortement penser à une chambre à air de pneu trop gonflée, debout sur son flanc. « De la forêt de Gaxeon de Neron ». Deux globes oculaires, suspendus à deux antennes minces, partaient du centre du « pneu ». Pendant qu'il roulait, des centaines de petits pieds noirs, là où se situe la traction du pneu, le propulsaient.

« *Les globes oculaires du Bilgro Uchoit sont en suspension dans un liquide à l'intérieur de ses paupières étanches. Lorsque l'animal est en mouvement, son corps tourne. Cependant, les globes oculaires restent immobiles, flottant dans la capsule transparente de la paupière.* »

— Celui-ci est probablement le plus bizarre de tous, déclarai-je en restant bouche bée devant les « pneus » noirs et gonflés qui montaient et descendaient des collines herbeuses de leur enclos.

— Tu as dit ça aussi pour le dernier, rappela Olvar.

Zun trouvait cela exceptionnellement drôle pour une raison qui lui était propre, et il renversa sa tête en arrière en riant exagérément fort.

— Le dernier aussi était super bizarre, je suis d'accord, répondis-je en me rappelant de la spirale orange floue sur six pattes. Elle s'était étendue, comme un ressort libéré, pour manger les feuilles des branches sur les arbres avec sa bouche située à l'extrémité supérieure du ressort. Maintenant, je ne sais franchement plus lequel est le plus étrange, déclarai-je.

— Eh bien, il est dit ici, le Colonel désigna un écran holographique devant la clôture, que les *Bilgro Uchoit* se nourrissent en absorbant les nutriments de la terre avec leurs pieds lorsqu'ils se déplacent. Alors, est-ce que ça fait d'eux des êtres mi-végétaux, mi-animaux ?

— Pas sûr, gloussai-je. Mais ça fait d'eux les êtres les plus bizarres de *ma* liste.

Pour le goûter, nous avions acheté un fruit qui ressemblait à une longue ficelle juteuse enroulée en une spirale multicolore.

— On rentre ? demanda le Colonel alors que nous tournions autour du dernier dôme de verre.

Les garçons étaient beaucoup plus calmes maintenant, manifestement fatigués après cette longue journée de loisirs.

— La nouvelle exposition à durée limitée est juste devant vous, nous informa le drone-guide. Si vous prenez la sortie nord du parking, vous pourrez la voir en sortant.

— On peut, s'il vous plaît ? demanda Olvar en se réveillant.

— Je suis fatigué, se plaignit Zun.

— Qu'en penses-tu ? Le Colonel s'était tourné vers moi.

Je haussai les épaules.

— Eh bien, puisque c'est sur le chemin, pourquoi pas ? Nous devons aller au parking de toute façon.

Le Colonel souleva Zun sur ses épaules, et le garçon s'accrocha aux cornes de son père des deux mains, comme au guidon d'un vélo.

— Allons-y alors.

Le drone nous entraîna dans une autre passerelle sous un toit de verre voûté. Une grande foule était rassemblée à l'intérieur de la coupole de verre suivante.

— Qu'est-ce qu'il y a là ? Olvar sautillait autour de moi en essayant de voir entre les gens.

— Quelque chose de gros, répondit Zun. Assis sur les épaules de son père, il avait la meilleure vue d'ensemble. Ça bouge, ajouta-t-il.

Avec l'expression dure de l'autorité gravée à jamais sur son visage, le Colonel traversa la foule avec aisance, ce qui nous sépara. Je lui emboîtai alors le pas, tenant fermement Olvar par la main. Le garçon n'aimait pas particulièrement être conduit de cette façon, « comme un bébé » selon ses termes. Mais avec autant de monde, il aurait été très difficile de retrouver un enfant de cinq ans s'il venait à se perdre.

Le « quelque chose de gros » s'avéra être un « blob de l'espace », comme un de ceux que j'avais vu attaquer le Colonel dans la vidéo qu'il m'avait envoyée.

Un *fescod*.

Celui-ci semblait encore plus grand en vrai que dans la vidéo. Sa masse informe surplombait la foule. Des protubérances fines munies de globes oculaires et de pinces apparaissaient et disparaissaient aléatoirement sur son corps.

La peur me donna la chair de poule quand je songeai que le Colonel en avait affronté plusieurs à lui seul.

La créature se trouvait sur une plateforme basse, entourée d'une barrière métallique rougeoyante garnie de pointes acérées. Elle semblait agitée et se jetait sur la barrière avec force. Chaque fois que sa peau gris béton touchait la barrière lumineuse, elle faisait des étincelles, et la marquait de traces de brûlures noires sur son corps. Les pointes laissaient de pâles zébrures sur ses flancs.

La chose ne cria pas, ne rugit pas, ne hurla pas, bien que j'étais certaine que la barrière le faisait souffrir. Le silence complet du *fescod* était sinistre et troublant, surtout en contraste avec le bruit animé de la foule. Les Voraniens passaient oisivement et s'arrêtaient rapidement pour jeter un coup d'œil à l'un de ces êtres qui avaient envahi leur planète et qui avaient perdu.

J'avais appris que toutes les batailles de cette guerre s'étaient déroulées loin de la cité de Voran. Pour la plupart des gens sous le dôme en ce moment, le *fescod* n'était rien de plus qu'une créature curieuse, tout comme le reste des objets exposés dans le zoo.

— Qu'est-ce que c'est ? demanda Olvar, en essayant de s'approcher de la barrière. Je serrai sa main plus fort, pour le ramener vers moi.

— C'est un *fescod*, l'espèce que votre père a combattu pendant la guerre. N'est-ce pas ? Je jetai un coup d'œil au Colonel pour avoir sa confirmation.

Il fixait le *fescod* avec une mine sombre. Je craignais que le fait de revoir son ennemi en chair et en os ne déclenche quelque chose chez le héros de guerre.

— On rentre ? demandai-je calmement, en touchant son bras.

— Oui. Il se retourna et se dirigea vers la sortie.

— Ils ne devraient pas le garder ici, dit-il alors que nous descendions l'une des étroites allées vers le parking.

— Parce que c'est un être sensible exposé comme un animal dans un zoo ? demandai-je.

— Non, rétorqua-t-il. Parce que ce n'est pas sûr pour le public.

— Oh.

— L'intelligence des *fescods* est située dans leur Cerveau Central. Une fois coupés de ce dernier, ils ne sont pas capables de traiter des problèmes ou de trouver des solutions. Le débat pour savoir s'ils sont conscients d'eux-mêmes est toujours en cours. Cela doit être ce qui a permis au zoo d'organiser cette exposition au départ.

— Donc, sans leur « cerveau », ils ne sont pas assez intelligents pour attaquer ? demandai-je en me pressant à ses côtés sur la passerelle.

— Oh, ils attaquent dès qu'ils le peuvent. Un *fescod* tout seul n'est guère plus qu'un robot sans cervelle, incapable de planifier ou de s'organiser sans le Cerveau. Son agressivité inhérente, cependant, le rend toujours très dangereux. La barrière qu'ils utilisent n'est pas suffisante pour contenir un *fescod* enragé. Et elle l'énervera encore plus. Ce n'est qu'une question de temps avant qu'il ne soit assez en colère pour la briser. Je vais devoir en parler à Drustan. En tant que Gouverneur, il pourra mettre un terme à tout ça.

Un bruit soudain surgit derrière nous. Des cris de panique et le bruit tonitruant de sabots se précipitèrent dans notre direction.

— Qu'est-ce qui se passe ? Je me retournai pour regarder derrière moi.

— Viens. Le Colonel me saisit rapidement par le bras et m'entraîna vers l'extrémité de la passerelle qui était encore assez loin. Plus vite, ordonna-t-il. Il se mit à trotter et me força à le suivre, Olvar courait à mes côtés.

La foule autour de nous s'épaissit, bloquant presque le passage étroit.

— *Fescod* ! Le *fescod* s'est échappé ! hurlaient les Voraniens en se ruant vers la sortie le long de la passerelle et en nous emportant avec eux.

— Oh non ! Exactement ce que le Colonel craignait. Et c'était arrivé encore plus vite qu'il ne l'avait prévu.

— Avance, Daisy ! cria le Colonel.

Je me concentrai pour ne pas perdre de vue ses cornes sculptées alors que la foule se répandait entre nous et me séparait de lui. Dans le chaos, je ne réalisai même pas que la main d'Olvar avait glissé de la mienne.

— Olvar ! criai-je horrifiée en constatant qu'il avait disparu. À travers la masse des gens en panique, je cherchai le petit garçon. Reviens ! Où es-tu ?

— Daisy ! Le Colonel se dirigea vers moi. Il m'entoura d'un bras et me porta à moitié jusqu'à la sortie, puis il finit par sortir du tunnel pour se rendre sur la plateforme de stationnement. Il me poussa ensuite contre le mur au coin de la rue, à l'écart des Voraniens qui se bousculaient.

— Olvar ! répétai-je en me débattant contre son étreinte et voulant à tout prix retourner dans le tunnel de verre. Il est là derrière. Olvar !

Une pure horreur traversa les yeux du Colonel, puis son calme revint.

— Tiens. Il descendit Zun de ses épaules et me le remit. Emmène Zun à l'avion. Vous deux, montez à l'intérieur et verrouillez les portes. Restez-y jusqu'à ce que je revienne. Ne sortez pas, quoi qu'il arrive. Compris ?

Je hochai rapidement la tête plusieurs fois en serrant Zun contre moi.

— Oh mon Dieu, s'il te plaît, retrouve-le.

— Je vais le retrouver.

Il s'empressa de partir et se dirigea à nouveau dans le tunnel contre la foule qui se pressait.

— Viens mon cœur, murmurai-je à Zun.

En le serrant contre ma poitrine, je courus en restant le plus longtemps possible près du mur. Je ne voulais pas reposer Zun, même s'il semblait devenir de plus en plus lourd dans mes bras. Évitant les gens qui se bousculaient tout autour de nous, je me dirigeai vers le centre de la plateforme de stationnement où se trouvait notre avion.

— Nous y voilà. Aussitôt arrivés devant l'avion, je déclenchai l'ouverture des portes. Viens ici, chéri. Je mis Zun dans son siège et l'attachai.

— Où est papa ? La voix du garçon était si faible que mes yeux se gonflèrent de larmes et l'intérieur de mon nez picota.

— Il va revenir tout de suite, mon cœur. Il a juste besoin de...

Quelque chose d'énorme nous heurta sur le côté. Mon souffle se coupa net. Chaque os de mon corps sembla craquer et se briser tandis que je m'écrasai au sol.

— Zun ! Verrouille la porte chéri ! criai-je.

Une énorme masse grise, informe, se déplaça au-dessus de moi, bloquant ma visibilité sur le garçon... et sur le monde qui m'entourait.

Grevar

— OLVAR !

Écartant les gens de son chemin, il se déplaçait à contre-courant de la foule en panique. Quelques membres de la sécurité du zoo l'avaient rejoint et essayaient de retourner vers le lieu d'exposition du *fescod*.

Ils auraient dû être là depuis le début. Un sentiment d'amertume alimenta sa colère contre l'échec de la direction à anticiper cela. Si seulement ils avaient consulté quelqu'un qui avait vraiment été en guerre avec ces choses. Si seulement quelqu'un lui avait demandé, à *lui*, avant de décider que c'était une bonne idée d'exposer un *fescod*, bouillonnant d'agressivité, devant la foule pacifique du week-end.

— Olvar ! Où es-tu ?

— Papa ! Une voix d'enfant retentit à l'avant.

Olvar !

Il redoubla d'efforts et progressa plus vite tout en bousculant l'avalanche de personnes autour de lui. En se serrant contre le mur, il aperçut son fils devant lui. Lové au fond d'une voûte, Olvar était accroupi au ras du sol, près du mur. C'était un miracle qu'il n'ait pas été écrasé par l'un des nombreux sabots qui déferlaient.

Cependant, Grevar ne pouvait pas encore l'atteindre. La foule semblait grossir à chaque instant.

— C'est le vôtre ? demanda un homme en civil, en soulevant Olvar du sol.

— Oui.

— Papa ! Le garçon le rejoignit par-dessus la forêt de cornes en mouvement.

— Viens ici, toi. Il arracha son fils des mains de l'étranger.

— Dépêchez-vous, dit l'homme de manière pressante. Faites-le sortir d'ici. Le monstre là-bas a piétiné tous ceux qui ont essayé de l'arrêter.

Les *fescods* n'étaient pas si faciles à arrêter. Sans cou à briser ni tête à frapper, avec une peau épaisse et leurs appendices souvent complètement cachés dans leur corps, ils étaient presque invincibles. Quelqu'un qui ne les avait jamais affrontés dans un combat ne saurait pas quoi faire.

Au moins, les agents de sécurité du zoo avaient les bonnes armes, lorsqu'il les vit passer en trombe. Ils devraient être capables de mettre fin au carnage.

Sa priorité était de mettre sa famille en sécurité le plus vite possible.

Avec son fils sous le bras, Grevar se dépêcha de retourner à la plate-forme de stationnement.

En sortant du tunnel, il se dirigea directement vers l'avion. D'abord, il devait mettre sa famille hors de danger, ensuite il devait voir ce qui pouvait être fait avec ce *fescod* enragé en liberté.

Il s'arrêta net à la vue du corps amorphe du *fescod* qui sortait soudainement d'une autre passerelle pour atterrir sur la plateforme de stationnement.

Puis son cœur faillit lâcher lorsque la créature percuta Daisy à pleine vitesse et la fit tomber à la renverse. Avant que le *fescod* n'ait eu le temps de s'en prendre à Zun, qui le regardait avec horreur, attaché à son siège dans l'avion, Daisy cria, détournant ainsi l'attention de la créature vers elle. Zun enfonça alors le bouton qui ferma la porte.

En faisant apparaître de longues protubérances dotées de pinces acérées, le *fescod* roula vers Daisy.

Sa femme hurla à nouveau, ce qui lui glaça le sang d'horreur.

En déposant Olvar, Grevar ouvrit à distance la porte de l'avion du côté opposé au *fescod*.

— Va dans l'avion. Il poussa doucement son fils dans cette direction. Ferme les portes derrière toi.

Le garçon hocha la tête avec un regard sombre sur son petit visage. L'entraînement de l'Académie avait dû faire son effet, car son fils courut vers l'avion à toute vitesse, puis sauta à l'intérieur et appuya sur le bouton de verrouillage de la porte, le tout sans dire un mot pour exprimer crainte ou contestation.

Au même moment, Grevar chargea le *fescod*.

La vieille rage familière s'enflamma. Mais cette fois, elle semblait un million de fois plus forte car elle était alimentée par la peur. La peur pour sa femme. L'idée du mal horrible qu'il pouvait lui faire l'aveugla alors qu'il enfonçait ses cornes dans le flanc charnu du *fescod* à toute vitesse.

Poussé sur le côté et loin de Daisy, l'Alien reporta son attention et ses pinces sur Grevar.

Du sang noir jaillit des deux plaies ouvertes laissées par les cornes de Grevar.

Depuis que ses griffes avaient été limées pour mieux s'adapter à la vie paisible de Voran, Grevar était incapable de percer la peau épaisse du *fescod* avec ses mains. Ses doigts glissèrent, sans parvenir à s'agripper à la masse boursouflée.

Les pinces du *fescod* s'enfoncèrent dans les bras et les épaules de Grevar, déchirant ses vêtements et sa chair.

Il grogna de douleur, repoussant son ennemi de toutes ses forces. Ils roulèrent ensemble sur le sol. Griffant la peau du *fescod*, les mains recouvertes du sang de la créature, il enfonça un doigt dans la plaie laissée par ses cornes puis en inséra rapidement un autre.

La masse du *fescod* trembla de douleur lorsque Grevar enfonça ses doigts encore plus profondément. Les pinces déchirèrent férocement son manteau militaire, sa fourrure et sa chair, mais Grevar ne voulut pas lâcher prise.

En tirant sur les bords de la blessure, il ouvrit la chair du *fescod*. Elle frémit sous ses doigts lorsqu'il y mit les deux mains. Sentant le faisceau de cœurs battants du *fescod* à l'intérieur, il enroula ses doigts autour et les arracha tous d'un seul coup sec.

— Grevar... Daisy rampa jusqu'à lui en grimpant sur le tas macabre qu'était devenu le *fescod*. S'il te plaît, dis-moi que tu vas bien.

Elle toucha son visage. La peur et l'inquiétude flottaient dans ses yeux couleur *lilas*. Se rendait-elle compte qu'elle venait de l'appeler par son prénom ? Pour la toute première fois ?

Il enroula son bras autour de ses épaules et l'attira à ses côtés. Ses garçons étaient en sécurité, et sa femme dans ses bras.

— Je vais bien, mon cœur, répondit-il en souriant. Mieux que jamais.

Chapitre 18

Daisy

Les blessures de Grevar furent soignées sur place, au zoo. Pour ma part, après l'épreuve avec le *fescod*, je n'avais, miraculeusement, qu'un choc et quelques contusions. Heureusement, les deux enfants étaient totalement indemnes. Après avoir fait nos déclarations aux forces de sécurité, nous étions enfin libres de rentrer chez nous.

Depuis l'avion, Grevar appela le Gouverneur Drustan, pour lui dire en des termes très clairs ce qu'il pensait exactement de l'exposition de leurs ennemis de guerre dans des lieux publics.

Je nourris les enfants avec la boîte de conserve que nous avaient donnée les responsables du zoo. Extrêmement excités après avoir vu leur père « frapper le méchant », les garçons avaient mis du temps à se calmer dans l'avion. Mais, complètement épuisés, ce n'est qu'après notre retour à la maison qu'ils gagnèrent la salle principale et s'évanouirent sur le canapé l'un sur l'autre.

En portant son bras sur mes épaules, j'aidai Grevar à monter dans sa chambre, puis je le menai dans sa salle de bains.

Il me lâcha et s'assit sur le bord de la baignoire pendant que j'ordonnais à Omni de la remplir.

— Je dois vraiment ressembler au Krampus, là, gloussa-t-il. Hideux et couvert de sang.

— Non. Je secouai la tête, en l'aidant à enlever son manteau militaire trempé de sang. Quand je te regarde, je ne vois pas le Krampus, Grevar. Je vois un homme qui a défendu sa famille avec abnégation. Qui m'a sauvée. Et j'admire cet homme, profondément.

En enlevant sa chemise tachée de sang, j'effleurai les blessures de ses épaules. Elles avaient toutes été soignées. Les coupures et les entailles dans sa peau avaient été recouvertes d'un film protecteur cicatrisant. La fourrure autour des blessures, cependant, était toujours incrustée de sang séché.

— Daisy, souffla-t-il, en entourant soudainement ma taille de ses bras et en pressant son visage contre mon ventre.

Debout, en silence, je passais mes doigts dans la fourrure taillée à l'arrière de sa tête, essayant d'imaginer ce qu'il devait vivre. Il avait passé des années à combattre l'ennemi qui avait envahi son monde natal, pour devoir le combattre à nouveau au cœur de sa ville, en période de paix. Sa main glissa sans prévenir de ma taille jusqu'à mon postérieur et saisit ma fesse. Avec un faible gémissement, il me serra plus près.

— Grevar, dis-je tout bas, en caressant doucement la fourrure de ses omoplates. Le bain est rempli, maintenant. Tu dois te reposer ce soir.

Il était difficile de *ne pas* se laisser entraîner, maintenant qu'il me serrait enfin avec passion. Lui qui était constamment dans mes pensées. Même sans la technologie sophistiquée du Spa de rêve, je le voyais dans mes rêves chaque nuit. Je le désirais violemment.

Mais il était hors de question que je profite de lui dans cet état. Je voulais que ce soit plus qu'une baise rapide après une journée stressante. Si nous faisions l'amour, je voulais que son esprit et son cœur y participent aussi, pas seulement son corps.

Je tenais trop à cet homme pour devenir l'erreur qu'il pourrait regretter le lendemain matin.

— Je dois mettre les enfants au lit, dis-je en m'éloignant doucement et en arrachant mes mains de lui, puis je fis un pas vers la sortie.

Il ne me retint pas et ne m'arrêta pas. Avant de partir, je le regardai par-dessus mon épaule.

Sanglant et meurtri, et glorieusement invincible, il était assis sur le bord de la baignoire et suivait chacun de mes mouvements avec ses merveilleux yeux rouges.

— Merci, Grevar, dis-je doucement mais clairement. Merci de m'avoir sauvé la vie et pour tout ce que tu as fait pour moi. Je ne pouvais pas laisser passer ça sans rien dire, alors j'ajoutai : dors bien. On parlera de tout ça demain matin.

Grevar était devenu si proche de moi que je sentais que je pouvais lui parler de tout. Quoi qui l'avait éloigné de moi, nous pouvions en parler aussi. Nous y ferions face, comme nous avions fait face à bien d'autres choses. J'avais la conviction qu'ensemble, nous pourrions tout résoudre.

En redescendant pour mettre nos enfants au lit, je réalisai que Shula avait raison. C'était ma maison, ma famille et mon mari. Grevar et moi avions créé un foyer dans sa maison. Nous élevions *nos* enfants. Et nous partagions une relation aimante et attentionnée, que nous ayons fait l'amour ou non... *pour le moment*.

J'avais tout ce dont j'avais toujours rêvé et même plus encore. Mon voyage à Voran n'avait pas été un échec, après tout, mais le plus grand succès de ma vie.

Grevar

— DONNE-MOI LA TABLETTE, Omni, ordonna-t-il à l'IA.

Il avait lavé toutes les traces de sang de son corps, mais était resté dans la baignoire, laissant l'eau chaude apaiser ses muscles endoloris.

Il était hors de question que Daisy quitte Voran l'année prochaine, avait-il décidé. Elle se plaisait ici, il en était sûr.

Elle aimait ses enfants au point d'être prête à mourir pour eux, elle l'avait prouvé aujourd'hui. Ils l'adoraient absolument, eux aussi. Elle lui avait avoué qu'il avait son amitié, sa gratitude et son admiration. Mais il voulait tout d'elle. Son cœur et son corps aussi. Il ferait tout pour qu'elle le considère comme quelqu'un de plus qu'un simple ami, comme son mari et son amant aussi.

Noël, la fête dont elle avait parlé, était pour demain, et il avait une surprise pour elle. Car c'est ainsi que les humains se faisaient des cadeaux : ils les gardaient secrets jusqu'au moment où ils se les offraient.

Il ne savait pas exactement pourquoi les Terriens procédaient ainsi, mais si Daisy était plus heureuse s'il gardait ses cadeaux secrets, alors il en serait ainsi. La semaine dernière, il avait cherché et acheté des cadeaux pour Daisy, et il devait admettre que ça avait été amusant de chercher à deviner ce qu'elle pourrait aimer. Omni avait caché toutes les jolies choses que Grevar avait trouvées pour elle jusqu'à présent.

Allumant sa tablette, il vérifia la livraison de l'arbre *maikai* géant qu'il avait commandé. Il était censé arriver tôt dans la matinée.

Lievoa venait prendre le petit déjeuner demain, et son père et ses frères arriveraient plus tard dans l'après-midi.

Daisy allait passer son tout premier Noël sur Neron. Et il était déterminé à ce que ce ne soit pas son dernier dans sa maison. Tous ses Noëls devraient être célébrés avec lui et ses garçons, parce qu'ils étaient une famille maintenant. Shula lui avait donné les jumeaux, mais Daisy faisait d'eux une famille bien plus heureuse. Leur monde ne serait plus jamais vraiment complet sans elle.

Elle devait rester.

Rien de ce qu'il avait planifié et organisé ne semblait adéquat cependant. Il fallait quelque chose d'autre, de plus grand. Quelque chose qui l'aiderait à la garder sur Voran.

Lievoa lui donna une idée.

Sur sa tablette, il chercha des renseignements sur le Central Mall. Cet établissement était plus grand, avec une meilleure sécurité que le Eastern Mall que sa cousine avait suggéré. Il était également plus proche de leur maison et directement sur le chemin du travail.

La plupart des magasins étaient fermés maintenant, mais l'IA du centre commercial serait disponible pour répondre à ses questions.

Il cliqua sur le lien pour la contacter et obtenir des précisions sur la location de locaux. Daisy voulait avoir sa propre boulangerie. Il allait l'aider à se lancer. Avec son talent et sa persévérance, il ne doutait pas qu'elle en ferait un véritable succès. Elle resterait après la fin de l'année, et il aurait tout le temps nécessaire pour la convaincre qu'il était digne d'être son mari dans tous les sens du terme. Puis il passerait le reste de sa vie à la rendre heureuse.

Il prit des rendez-vous pour visiter trois des locations disponibles au centre commercial, pour après-demain. Après le travail, il emmènerait Daisy les voir toutes et elle choisirait celle qu'elle préférait.

Sentant qu'il maîtrisait mieux la situation, maintenant qu'il avait un plan, il était sur le point d'éteindre la tablette quand un message de l'IA du centre commercial apparut.

« Voulez-vous voir les offres spéciales ou prendre des rendez-vous avec les commerces visités précédemment ? »

Une liste de magasins et de services défila. À en juger par la date, il s'agissait des endroits que Daisy avait visités lors de sa virée shopping avec Lievoa.

Sauf pour le Dream Spa. Celui-ci devait être là depuis qu'il avait visité l'établissement quelques fois auparavant. Bien avant que Daisy n'entre dans sa vie, il se rendait au spa les soirs où il se sentait exceptionnellement seul à la maison et qu'il avait envie d'une intimité plus grande que celle que sa propre main pouvait lui procurer. Ces rêves lucides étaient amusants. Sauf qu'à la fin de la journée, il retournait toujours dans sa maison vide. Seul.

En y regardant de plus près, le jour de la dernière visite l'intrigua. C'était la même date que la sortie shopping de Daisy. Il consulta le relevé de son compte de crédit. Bien sûr, il y avait un prélèvement correspondant ce jour-là.

Le sang chauffa dans ses veines en réalisant que c'était sa femme qui avait payé la visite au spa ce jour-là. Pourquoi aurait-elle fait ça ? Alors qu'elle l'avait, lui, un mari en chair et en os - et depuis peu, perpétuelle-ment excité - à la maison ?

« Un jour, tu voudras être baisée par un homme. Et ça ne pourra être que moi », lui avait-il dit il y a longtemps.

Le fait qu'elle était allée dans cet endroit au lieu de venir vers lui rongea sa fierté et sa dignité comme de l'acide. Le méprisait-elle au point de préférer une machine à son contact ?

Après tout ce qu'ils avaient vécu ensemble. Après ce qu'elle venait de lui dire ce soir. Qu'ils partagent ou non un lit, Daisy était à lui. Elle lui appartenait, corps et âme, elle avait juste besoin d'un peu plus de temps pour le réaliser, et il était prêt à lui donner ce temps.

Cependant, si elle rêvait d'un autre homme pendant ce temps, tous ses efforts seraient perdus. Et elle partirait...

Il pensait à la vie qu'ils avaient déjà construite ensemble, ici, dans leur maison. À quel point ils étaient devenus agréables l'un avec l'autre. Il ne pouvait pas imaginer cette maison sans elle.

« Elle s'est peut-être simplement fait masser pour détendre ses muscles », se dit-il, en essayant de combattre le poison de la jalousie qui en-vahissait ses veines.

Puis il pensa au changement de son comportement ces derniers temps. Elle était devenue étrangement capricieuse. Bavarde par nature, elle était subitement devenue silencieuse. Dès qu'ils se touchaient, même accidentellement, elle s'éloignait rapidement.

S'il y avait un autre homme...

Il grogna et s'assit dans la baignoire. L'eau l'éclaboussa, tout comme sa colère qui bouillonnait en lui. Ce qui faisait le plus mal, c'est qu'elle avait fait ça dans son dos. Alors que toutes ses pensées allaient vers elle, elle rêvait de quelqu'un d'autre.

« J'ai besoin de voir les images de la dernière visite facturée sur mon compte bancaire », écrit-il à l'IA de Dream Spa.

Il savait que ça ne lui ferait qu'encore plus mal, mais il ne pouvait plus s'arrêter. Il avait besoin de tout savoir, maintenant. Toute la putain de vérité, peu importe si elle était sur le point de le détruire.

« En raison de notre politique de confidentialité, nous devons confirmer votre identité, s'il vous plaît », arriva en guise de réponse.

— C'est mon putain de compte ! grogna-t-il en sortant de la baignoire et en laissant des flaques d'eau partout. Et ma femme !

Il se rendit dans la chambre, prit son bracelet de crédit et sa carte d'identité, puis les scanna pour l'IA.

« Un moment s'il vous plaît. »

En tenant la tablette dans sa main, il faisait les cent pas sur le sol, tout en laissant couler de l'eau sur le tapis. Il attendit que la vidéo se charge, anticipant le fait que son cœur se brise en mille petits morceaux à tout moment, dès maintenant.

Il appuya sur la touche *lecture* et se prépara à voir l'image d'un de ces hommes humains de la Terre avec leur poitrine rasée. Qui tiendrait *sa* femme dans ses bras sans fourrure.

Son propre visage renfrogné apparut alors sur l'écran à la place, en lui faisant croire qu'il voyait son reflet, au début. L'image fit ensuite un zoom arrière et dévoila son torse nu.

— Oh non... La voix de Daisy lui parvint, confirmant ainsi qu'il assistait à son fantasme, qui n'était plus secret maintenant.

La tablette serrée entre ses doigts engourdis, il se laissa tomber sur le lit, sous le choc.

Daisy, sa douce petite fleur, avait fantasmé sur le fait de se faire pilonner durement par quelqu'un qui lui ressemblait beaucoup. C'était *lui*, y compris ses yeux rouges « féroces ».

Il regarda encore un moment, pour donner à son cerveau le temps de comprendre ce qu'il voyait. Cependant, sa bite fut la première à se rendre compte de ce qui se passait et à se mettre au garde-à-vous, dure comme de l'acier.

Devait-il même regarder ça ? Encore moins bander devant la vidéo de Daisy toute nue qui se faisait défoncer par derrière. Quelque part au fond de lui, une petite voix lui murmura avec un peu de retard qu'il ne devait pas s'immiscer dans ses fantasmes intimes.

— C'est mon putain de visage, juste là ! claqua-t-il à sa voix intérieure en pointant son doigt sur l'écran. Je *suis* déjà impliqué. Plus que je ne le pensais putain !

Il aurait dû le savoir. Comment avait-il pu être aussi aveugle ? Si désemparé ? Pendant si longtemps ? Il avait mal interprété tous ses signaux.

— C'est mon fantasme aussi.

Et il était temps de faire du fantasme une réalité. Il arrêta la vidéo.

« Y a-t-il quelque chose d'autre que nous puissions faire pour vous ? » demanda l'IA.

— Non, grinça-t-il entre ses dents, mais *moi* je peux faire quelque chose.

Chapitre 19

Grevar

Il la trouva devant le miroir de son ancienne chambre, en train de brosser ses incroyables cheveux orangés. Elle portait une chemise de nuit beaucoup plus modeste cette fois, quelque chose qui cachait en fait la plupart de son corps.

Mais pas pour longtemps.

Il se jeta sur elle dès le seuil de la porte, mourant d'envie de la prendre dans ses bras. Il n'avait plus aucun doute.

Ses grands yeux s'écarquillèrent à la vue de son corps nu, l'eau du bain dégoulinant de sa fourrure.

— S'il te plaît, ne dis pas non. Et il la prit enfin dans ses bras.

Sa poitrine se souleva avec une profonde respiration. Elle leva les bras et les passa autour de son cou.

— Oui, souffla-t-elle. Grevar. Chéri. Un million de fois *oui*.

Enfin.

C'était comme si un énorme rocher qui pesait sur tous ses espoirs et ses projets d'avenir s'était déplacé et le laissait respirer librement à nouveau.

Il enfouit son visage dans son cou, pour respirer son parfum, sa chaleur et sa douceur.

— Grevar ? Elle lui caressa le dos. Comment te sens-tu, chéri ? Tu es sûr que c'est ce que tu veux ? Tout de suite ?

— Ça fait longtemps que je suis sûr de ce que je veux. Il glissa ses mains sous sa chemise de nuit et pressa ses fesses rondes. Maintenant que je sais exactement ce que *tu* veux, rien ne me retiendra.

— Et *qu'est-ce que* je veux ? Elle se pencha en arrière et croisa son regard, avec une pointe de taquinerie qui brillait dans ses yeux.

— Moi, grogna-t-il, en la soulevant sur la commode. Ses jambes s'ouvrirent pour lui permettre de se rapprocher. Tu me veux *moi*.

La signification de ses propres paroles résonna dans son torse avec surprise et plaisir. Il n'arrivait toujours pas à croire que sa Daisy n'était pas rebutée, mais excitée, en le voyant.

Elle gémit, comme pour le confirmer à nouveau, et il fit glisser sa main le long de sa cuisse. Plongeant son pouce entre ses jambes, il la trouva déjà chaude et glissante. Son cœur se gonfla de fierté et de plaisir alors qu'une nouvelle poussée de désir lui montait à l'aine.

— Dis-moi, râla-t-il, en remontant sa chemise jusqu'à sa taille. As-tu pensé à moi, ces derniers temps ?

— Tout le temps, murmura-t-elle et ses pommettes prirent cette délicate teinte rosée qu'elles avaient souvent lorsqu'elle était en colère, embarrassée ou... excitée. Je ne *peux pas* m'empêcher de penser à toi. J'ai essayé mais... Toutes ces pensées coquines...

— Bien. Il glissa sa main le long de son corps et palpa sa poitrine, pleine et chaude.

— Oh, j'ai envie de toi, Grevar, gémit-elle, quand il lui pinça doucement le téton. Elle enroula ses jambes autour de sa taille et se pressa contre lui, en frottant son corps contre son érection.

Le désir l'aveugla. Son esprit était envahi par son besoin d'elle.

— Celui-ci sera rapide, prévint-il, en se plaçant entre ses cuisses. Tu me rends fou. Je sens que je vais exploser d'une minute à l'autre. Tout en lui était en feu, prêt à exploser - son esprit, son cœur, sa bite. Mais je veux jouir en toi.

Il lui prit les fesses et la fit glisser le long de la commode, et l'empala sur sa verge.

— Tu *es* énorme ! s'exclama-t-elle en se mordant la lèvre inférieure.

— Est-ce que c'est comme tu l'avais imaginé ? demanda-t-il, en lui laissant un moment pour s'adapter avant de l'enfoncer un peu plus.

— Oh non, c'est encore mieux. Elle respira lourdement. Tellement mieux. S'il te plaît, ne t'arrête pas.

Il n'aurait pas pu s'arrêter, même s'il avait essayé. S'enfouir jusqu'aux couilles dans sa chaleur gluante était incroyable, l'orgasme le titillait déjà. En se déhanchant, il laissa son désir pour elle l'envahir. Il se répandit comme un soleil chaud dans tout son corps, de plus en plus brûlant à chaque coup de reins passionné.

— Oui, gémit-elle en enfonçant ses doigts dans l'épaisse fourrure de ses épaules. Oh mon Dieu, oui...

En empoignant son cul, il pompa encore plus fort. Son corps se tendit. Ses jambes se fléchirent, le retenant ainsi dans un étau tandis qu'elle cambrait le dos. Il glissa sa main vers le haut et trouva son sein sous sa chemise de nuit. Il la prit dans ses bras et pinça légèrement son téton, ce qui la fit basculer en avant.

Elle se mit à haleter bruyamment et jouit sur lui. Ses muscles se contractèrent, provoquant l'explosion de son propre orgasme. Le plaisir l'envahit et secoua son corps et son esprit. En la serrant avec un bras contre son torse, il rugit et frappa de sa main le miroir derrière elle.

La commode trembla. Le miroir se brisa et des éclats tombèrent au sol.

— Oh non ! Pas encore. Daisy jeta un coup d'œil en arrière par-dessus son épaule. Tu finis toujours en cassant des choses ?

— Finis ? Chérie, ce n'est que le début.

Daisy

JE M'ACCROCHAI À SES épaules pendant qu'il me portait jusqu'au lit.

— Maintenant, je peux prendre mon temps. Il m'allongea sur le lit. Je veux tout voir de toi. Il attrapa l'ourlet de ma chemise de nuit en coton blanc et l'enleva par-dessus ma tête. Il s'assit ensuite sur ses cuisses et fit glisser son regard lumineux le long de mon corps.

— Alors ? soufflai-je avec un rire nerveux, puisqu'il se contentait de me fixer, sans dire un mot. Qu'en penses-tu ?

— Tu es d'une beauté à couper le souffle, dit-il en posant sa main sur mon ventre, et il la fit glisser jusqu'à la vallée entre mes seins. Ta peau brille au clair de lune.

Je ne savais pas que mon Colonel pouvait être aussi poétique. Je n'étais pas vraiment sûre pour le côté brillant, mais ma peau picotait de chaleur et ma poitrine se réchauffait de plaisir devant son attention et l'admiration dans ses yeux.

— Me trouves-tu bizarre ? Différente de ce que tu as l'habitude de voir ? demandai-je.

— *Spéciale*, ma fleur de marguerite, mais pas bizarre. Il secoua la tête. Tu ne ressembles à personne d'autre que je n'ai jamais vu. Tu me fais me sentir unique. Tu es *toi-même*, belle, gentille et unique aussi. Et je ne voudrais pas que tu sois autrement.

Il était unique pour moi aussi. Unique en son genre. Et ça n'avait rien à voir avec son physique surnaturel.

Maintenant que je l'avais enfin, je voulais explorer chaque centimètre de son merveilleux corps. Je glissai mes mains le long de ses abdominaux sculptés dans le granit et recouverts d'une courte fourrure veloutée. Elle était considérablement plus épaisse et plus longue sur ses pectoraux.

Une bande de fourrure plus longue courait également de son nombril jusqu'à sa magnifique érection qui se dressait, dure et forte à nouveau. Je la regardai pendant un moment en me demandant comment il avait pu la faire entrer en moi. La sensation d'être écartée à l'infini était restée entre mes jambes et une nouvelle poussée de désir me tiraillait. Il se pencha vers moi et passa doucement ses lèvres sur ma peau, juste sous mon oreille.

— Embrasse-moi, Grevar, chuchotais-je, en enfonçant mes mains dans la fourrure à l'arrière de sa tête.

Avec un gémissement, il prit ma bouche, en pressant son torse contre moi. Sa fourrure chatouillait mes tétons dressés. Le bout de sa langue glissa le long de mes lèvres, et je le rencontrai avec ma langue. Je cambrai mon dos, j'avais envie de presser chaque centimètre de mon corps contre le sien.

Ses mains semblaient être partout à la fois. Elles massaient mes seins, pressaient mes fesses, glissaient sur ma peau avec une impatience croissante.

Sa longue langue s'enroula autour de la mienne et je gémis dans sa bouche. Il arrêta le baiser et se pencha en arrière pour voir mon visage.

— Ne t'arrête pas, suppliai-je. Je veux sentir ta langue... partout.

Il me fit un sourire en coin.

— J'adorerais te goûter entièrement, moi aussi.

Il descendit le long de mon corps et tourna autour de mon téton avec le bout effilé de sa langue. Avec une lueur ardente dans ses yeux flamboyants, il resserra le cercle, serrant ainsi mon téton dans l'étau de sa langue chaude et glissante.

— Waouh... J'ondulai sous lui en surfant sur la vague de plaisir qui m'envahissait. C'est juste... waouh !

— Tu aimes ça ? demanda-t-il d'un air satisfait, avant de passer à un autre sein, jouant avec en le pressant, le tirant, et en effleurant le mamelon avec sa langue.

— Oh, mon Dieu, oui... haletai-je. Depuis le moment où j'avais vu sa langue pour la première fois, j'avais été attirée par son potentiel. Je ne savais pas que tu pouvais l'utiliser comme ça, ajoutai-je. Sa langue s'avéra être un outil parfait pour donner du plaisir, et il la maniait avec habileté et confiance, me rendant folle de désir.

— Attends un peu... murmura-t-il, en glissant plus bas.

Les mains sur mes genoux, il écarta mes jambes puis plongea entre mes cuisses.

J'haletai bruyamment lorsque sa langue se glissa en moi. Le bout fit tout le tour de mon orifice en taquinant le point en moi qui fit trembler mes genoux d'un plaisir intense.

Il se pencha plus près et frotta le point sensible entre mes plis avec la base plus épaisse de sa langue.

Je gémis et me tordis sous l'effet du double plaisir. Il agrippa mes hanches, pour me maintenir en place lors de l'assaut de l'extase.

Des vagues de bien-être parcoururent mon corps et grandirent. La pression douloureuse devint insupportable. Saisissant ses cornes, je soulevai mes hanches et me donnai entièrement à sa bouche et à sa langue. Il accéléra le mouvement, en frottant plus fort, et j'explosai de plaisir en jouissant violemment.

À bout de souffle, je laissai la houle de mon orgasme m'envahir, tandis qu'il faisait tourner sa merveilleuse langue en moi et hors de moi, savourant chaque ultime frisson de plaisir, encore et encore.

Je lâchai ses cornes et laissai tomber mes bras sur le côté. Fixant le ciel étoilé au-dessus de nous à travers la dentelle des guirlandes de fleurs de l'auvent, j'avais l'impression de flotter en redescendant doucement des cimes de la passion.

— C'était juste... murmurai-je, alors que mes veines se gonflaient d'une chaleur langoureuse, me rendant incapable de bouger un muscle. Extraordinaire, vraiment.

Je n'avais aucune envie de bouger. J'aurais pu rester comme ça pour toujours, étalée sur le lit comme une étoile de mer, avec la tête de Grevar entre mes jambes. Il gloussa et remonta le long de mon corps. Le bout de sa longue langue sortit encore et lécha mon jus sur mes lèvres luisantes. Je pris son visage entre mes mains.

— Je suis en train de tomber amoureuse de toi, Grevar, avouai-je, en lui dévoilant mon cœur. Désespérément vite.

Son expression devint sérieuse et ses yeux se promenèrent sur les miens.

— Daisy. Je suis déjà à toi.

Mon souffle se bloqua dans ma gorge. Il ne me laissa aucune chance de répondre, réclamant ma bouche avec la sienne à nouveau.

Il m'embrassa avec une passion tendre, comme s'il mettait dans son baiser toutes les choses qu'il ne pouvait exprimer par des mots. En me tenant dans ses bras, il laissa sa queue caresser mes flancs, faisant glisser son extrémité pointue le long de mes hanches et de mes côtes.

Le désir que j'éprouvais pour lui brûlait toujours juste sous ma peau, et les orgasmes qu'il m'avait donnés n'avaient pas fait grand-chose pour l'éteindre. Avec ses baisers et ses caresses, il s'enflammait davantage et prenait lentement le dessus.

Il était clair que je ne pouvais pas me passer de cet homme, maintenant que je l'avais enfin mis dans mon lit.

Un gémissement s'échappa de ma gorge. Mes jambes s'écartèrent à nouveau, comme si elles étaient autonomes et le bercèrent tendrement. Son érection tendue se pressait entre elles et provoqua un frisson d'impatience en moi.

— Tu n'en as pas encore fini avec moi ? gloussa-t-il en devinant mon désir inextinguible pour lui.

— Je pense que je n'en aurai jamais fini avec toi, murmurai-je. Je te désire depuis si longtemps.

— Je ne souhaite rien d'autre que de passer le reste de ma vie en toi. Avec un dernier mordillement sur ma lèvre inférieure, il descendit plus bas en laissant traîner sa langue dans mon cou.

Aspirant la pointe d'un de mes seins dans sa bouche, il taquina le mamelon avec ses dents.

La langueur post-orgasmique avait disparu. Une excitation brûlante m'envahit.

— Encore... haletai-je. J'en veux encore plus...

Il se dressa au-dessus de moi en haussant un sourcil.

— Je sais ce dont tu as besoin. Une étincelle dangereuse illumina son regard.

Il attrapa mes hanches et me retourna. Je poussai un cri de surprise lorsqu'il me tira les fesses vers le haut, en plaçant mes hanches sur ses genoux. Les mains posées sur mes fesses, il les fit glisser de haut en bas, pour les frotter.

— Si lisses et si douces, murmura-t-il dans son souffle. Ses pouces se pressèrent contre mon coccyx. Et sans queue pour cacher quoi que ce soit, nota-t-il.

Il rapprocha sa tête. Sa langue longea ma peau jusqu'à ma fente. Puis je sentis la morsure de ses dents sur une de mes fesses. Je tremblai de la tête aux pieds en attendant que le bout de sa queue glisse entre mes jambes.

— Grevar... dis-je en gémissant et en déplaçant mes hanches plus près de lui. S'il te plaît...

Il grogna en retour et se mit à genoux. L'extrémité de son érection dure comme de la pierre se pressa contre mon ouverture tandis qu'il se plaçait derrière moi.

— C'est comme ça que tu la veux ? demanda-t-il avec sa voix grave et profonde et il me tira contre lui et glissa en moi d'un seul coup.

Un gémissement vibra dans ma gorge. La pression douloureuse d'être étirée de façon si incroyable autour de sa grosse circonférence fit grimper en flèche le désir dans mon bas-ventre.

— Oui !

Il empoigna une mèche de mes cheveux, et fit basculer ma tête en arrière. Je gémissais à cause de la douleur et du plaisir. Mon corps brûlait d'excitation, chaque nerf de ma peau vibrait de frissons.

— Ma. Petite. Fleur de Marguerite. Aime. Être. Défoncée, dit-il en se jetant sur moi, ponctuant chaque mot d'un coup de reins. Durement et brutalement, ajouta-t-il.

Gémissant comme une femme possédée, je m'agrippai à l'un des piliers de l'auvent, pour m'arc-bouter contre ses assauts furieux. Il attrapa l'un de mes seins qui se balançait dans sa grande main, et en serra la pointe entre ses doigts.

Je hurlai lorsque la décharge de plaisir intense me traversa comme un éclair. L'orgasme me frappa, brusquement, d'un seul coup.

Mes cris se noyèrent dans le rugissement assourdissant de son torse alors qu'il expulsait sa jouissance en moi, sans ralentir sa vitesse.

Appuyé sur un bras, il me tenait fermement avec l'autre, enroulant son corps autour du mien tandis que l'orgasme nous secouait tous les deux.

Son bras trembla, il roula sur le côté et m'emmena avec lui. Enveloppée dans son grand corps, ses bras autour de moi, la douce fourrure de sa poitrine réchauffant mon dos, je me blottis contre lui. Sa poitrine se soulevait et s'abaissait rapidement, la mienne également, alors que nous reprenions tous les deux notre souffle.

— C'était comme tu l'avais imaginé ? demanda-t-il en haletant. Comme au Dream Spa ?

Je me crispai.

— Comment sais-tu cela ?

Il embrassa mes cheveux, en caressant doucement mon bras.

— J'ai demandé à voir la vidéo.

Le sang me monta au visage, bien que nous ayons dépassé le stade de la gêne. Ce qu'il venait de me faire était un million de fois plus intense et intime que mon rêve au spa. Je marmonnai quand même :

— C'était un peu privé...

— Ça n'aurait pas dû l'être. Tu aurais dû venir me voir, tout de suite. Je suis ton mari, c'est mon devoir de te donner du plaisir comme tu le souhaites.

— Tu vois là, dis-je en me tordant dans ses bras pour lui faire face. Si dès le début tu parlais un peu moins de devoir et un peu plus de tes vrais sentiments pour moi, tout aurait pu être différent.

— Eh bien, si tu m'avais demandé quels étaient mes sentiments, au lieu de m'accuser de m'imposer à toi...

— Oh, maintenant tout est de ma faute ? Je me redressai sur mon bras au-dessus de lui tandis que mon humeur s'échauffait.

— Daisy ? demanda-t-il sur un ton plus doux. Voudrais-tu que ce soit différent ?

Sa question me fit réfléchir. En ce moment même, allongée dans le lit à côté de Grevar nu, j'aimais tout de ce moment, tel qu'il était.

— Non, bien sûr que non.

Son expression sévère se transforma en un sourire.

— Viens ici. Il m'attira contre son torse. Tout ça est de ta faute, mon cœur. Depuis le moment où tu es arrivée ici, ma vie a été bouleversée. Il embrassa mon visage. Et je ne voudrais pas qu'il en soit autrement.

Ma colère s'évanouit avant même d'avoir eu la chance de prendre forme.

— Tu *es* l'homme de mes rêves, Grevar. Et je me détendis sur son large torse. Être avec toi est bien mieux que n'importe quel rêve. Et le plus beau, c'est que tu resteras là pour de bon.

Chapitre 20

Daisy

Un rayon de soleil se fraya un chemin à travers la couronne de guirlandes. Il atterrit sur mon visage, me réchauffa la peau et me fit sourire. Cela arrivait chaque matin quand le ciel était dégagé, mais quelque chose était différent aujourd'hui.

Je roulai sur le dos et m'étirai malgré les nouvelles douleurs de mon corps. J'étais si délicieusement endolorie ce matin, après avoir été si éhontément désirée et profondément aimée par Grevar la nuit dernière. Mon sourire se fit plus large. Je rougis à mesure que les souvenirs envahissaient mon esprit.

Je tapotai le lit à sa recherche. Ne le trouvant pas à mes côtés, j'ouvris les yeux.

C'était déjà la fin de la matinée. J'avais fait la grasse matinée. Je sautai du lit puis je grimaçai en sentant les courbatures de mes muscles. Aujourd'hui, apparemment, je devrais me déplacer un peu plus lentement que d'habitude. Cette pensée me fit sourire à nouveau.

Grevar et les garçons devaient déjà être debout. Les deux enfants semblaient absolument épuisés après les événements de la veille au zoo. L'impact de ce qu'ils avaient vu restait à être évalué. Cependant, il ne serait pas surprenant qu'ils aient eu du mal à dormir après cela.

Inquiète pour les enfants et impatiente de voir leur père, j'enfilai une robe du placard, me brossai les cheveux et enfilai une paire de chaussures confortables à semelles plates.

— Omni, où est le Colonel ? demandai-je en regardant une dernière fois mon reflet dans le miroir.

L'écran de l'IA s'anima.

— Le Colonel est en bas, dans la salle principale, Madame Kyradus.

Le son du nom de Grevar lorsqu'il était utilisé pour s'adresser à moi avait cessé de me déranger depuis un moment. Maintenant, il réchauffait mon cœur de plaisir. J'avais décidé de garder son nom, ne serait-ce que pour montrer que lui et moi étions faits pour être ensemble.

— Et les garçons ? Je me dirigeai vers les portes.

— Ils sont aussi en bas. Tout comme Madame Lievoa Kyradus.

— Lievoa est là ?

— Oui.

Elle avait dû entendre parler de l'incident au zoo et était venue voir son cousin et ses neveux. Nous ferions alors un brunch familial ensemble.

Avec cette idée en tête, j'ouvris la porte de la chambre et... je m'exclamai de surprise.

Un arbre gigantesque se dressait du sol de la salle principale jusqu'au point le plus élevé du plus grand dôme de verre. Je n'avais jamais rien vu de tel auparavant.

Ses aiguilles vertes étaient aussi longues que mon bras et aussi épaisses que mon doigt. Toutes sortes de choses y pendaient, des jouets aux couleurs vives, des tasses à thé dorées, des guirlandes de fleurs et des cadeaux emballés de toutes tailles.

Plusieurs drones volaient autour et plaçaient d'autres jolis objets sur ses branches tentaculaires.

— Joyeux Noël ! Des cris fusèrent d'en bas au moment où je descendis en admirant l'arbre.

Grevar se tenait au pied de l'arbre dans la salle principale. Les jumeaux sautillaient énergiquement autour de lui, en tapant dans leurs mains. Lievoa sourit et me fit signe depuis le canapé.

— N'est-ce pas extraordinaire ? dit-elle en faisant un geste vers l'arbre. Je l'adore !

— Moi aussi. Je me précipitai dans les escaliers. C'est vraiment...

— Ça va être comme avoir deux jours de la victoire dans l'année ! s'exclama Olvar en levant les bras en l'air.

— L'un est en été ! Et l'autre est avec un grand et joli arbre ! ajouta son frère avec joie.

Les mains dans les poches, Grevar se déplaçait d'un sabot sur l'autre.

— Alors, ça te plaît ? demanda-t-il alors que je m'approchais.

— Si ça me plaît ? dis-je en m'étranglant et en pensant aux efforts qu'il avait fait pour que je puisse fêter Noël à Voran. Mon cœur débordait de gratitude, et mon visage rougit de plaisir.

— Tu rougis à nouveau, dit-il, timidement. Cela peut signifier tellement de choses avec toi.

— Je l'adore ! Je sautai dans ses bras et étreignis son cou. Merci beaucoup. J'embrassai son visage.

Il éclata de rire et me fit tourner dans ses bras à travers la pièce.

— Le meilleur est encore à venir. Il me reposa. Ça va être un grand jour. Je te le promets.

Je levai les yeux vers l'arbre gigantesque.

— Oh ! Attendez un moment ! Je me précipitai vers les escaliers. J'attrapai le petit sac à main sur ma table de nuit et je redescendis en courant.

— Voilà. Je sortis la décoration de Grand-mère et l'accrochai à la plus haute branche que je pouvais atteindre. Je reculai, admirant la façon dont l'ornement rouge et or venu de Terre brillait joliment parmi les aiguilles vertes de l'arbre de Neron. Sa place est ici, conclus-je.

Grevar m'enlaça par derrière.

— Et ta place est ici, Daisy. Il embrassa ma tempe. Dans mes bras, ajouta-t-il.

— Avec nous ! Les garçons sautèrent autour de moi en me donnant des petits coups de cornes. Nous aussi !

C'était maintenant ma maison. Mieux que ce dont j'aurais pu rêver.

ÉPILOGUE

Daisy

Deux ans plus tard

Il est temps de se lever. Le bras musclé et poilu de Grevar m'encercla.

— Déjà ? Je m'étirai et roulai sur le dos, alors qu'il me caressait le visage, puis il s'assit sur le lit.

— Mmm. Nous partons directement après le petit déjeuner. Sa main posée sur mon ventre arrondi, il me demanda, comme il me le demandait quotidiennement depuis cinq mois maintenant : comment te sens-tu ?

Je clignai des yeux grands ouverts, je croisai son regard et je souris.

— Eh bien, ça va, je pense. Je n'ai pas encore vomi, aujourd'hui.

— Et comment va ma petite fille ? Sa voix s'adoucit et il tapota doucement mon ventre.

Le bébé dans mon ventre n'avait pas une goutte de sang voranien. Elle avait été conçue par insémination artificielle à l'aide du sperme humain que Grevar et moi avions commandé sur Terre, après avoir sélectionné ensemble un donneur anonyme.

Pourtant, à partir du moment où nous avons entendu les battements de son cœur sur le moniteur du cabinet médical, Grevar avait agi comme n'importe quel futur père - et peut-être même un peu plus follement que la moyenne.

Il fit encadrer les échographies. Il chanta des berceuses à mon ventre. Et il barra les jours sur le calendrier en papier qu'il avait commandé spécialement à cet effet, attendant impatiemment la date prévue.

— Elle est calme. Je caressai mon ventre du côté où elle me donnait souvent des coups de pied quand elle était éveillée. Elle dort probablement encore puisqu'il n'y a personne pour *la* réveiller là-dedans. Je balançai une de mes jambes vers lui et lui donnai un petit coup de pied dans l'épaule. Il l'attrapa avec sa main.

— Nous devons nous dépêcher, dit-il. Tu seras vraiment triste si tu rates ma surprise.

Il avait appris quelque part que les humains cachaient leurs cadeaux jusqu'à un jour spécial, et il ne manquait jamais de me torturer d'impatience.

— Tu ne peux pas me dire ce que c'est et mettre fin à ma souffrance ? suppliai-je.

— Ce ne sera plus une surprise si je le dis, non ?

— S'il te plaît ? insistai-je en battant des cils vers lui.

— Nan.

— Tu es insupportable. Je balançai mon autre jambe vers lui et il attrapa mon pied avant qu'il ne touche son bras. Un éclair de passion brilla dans ses yeux alors qu'il tenait mes deux pieds sur ses épaules, face à moi.

— Eh bien, si tu insistes pour rester au lit... Il frotta son menton contre le bord de la plante de mon pied.

Je gloussai au chatouillement de sa barbe et je luttai pour libérer mon pied de sa poigne, mais il le tenait fermement.

— On peut zapper la surprise. Il me mordilla doucement l'orteil et fit poindre à nouveau ma curiosité.

— C'est tentant... Passer une journée entière au lit avec mon mari me semblait toujours être une bonne idée. Mais c'est le jour de Noël... ajoutai-je.

— Exactement. Allez, debout ! Il sauta du lit, me souleva et me déposa sur le sol en un seul mouvement souple. Nous avons quelques heures devant nous avant d'aller récupérer les enfants.

Noël ne tombait pas un week-end cette année. Grevar s'était arrangé avec l'Académie pour récupérer les garçons après leurs cours du matin et les ramener à l'école le lendemain après-midi.

— Oh là là, la surprise de Noël, dis-je en allant dans la salle de bains pour me préparer. Je suis si impatiente !

— TU NE VAS TOUJOURS pas me dire où nous allons ? demandai-je, en jetant un coup d'œil à Grevar alors que le paysage urbain de Voran flottait sous notre avion.

— Non. Il secoua la tête.

— Ça doit être un truc très chic, commentai-je en lissant le tissu soyeux de la magnifique robe ivoire sur mes genoux. Elle faisait partie de la surprise. Grevar me l'avait offerte ce matin, ainsi que sa paire de sandales dorées serties de cristaux.

— Tu verras. Il portait son uniforme, ses cornes étaient polies.

L'avion commença à descendre et s'arrêta devant un grand groupe de dômes de verre. Les fleurs éclatantes des guirlandes de vigne et le chatoiement des oiseaux et insectes colorés qui voltigeaient à l'intérieur donnaient l'impression que les dômes scintillaient d'éclats colorés.

— C'est quoi cet endroit ? J'avais supposé qu'il m'emmènerait dans un bon restaurant pour un brunch ou autre. Cet endroit semblait tellement plus grand que tous les restaurants que j'avais fréquentés à Voran.

— Viens. Il s'extirpa hors de l'avion et m'aida à en sortir. Son visage était devenu sérieux, ce qui calma mon humeur aussi.

Les portes des plateformes de stationnement s'ouvrirent et nous pénétrâmes sous un immense dôme de verre empli de musique, de fleurs et de personnes - très nombreuses - vêtues des plus belles tenues de cérémonie. Ils se tournèrent tous vers nous dès notre arrivée et levèrent leur verre en signe de salutation.

En arrêtant mon regard sur chaque visage individuellement, je réalisai que je connaissais personnellement la plupart d'entre eux, si ce n'est tous.

Il y avait les femmes que j'avais rencontrées à mon cours d'éducation parentale, qui étaient depuis devenues de très bonnes amies. Les employés de ma boulangerie, Earth Girl's Desserts, me faisaient signe depuis la foule. Alcus Hecear et quelques autres membres du Comité de Liaison étaient là aussi. Ainsi que le Gouverneur Drustan et sa femme.

Shula m'adressa un sourire amical quand nos regards se croisèrent. Elle et moi n'étions jamais devenues des amies proches, mais nous nous respections mutuellement et parvenions à nous entendre assez bien pour le bien des personnes auxquelles nous tenions dans nos vies.

Au Noël dernier, Grevar m'avait informée qu'il avait officiellement ajouté « Daisy » aux noms de nos deux garçons.

« *Pour que tout le monde sache qu'ils ont deux mères* », avait-il dit. « *Une qui leur a donné naissance, et une autre qui est devenue la personne la plus proche d'eux.* »

Bien sûr, j'avais pleuré en lisant ces mots. Le fait qu'il n'avait pas vu d'inconvénient à ce que ses futurs guerriers puissants portent le nom de « Daisy » avait été extrêmement touchant.

— Est-ce que toutes ces personnes sont là pour nous ? demandai-je à Grevar, en souriant et en saluant tout le monde dans la pièce.

Il n'eut pas le temps de répondre.

— Daisy ! entendis-je, venant d'une voix féminine très familière. Ma petite fille.

— Maman ? Mes genoux faillirent se dérober, et les larmes me montèrent aux yeux lorsque ma mère surgit précipitamment de la foule pour m'accueillir. Tu es là ? Mais comment ?

— Grevar nous a amenées à Neron. Elle me serra dans ses bras puis m'embrassa le visage au moins une douzaine de fois.

Je réussis à jeter un coup d'œil à Grevar malgré l'attention débordante de ma mère.

— Tu as fait ça ?

Il me fit un large sourire, l'air plutôt suffisant et fier de lui.

— C'est un jeune homme si charmant, Daisy. Tu as beaucoup de chance.

— Quand es-tu arrivée ? demandai-je à Maman, en la serrant dans mes bras.

Tout cela ressemblait à un rêve.

— Oh, il y a juste deux jours. Nous sommes restés dans un très bel hôtel, pour apprendre à connaître un peu cet endroit. Grevar voulait que ce soit une surprise.

— Eh bien je *suis* surprise, marmonnai-je, sidérée. À tel point que je te demanderais bien de me pincer. Sauf que si c'est vraiment un rêve, je n'ai pas envie de me réveiller. Je la serrai plus fort dans mes bras. Tu m'as manqué, maman.

— Tu nous as tellement manqué à tous, toi aussi. Comment te sens-tu, bébé ? Elle tapota mon ventre. Je suis impatiente de rencontrer ma nouvelle petite-fille.

— Tu vas rester ici jusqu'à sa naissance, alors ?

— Bien sûr que nous allons rester. Oh, Papa est là aussi, et Lily avec Max et leurs enfants.

— Nous sommes tous là, ajouta-t-elle rapidement. C'était une occasion extraordinaire de voyager vers une autre planète pour te rendre visite. Nous voulions tous venir. Lily a choisi de rester éveillée durant le vol. Elle a dit qu'elle avait beaucoup travaillé. Max aussi. Le reste d'entre nous a dormi. Regarde ! Elle se tapota les joues, avec un léger rire. J'ai cinq mois de plus et je n'ai aucune ride supplémentaire.

J'avais la tête qui tournait à cause de son bavardage. Papa avait toujours dit que je tenais ça d'elle, mais je ne pensais pas pouvoir rivaliser avec sa vitesse de parole.

— Où sont-ils tous ? Je me retournai et cherchai les autres membres de ma famille.

— Lily et Max sont là-bas, près du bar. Ma sœur et son mari nous avaient déjà repérés et se dirigeaient vers nous à travers la foule. Et papa ? Maman se retourna aussi, et le chercha du regard. La dernière fois que je l'ai vu, il jouait avec Olvar et Zun. Des petits garçons adorables. Il comptait les points pendant leur combat de lutte...

— Oh, nous ne le verrons pas de sitôt, alors, si les jumeaux ont mis la main sur lui, gloussa Grevar.

— Même les garçons sont là ? Je pivotai dans sa direction. Tu as réussi à les faire sortir de l'école plus tôt, sans me le dire ?

Il afficha un sourire encore plus grand.

— C'est une surprise, tu te souviens ?

— C'est vrai. Les préparations qu'il avait dû faire étaient stupéfiantes. Grevar prenait tout ce qu'il faisait très au sérieux. Il avait dû considérer cela comme une opération militaire complexe. Son père, le général à la retraite Rufut Kyradus, se fraya un chemin vers nous à travers la foule.

— Fils. Fille.

Je souris largement en l'apercevant, et cela ne me dérangea pas du tout quand il attrapa mes oreilles et déposa un rapide baiser sur mon visage avant de faire de même avec son fils.

— Félicitations, les enfants, dit-il avec une expression sérieuse, bien que sa bouche bien ferme frémissait un peu.

— Merci, mais... Félicitations pour quoi ? demandai-je en glissant mon regard de lui à Grevar.

— Joyeux Noël. Après avoir fouillé dans sa poche, Grevar en sortit une petite boîte en cuir.

Mon cœur bondit lorsqu'il se mit à genoux.

— Daisy Grevar Kyradus, dit-il en ouvrant le couvercle pour montrer une bague en or rose, avec une pierre d'un jaune solaire à l'intérieur. Tu es l'amour de ma vie. Veux-tu continuer à être ma femme ?

Mon sourire était si grand que j'en eus mal à la bouche, tandis que les larmes me montaient aux yeux. Tant d'émotions m'envahirent en même temps. L'amour. La joie. Le bonheur.

— Oui, déclarai-je en hochant la tête et en essuyant mes larmes du revers de ma main. Un million de fois *oui*.

Tout le monde poussa des acclamations et applaudit. Après avoir glissé la bague à mon doigt, Grevar se leva et me prit dans ses bras.

— Je t'aime. Il m'embrassa tendrement et me pressa contre sa poitrine.

— Je t'aime aussi. Je continuai à sourire tout en me fondant dans son étreinte. Tu es l'homme de mes rêves, Grevar. Tu ne cesses de réaliser tous mes rêves. Même ceux dont je ne connaissais pas l'existence.

À propos de la collection Un Alien pour les fêtes

Contrairement à toutes mes autres collections, Un Alien pour les fêtes n'a pas d'intrigue commune. Les livres de cette collection sont indépendants et peuvent être lus dans n'importe quel ordre. Je n'ai pas l'intention de me priver d'écrire dans cette collection lorsque l'inspiration me viendra.

Pour suivre toutes les nouveautés, inscrivez-vous à la newsletter de l'auteur :

Pour en savoir plus sur Marina Simcoe

ROMANS D'AMOUR PARANORMAUX
Le Monde de la Rivière des Brumes
La Caresse du serpent
La Conquête du serpent
La Ménagerie des Curiosités de Madame Tan
L'appel de l'eau
Folie de la lune
Le Puissance de la rage

ROMANS D'AMOUR de SCIENCE-FICTION
Un Alien pour les fêtes
Mon Mariage avec Krampus
Mon minuscule géant
Mon escapade d'anniversaire
Une mère par correspondance

À propos de l'Auteur

Marina Simcoe aime écrire des histoires d'amour avec des personnages, qui peuvent être humains ou non, car elle croit fermement que notre monde contemporain a toujours besoin d'un peu de fantaisie.

Elle s'amuse beaucoup à explorer comment ses personnages fantastiques, dotés de leurs propres croyances, valeurs et aspirations, s'adaptent à notre vie de tous les jours.

Elle vit au Canada avec son grincheux de brute bien à elle, leurs trois jeunes enfants et un chat, qui est assurément unique en son genre.

Pour être tenir informé de ses prochains livres, veuillez consulter la page de Marina Simcoe sur Facebook ou le site de l'auteure : www.marinasimcoe.com/français

Gardons le Contact

Illustrations sur mon Patreon :

Pour suivre toutes les nouveautés, inscrivez-vous à la newsletter de l'auteur :
www.marinasimcoe.com/français
Le Groupe de lecteurs sur Facebook :
Marina's Reading Cave
www.instagram.com/marinasimcoeauthor
www.facebook.com/MarinaSimcoeAuthor/
www.amazon.com/author/marinasimcoe
www.goodreads.com/MarinaSimcoe